大話英雄
5 誰與爭鋒
龍人 策劃
易刀◎著

故事背景

神州八六二年。

魔人肆虐，寇邊長達十三年，其中爆發數次人魔大戰。

神州英雄因而輩出。

其中最爲後人傳頌不止的，是一位名叫談容的大英雄。

與此同時，臥龍鎮上的如歸樓中，亦出現了一位名不見經傳的丑角人物：談寶兒。

雖然姓氏相同，但長相、武功、性格、命運截然不同的這兩個人，在如此群魔亂舞、晦暗不明的亂世中，將有著什麼樣的交集？

又將帶給神州大陸什麼樣的衝擊？

談寶兒的人生又將產生什麼樣的巨變？

重要地標

＊如歸樓——

臥龍鎮上唯一的客棧，也是酒樓和茶社。老闆名談松。爲當地人打發時間的最佳去處。

＊九靈山——

南疆十萬大山中最有名的一座，共有九峰，峰峰不同，鼠、牛、猴、蛇、龍等，各有肖似，因此得名。最高峰爲飛龍峰。

＊天河——

位於葛爾草原旁，是神州子民心中最重要的一條河，有「天下第一河」之稱。

＊困天壁——

號稱天下第一堅壁。爲蓬萊三十六島之天然屏蔽。

＊凌霄城——

建於瀛州山巔，海拔兩千丈以上，自古被稱爲仙城。通往凌霄城的石梯「登雲梯」，共有九千九百九十九級，非常人可達。

＊武神港——

與京城的大風港、南疆的天姥港以及東海的青龍港並稱爲神州四大港口。

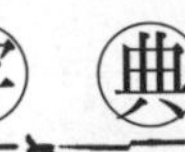

爆笑小字典

＊雲騎——

大夏國最神駿的馬。通體雪白，四蹄上各生有一圈如鳥羽似的長毛，萬馬馳騁時，遠遠看去像極了天上白雲奔流，並且無聲無息，因此得名。

＊葛爾草原四大部族——

分別是莫克族、龍血族、天池族和胡戎族。

＊神州三大門派——

爲禪林寺、天師教和蓬萊島。分別代表神州三種主流的法術形式。

＊四大天人——

人族公認的四位最頂尖的高手，分別爲楚接魚、枯月禪師、張若虛和羅素心。

＊「觀海雲遠」——

指京城四大美人，「觀海雲遠」則是四個人的名字縮寫。「觀」指城外水月庵的秦觀雨，「海」指怡紅樓的頭牌駱滄海，「雲」指大夏永仁帝的幼女雲蒹公主；「遠」則指戶部尚書楚天雄的女兒楚遠蘭。

＊四大神物——

包括西域火獅、南疆天蠶、北池大鵬和東海神龍四種神州極其難得一見的神獸。

＊夜騎——

大夏朝廷最秘密的情報機構，為天子御用。

＊《御物天書》——

寒山派的鎮山寶典，內容除爭鬥之術，並包含許多修行之要，是寒山派門人修成正果之不二法門。

＊《河圖洛書》——

上古時候禹神治水時所留下，記載了神州所有明流暗河的位置，像極了一副脈絡圖，故被稱為《河圖洛書》。與廣寒仙子的《星河璀璨譜》共稱為天文地理界的至寶！

＊昊天盟——

神州三大黑幫之一最厲害者。由楚接魚領導，敢於直接對抗朝廷，被朝廷稱為盟匪。

＊聽風閣——

以武風吟為首。專門從事暗殺、投毒、買賣情報等恐怖活動。亦是神州三大黑幫之一。

＊偷天公會——

神州三大黑幫之中最為神秘者。該組織以努力保障每個小偷和強盜能善終為最初宗旨，後來竟發展成一股神秘而強大的勢力。

爆笑小字典

＊凌煙雙相——

追隨大夏開國太祖李元的七十二賢中最有名的天機軍師莫邪和無方神相蕭圓，共稱「凌煙雙相」。

＊血海——

亦稱「孽海」，乃蓬萊禁地。海裏的血水爲上古神魔大戰時所遺留，怨氣極重。蓬萊的無極祖師找到後，用道藏乾坤陣法將其封印住，列爲蓬萊的禁地。由守護至尊負責守護，非掌門玉符無非進入。

＊雲臺——

又叫白玉雲臺，乃是大夏開國皇帝所建，和凌煙閣一樣，分別是爲了表彰當初開國有功的七十二賢中的武將和文臣所建。

＊雲手——

狀如玉手，內藏雲臺點將錄，可召喚雲臺三十六將之魂魄，但只有皇室女子才能使用。

＊八大魔族——

包含蛇族、鼠族、狼族、鷹族、虎族、骷髏族、人族及魚族。

人物簡介

◎神州英雄

＊羿神——

人族所信奉的眾神之王。與天魔為死對頭，水火不相容。

＊聖帝——

大夏王朝的開國大帝。

＊白笑天——

人稱「戰神」。以一人之力力阻魔族三十萬大軍七日之久，最後光榮殉國。

＊談容——

年僅十七。身高八丈，目似銅鈴，拳大如斗，通天文地理，會五行遁甲，揮手生電，呵氣成雲。曾孤身一人闖入魔人百萬軍中，摘下了魔人主帥厲天的頭顱，名震天下。其「蹁躚凌波術」獨步天下。

＊談寶兒——

「如歸樓」中的小夥計。原為流浪孤兒，被「如歸樓」老闆談松好心收養，長大即成「如歸樓」的店小二。其相貌平平，大字識不到一籮筐，通的是骰子牌九，會的是偷奸耍滑。卻因陰錯陽差，搖身一變，成為大英雄談容的分身，也因此展開他爆笑無賴的一生。

人物簡介

◎傾城紅顏

＊若兒——即雲蒹公主。大夏國永仁帝的幼女。英姿颯爽，燎原槍爲其隨身武器。京城四大美人之一。

＊秦觀雨——京城四大美女之一。居於水月庵中。

＊駱滄海——怡紅樓的頭牌。亦爲京城四大美人之一。

＊楚遠蘭——談容的未婚妻。當今朝廷戶部尚書楚天雄的女兒，亦爲京城四大美人之一。

＊吳月娘——昊天盟分堂「明月堂」堂主。年約二八，丰姿撩人。

＊楚小菊——楚接魚的女兒。昊天盟三十六傑中的高手人物之一。擅使天月珠。

＊武風吟——
聽風閣閣主。潛蹤隱匿之術冠絕天下，擅長暗殺之術。

＊黃疏影——
疏影門當代掌門人。乃一奇女子，以排解天下紛擾爲己任。

＊媚娘——
獨門法術爲千嬌百媚術。

＊羅素心——
蓬萊島的代表人物。雖已年長，外貌卻似妙齡少女。

＊柳巧巧——
聽風閣主的親傳弟子。也是永仁帝的愛妃。

＊宛娘——
楚接魚之妻。談容與楚小魚的親生母親。

人物簡介

◎當代豪傑

＊枯月禪師——

禪林寺的代表人物。禪林寺四大長老之一。無法和尙的師父。

＊張若虛——

天師教的教主，亦是天師教法術集大成之代表人物。名列四大天人之一。法力通神。

＊楚天雄——

大夏國戶部尙書。楚遠蘭之父。與談容之父爲多年知交，因而結下兒女婚事。

＊屠瘋子——

蓬萊山天音上人門下首席大弟子。因和張若虛打賭能破其九九窮方陣，竟自願藏身天牢長達三十年，苦心鑽研陣法。後將一身絕學盡數傳給了談寶兒後不幸離世。

＊楚接魚——

神州武學第一人，黑道第一幫派「昊天盟」的魁首。

＊無法和尚——

禪林門下弟子。被佛祖欽點爲繼承人，卻自願拜談寶兒爲老大。於星相之術頗有專精，有「天文達人」之稱。

＊凌步虛——

賀蘭英的師父。原是張若虛的師弟，因和張若虛意見不和，後來離開天師教，闖蕩到南疆時被南疆王收留，留在王府中倚爲臂助，成爲王子少師。

＊冰火雙尊——

外型特異的兩個奇人。玄冰離合盾及冰火神劍是他們的拿手兵器。

＊商山五皓——

爲五個同門師兄弟。陷地之術爲其絕招。

＊況青玄——

「神州十劍」之一。以操作風的力量而排在第六位，人稱「依風神劍」。

＊軒轅狂——

名列「神州十劍」之首。是十劍中唯一使用真劍的人。號稱「真劍無雙」。

＊問月——

「神州十劍」排名第五。以月光爲劍，號稱「問月神劍」。

＊楚問魚——

人物簡介

楚接魚的弟弟。號稱「鐵甲神」，一身護體真氣出神入化。爲昊天盟三十六傑之一。

＊楚小魚——

昊天盟少盟主，楚接魚的兒子，楚小菊的哥哥。曾破張天師的火龍地蛇陣。與談寶兒面貌神似。

＊九靈真人——

南疆奇人。曾在九靈山修煉，最後在飛龍峰上的羽化臺羽化飛升。有傳說，九靈山上的九座山峰，即爲九靈真人座下的九隻靈獸在其飛升後所化。

＊圓圓大師——

白馬寺住持。

＊滄浪子——

神州十劍之一。

＊空雨禪師——

禪林高僧。號稱神州念力第一。四大天人之一。

＊清惠師太——

寒山派掌門。秦觀雨的師父。

＊無極真人——

蓬萊派的創派祖師。因領悟五行之陣而開闢蓬萊一派。

＊渺渺真人——

蓬萊派高人。找到星之力，發明六合之陣。

＊玄清真人——

亦爲蓬萊派之人。曾觀北斗七星，找到月之力，發明七星伴月，故蓬萊派以七爲極。

＊柳公弦——

新武神。和秦雪、布天驕以及西域的鐵木，被共尊爲大夏當今四大名將。

◎相關要角

＊范正——
大夏國太師。

＊范成大——
范太師的獨子。

＊張浪——
國師張若虛之子。與范成大為無惡不作的好友。

＊永仁帝——
大夏王朝當今天子。對談寶兒寵愛有加。

＊左連城——
羅素心最傑出的七名弟子「蓬萊七星」的老大。

＊夜無傷——
大夏開國三十六名將之一，號稱「唇刀舌劍」。

＊陳驚羽——

雲臺三十六將之一，號稱「邪王」。

＊皇甫御空——

雲臺三十六將之一，號稱「天王劍」。

＊張揚——

雲臺三十六將之一，人稱「拳神」。

＊趙五——

雲臺三十六將之一，號稱「雷王」。

人物簡介

◎大漠兒女

＊黃天鷹——

馬賊首領。橫行葛爾草原。

＊桃花——

胡戎女子。艷若桃花。胡戎族長之女。

＊蘇坦——

胡戎族族長。桃花之父。

＊哈桑——

葛爾草原上另一支民族莫克族的族長。

＊木桑——

莫克族第一勇士。

＊莫邪——

莫克族昔年最偉大的神使。

＊煙霞——

為莫克族人，曾為草原神使，因和屠龍子的一段情緣而離開草原。

◎神秘魔族

＊天魔——
傳說中魔族至高無上的信仰偶像。

＊厲九齡——
魔教教主。人稱「魔宗」。創立拜月教。

＊厲天——
魔人主帥。厲九齡的第四弟子。

＊謝輕眉——
一代魔女。亦爲厲九齡的徒弟。風華絕代。

＊天狼——
魔宗門下第三弟子。

＊金均——
虎族族長。

＊白長蒼——

人物簡介

骷髏族族長。

***莫野**——狼族族長。

***羅旋**——鷹族族長。

***田龍**——蛇族族長。

***阿不拉齊**——魚族族長。善使「魚目混珠術」。

***李青**——魔人族族長。

***晏秋**——鼠人族族長。

◎其餘配角

＊胡先生——「如歸樓」的說書先生。

＊談松——「如歸樓」的老闆。談寶兒父母雙亡後收養談寶兒，是談寶兒的衣食父母。

＊關小輕——隨軍參謀。禁軍中最有潛力的年輕將領。

＊布天驕——京城兵馬大元帥。

＊劉景升——西域國王。

＊小青——水羊城中的小混混，後被談寶兒所救。

＊布善——

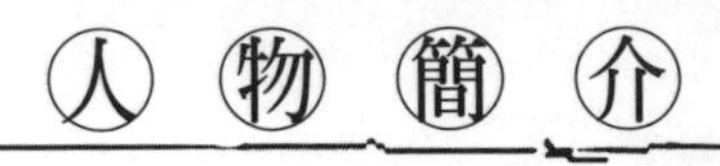

大風城百夫長。

*蒙田——禁軍百夫長，負責守衛雲臺。

*胡風——大風城東門守將。

*耶律元——龍州雲騎第五軍偏將。

*胡天——龍州總督。

通靈神獸

＊黑墨——

談容的坐騎。通靈善解人意。健步如飛，快如黑色旋風，是百年難得的神駒。

＊阿紅——

若兒的坐騎。通體棗紅。與黑墨實力相當，兩騎堪稱絕配。

＊小三——

爲談寶兒用羿神筆畫出的三足神龜。嗜吃肉，食量驚人。乃昔年羿神座下四大神尊之一，本尊名萬相神龜，羿神曾賜名爲玄武神尊！

＊九木神鳶——

鳥身碩大無比。爲昔年無方神相蕭圓所造。建造時，分別採集了生長於神州東西南北的九種神木，聚以能工巧匠十年方成，因此得名。已絕跡江湖兩百年之久。

＊神鳥大風——

上古異靈，本身神力驚天動地。

＊畢方——

西域特產的一種噴火的神鳥。

＊蹁躚凌波術——

爲談容的獨家絕技。此術步履飄逸，起落之間，只如行雲流水，故名「蹁躚凌波」。

＊千山浮波陣——

被布下此陣後，所在空間頭頂天空只如千山壓頂，蒼鷹難渡；足下地面則如浮波逐流，落羽可沉，青萍難渡。

＊太極禁神大陣——

以八卦陣法爲基礎。施陣者所踏每一步，都是八八六十四卦其中一卦。這套步法踏完，便已布好。

＊移形大法——

能將兩個人的五官、臉形、頭髮、指甲、皮膚和聲音等一切體現於外的特徵完全對移。乃談容從羿神筆裏領悟出來的一種法術。

＊撒豆成兵——

莫克族神使的唯一標誌。作戰時將袋中之豆扔出，可立成無數神兵。魔人退出神州之後，此術曾一度失傳。

＊一氣化千雷——

一門將體內真氣化作雷電外放的法術。練成後，招手之間便能放出上千道雷電，威力驚人。

＊蓬萊陣法——

按五行分類，依次是分金、揠木、封水、聚火和裂土之陣。另有數種即將失傳的奇陣：嫁衣之陣、天雷之陣、萬星照月大陣和呼風喚雨之陣，皆是涵蓋天地，包舉萬物，牽一髮而動全局的大陣。

＊九九窮方大陣——

乃國師張若虛集前人法術之大成所創，爲天下罕見的奇陣。其九道大的橫線，代表了九陽，九道大的豎線，代表九陰，九陰九陽相剋卻也相生，彼此作用，生成八十一條小線，每一個格子裏的陰陽之數各自不同，如此反覆，窮盡萬物。後竟被談寶兒意外破解。

＊封水之陣——

全名「北斗封水大陣」，是蓬萊五大基礎陣法之一。這種陣法布下時，暗合天上北斗七星之數，布陣之法，是將真氣以一個特殊的方式，按北斗之形散於地面七點，借助天地人三者感應之力，可控制天地間的水元素。

＊九鼎大陣——

上古之時，神州被稱爲九州，因洪水席捲。水神大禹受羿神之命治水，發現是九條魔龍搗亂，他耗時三十年，開出了貫通神州的天河，一面採集藏於東海之底的大地精鐵，以無上神力引來九天之火，費時九九八十一天，終於煉成了九只巨鼎，分別放置在九州大地，鎮住了九條魔龍，洪水乃止。此九鼎彼此牽引，組成了神州最大的陣法「九鼎伏魔大陣」。

＊鏡花水月之術——

被施法之物表面上猶如覆蓋了一面明亮的圓鏡，可於夜間用來觀察天象。

＊畫皮之術——

乃移形大法基礎。以羿神筆臨摹他人形象，可以假亂真，猶如今之化妝術。

＊嫁衣之陣——

主要作用是可以轉借功力，一是直接吸收別人的真氣為自己所用，另外一個則是將自己的功力暫時或者永久借給別人。又號稱「永不停息之陣」，因為敵人的真氣一旦為自己所用之後，很快就會變成陣法的一部分，直到窮盡為止。

＊三頭六臂術——

即分心三用之法，可以讓人在一段時間內具有三個頭，六隻手臂。

＊一法萬相術——

是一種精神術，可以影響和你接近的人，使他認為你和他自己記憶中的人完全一樣。

＊七星誅神大陣——

全稱爲「七星伴月誅神伏魔大陣」，號稱蓬萊第一殺陣。據說此陣由七人組成，借的是明月的晦氣和北斗七星的煞氣，一旦運轉，便是神魔都難逃一死，因此威震神州。

＊千里獨步，縮地成寸術——

能將十里百里的路程縮短到只有一寸那麼短，千里的距離只需要走一步就可以到。

＊三昧真火之陣——

蓬萊火系陣法的極致，無堅不摧，無所不融。

＊渾元神光罩——

羿神的獨門護體神功。

＊吸星大法——

一種妖術，可將被施者的真陽內力全部吸走。

＊御風弄影術——

施展此術，施法人會變成一陣風或者一個影子，旁人根本無從發現。

＊斷念符——

一種比燎原符還高級的火符。一旦燃燒起來，只燃燒能思維的生物，對於不能動的生物卻可以無傷。

＊聚沙成塔陣——

傳說中可將千萬人的力量集中到一個人身上的魔法陣。

＊黑手印——

魔族不傳之秘。

＊千里連心術——

寒山派法術。施展此術，使得相隔很遠距離的人可以通過念力交流思想。

珍奇寶物

＊乾坤寶盒——

長方形，非金非玉，不知是何物造就。會放出金色閃電。需念咒語才能打開。原爲談容所有。

＊羿神筆——

長約三尺，筆身巨大，乳白色，有竹結，毛筆通體漆黑，光滑如錦，上面還隱有金光流動。傳說原爲上古時羿神所有，不知何因，流落人間。

＊落日神弓——

弓身通體漆黑，弓弦則呈紅色。據說能射下天上紅日。亦稱「英雄之弓」。與閉月箭互爲神器。

＊雕翎箭——

亦爲神器。不只能射物，更兼有拔毛的神效。

＊酒囊飯袋——

可裝眾多物品，卻不會有重量。是胡戎族的寶物。

＊無縫天衣——

近乎透明，水火難侵，法術難傷，是上古武神的隨身戰衣。穿上這件衣服，所有的精神攻擊和低等級的法術攻擊都會失去效果。

＊吸風鼎——

上古九鼎之一。念動咒語，可轉掌控大小，吸納風流。

珍奇寶物

＊神靈膏——

爲靈龜小三所拉之物，專門治療皮肉之傷，用聚火陣將它熔化成膏狀，塗抹在傷口處，傷口便會自然痊癒。

＊裂天鏡——

傳爲上古時代爲共工所有。此鏡具有破碎蒼天的力量，故而有女媧補天的傳說。

＊碧潮劍——

是上古魔神刑天的佩劍。刑天被天魔攔腰斬斷而死，死時鮮血曾噴到此劍上，從此此劍被傳爲不祥之物。

＊登雲靴——

由瀛州山上的一種神奇古木製成，這種古木被分割成塊之後，插入地面就能生長，即使做成鞋，依舊能保持生機達十年之久，一旦將真氣按摳木陣的排布釋放進去，立時就能引出木中生機，蓬萊弟子便能借助這種生機之力飛躍。

＊洪爐鼎——

除了可以用來煉藥之外，還可吸收控制一切火的能量。

＊周天水鏡——

具有洞徹陰陽之效，只要將鏡置於水中，便可以隨心意觀照到方圓百里之內一切動靜。

＊孽海果——

乃上古諸神所流的血所化，藏於孽海花中，凡人吃下一顆能增加十年功力，天資最好的人，最多可服用三顆。服時需以九陰流水陣爲輔。

＊陰風白骨箭——

骷髏族的鎮族之寶。

＊華炎冠——

與夏皇服合稱「華夏衣冠」，是華夏兩朝開國皇帝的至寶。

目錄

第一章　神鳥大風

狂風如洪水一般，席天捲地，所過之處灰飛煙走，天地變成了一個大蒸籠，遠遠看去，雲蒸霞蔚，很是壯觀。大風城城上城下的魔人八族和神州人族正打得熱火朝天，但那狂風一捲，魔人八族士兵，無論敵我，都被這陣狂風捲起，抛下城去。

地面飛沙走石，強勁的風力直欲將整個大風城都掀起來。一時間，城門中慘叫聲此起彼伏，哭爹喊娘的比比皆是。

但很快，城裏的百姓和城頭的人族士兵卻冷靜下來，因爲這狂風所向，並非城內，而是四處城門下的魔人。被捲中的人族士兵不足魔人的百分之一。

首當其衝的卻是魔人八族中的鷹族，這些雄鷹雖然天生鳥翅如鐵，但遇到這撕扯天地的風力卻是毫無辦法，被捲得四處飛散，撞到地面，不是腦漿四濺一命嗚呼，就是翅折羽斷再也無力飛行。

其次卻是城樓上的骷髏雲梯。這些由上百名骷髏兵組織起來的雲梯，結構雖然堪稱牢固，但被這大風一捲，立時好似沒有根的草一樣，重重地砸到城牆上地面上，頓時摔得稀爛，再也無法重新組合起來。

護城河裏的魚族更是不堪，他們被這風力硬生生給刮得壓到水底去。圍攻京城四面城門的八百萬魔人軍隊本是前赴後繼地朝前衝，一旦沒有了魚橋，前方的軍隊便慌忙後退，但後面的卻慣性刹不住車，立時撞到一處，亂成一團，被大風一吹，互相踐踏，死傷無數。

也不知過了多久，八百萬魔人終於艱難地撤出了十里之外，脫離了狂風籠罩，所過之處沙塵盡去，唯有一大片一大片的屍體。

狂風瞬間止息，天地重又回復平靜。塵埃落定，城中眾人驚魂稍定，抬首望天，只見大風城上空，懸著一隻青羽巨鳥，捲起這場大風的，不是老天爺，而是這隻巨鳥！

雖然隔著千丈高空，卻可看清那鳥一身青羽，身材之巨大比之九木神鳶猶有過之，雙翅張開，垂天之翼直接遮住了方圓十多里的大風城，此時雖然雙翅平展，但卻依舊有風流疾射而出，而雙翅振動，想來就是剛才那驚天動地的威勢。

「這……這是神鳥大風！」若兒在看了天空一陣之後忽然失聲叫了出來。城頭城上，眾人都是如夢初醒，叫道：「真的是大風神鳥！天佑大風城，降下護世神鳥！」一時間，城中不管是百姓還是士兵，又是震懾又是感激，都紛紛跪倒在地，磕頭叩拜。

若兒也滿是敬畏地給那天空的神鳥磕了個頭，側頭卻見眾人之中唯有談寶兒兀自挺立，仿如鶴立雞群，臉上神色詭異，忙朝他使眼色，低低叫道：「老公你愣著做什麼，還不下跪？」

談寶兒如夢初醒，走過來陪她跪倒，假假磕了幾個頭，低聲讚道：

「這鳥好大，那鳥腿我估摸著最少也有千斤上下，嘖嘖，卻也不知可以抵得幾萬隻雞腿了！」

若兒聽得忍俊不禁，但懾於那神鳥大風之威，卻又不敢，一時忍得好不辛苦。

空中青羽神鳥發出一長串悅耳的清脆鳴叫，雙翅輕輕扇動兩下，整個身形忽然慢慢變淡，過得片刻，憑空消失不見。天空復又歸於澄清，陽光從空中投下，照出一城的生機。

城外魔人損失慘重，直退出十里之外，人心驚惶，折騰了許久才將陣型重新集結，雖見大風鳥消失，但一時半會卻是再不敢靠近城池，只是遠遠地對大風城形成合圍之勢。

這場暴風驟雨似的攻城大戰，終於也以一種突然的方式突然結束。等待著大風城的，將是一場曠日持久的守衛戰。

大風城中眾人這才敢起身來，各自面面相覷，要不是城下堆滿魔人屍體，空中還滿是泥沙，只會懷疑剛才所發生的事好似做了一場大夢。

一片安靜裏，談大英雄望著天空，忽有些憤憤不平：

「還神鳥呢？你要真有靈，就該衝出城外，將魔崽子們都用風吹死才對啊！」

這話立時引來旁邊的若兒一頓白眼，但她自己卻也和一旁的眾士兵一樣心中存下了疑問——這大風鳥從何而來，為何竟不出城？

眾人正議論紛紛，忽聽一陣馬蹄踏過路面的嘀噠聲響從內城傳來，抬眼望去，一騎絕塵而來，走到近前，馬上騎士一勒絲韁，將手中一卷黃綢卷軸衝著城頭一揚，朗聲道：

「皇上有旨，魔人暫退，談容立即入宮商議大事！」

談寶兒心中大奇：「皇帝老兒人在宮中，怎麼知道魔人暫退？」卻不敢怠慢，當下命雲臺三十六將協助守城，自己和若兒兩人朝著皇宮飛去。城中百姓見兩人御風飛行，自然又是一頓驚嘆，紛紛頂禮膜拜。

過不得多時，兩人落到皇宮門外。遠遠地，便已看見楚遠蘭在那裏翹首以待。見兩人現身，楚遠蘭迎了上來，將兩人接入宮中。

楚遠蘭臉色很是難看，待離開宮門侍衛遠了，對談寶兒道：

「容哥哥，宮裏大臣這會兒正為你吵成一團，你進去可要小心點！」

「為了我？難道這些大臣看我英雄蓋世，也要爭著將女兒都許配給我？不娶吧，得罪

人；娶吧，又對不起你們倆……這叫我如何是好啊？」談寶兒一愣之後大是為難。

「不是啦！你腦子裏都在想些什麼呀！」楚遠蘭又是好氣又是好笑，「我將魔人入侵的消息帶給聖上的時候，百官正好在早朝。陛下在宮中透過周天水鏡，看到整個大風城的情形，於是……」

「等等，什麼周天水鏡這麼厲害，可以在宮裏看到整個大風城四周的情形？」談寶兒大奇。

不懂就問本來是個好習慣，但誰想談寶兒這個話題一問出，楚遠蘭的臉上是詫異到了極處。

楚遠蘭伸手摸摸他額頭，道：

「容哥哥，你沒有發燒啊！我知道的關於宮中周天水鏡的事，可都是你告訴我的，怎麼你現在反而來問我了？」

「啊！」談寶兒嚇了一大跳，心念一轉，哈哈大笑道：「難得你還記得！我就是要考考你，看你記得多少！」

楚遠蘭這才恍然，笑道：

「容哥哥你就是這麼壞，從小到大就喜歡考人家！這周天水鏡，本是記載於《諸神志》

的器篇上，據說此物本為禹神所有，具有洞徹陰陽之效，只要將鏡置於水中，便可以隨心意觀照到方圓百里之內一切動靜。此物繼禹神之後，由防風氏所有，之後輾轉十餘人，終於開元初歸於聖帝，此後皇室一脈傳承，至於今日。我答得對不對，容哥哥？」

「對……才怪！你這丫頭是不是未老先衰，許多東西記不清楚了？那我可得考慮要不要娶你了！」談寶兒狗屁不通，自然不知這些典故，聽到楚遠蘭如數家珍一樣說來，本是要說對的，但話到嘴邊卻心念一動，便立時轉了話鋒。

果然，楚遠蘭眼中一絲疑色終於消失，假嗔道：

「容哥哥，你又欺負人了！人家不過是故意將祝神說成禹神，你有必要這麼損人家嗎？」

談寶兒心知自己又化解一次難題，但老大和楚遠蘭過去的事自己依舊是一無所知，只怕要繼續冒充下去會遇到更多的困難，老子是不是該裝扮成失憶或者是直接找她坦白？他轉念一想，周天水鏡如此厲害，以後在皇宮中行事，可得小心謹慎些才好，不然萬一哪天皇帝老兒心情好，拿那鏡子專門來照自己，可就什麼好事都做不成了。

正想間，忽聽若兒咯咯笑道：

「那還用說！我們談大英雄博古通今，有什麼是不知道的，楚姐姐，你和他要小聰明想考他，可不是自己找罪受嗎？」

談寶兒趁勢嘿嘿笑道：「還是若兒聰明啊！蘭妹你以後可別亂考我了，繼續說吧！」

「謹遵夫命！」楚遠蘭嫣然一笑，「皇上在宮中通過周天水鏡，知道雖有雲臺三十六將復生，但無可用之兵，肯定也抵擋不住魔人八百萬大軍。便釋放出了神鳥大風之靈，以神鳥之威，暫時逼退魔人……」

大風鳥是皇上放出來的嗎？談寶兒聽得又是一驚，但這次他卻沒有再多問。這看似誰都可以自由進出的皇宮之中，究竟藏了多少不為人知的秘密呢？

卻聽楚遠蘭續道：「現在大家都在爭吵著這次京城保衛戰，以誰為主帥。我爹和兵部的吳尚書提議以你為帥，太師則聯合其餘幾部尚書，提議的卻是布元帥。」

「以我為帥？不要了吧！岳父他老人家還真看得起我！」談寶兒直接嚇了一大跳。他自己有幾斤幾兩，他自己是再清楚不過。單打獨鬥或者還成，但要是指揮大軍作戰，卻連若兒也未必比得上，自然更不能和布天驕爭了。

若兒笑道：「老公你怎麼這次這麼謙虛了？這統領滿城大軍，打退魔人侵略，這可是一定會名留青史的榮光啊！」

青屎？多半是因為消化不良，在上面留名有什麼光彩的了？談寶兒聽得暗自搖頭。

楚遠蘭正色道：「其實這不僅僅是榮光的問題，最主要的是，這次京城保衛戰，關係人類存亡，神州興衰，只許勝不許敗！因此，由一個更有能力的人坐鎮，勝利的希望就更大。」

談寶兒見兩女都目光火熱地望著自己，不由失聲道：

「該不會你們認爲我比布元帥還更有能力吧？」

「不是認爲，是根本就是！」兩女齊聲回答，臉上都滿是驕傲和自信。

談寶兒暈了暈，唯有苦笑道：

「以我爲帥，我本人夠帥我承認，但此帥可非彼帥，到時候人類的前途不知道會被我引向何方呢！」

談話之間，前方卻已到了皇城的主殿正大光明殿。之前出門去雲臺的時候，談寶兒並未走正門，是以這是他第一次看到正大光明殿。

一眼望去，只見白玉臺階高貴華麗，上面一座氣勢磅礡的巨大宮殿，門前一對金龍吐珠，百多名威風凜凜帶甲士兵森然肅立。裝修雖然不多，並沒有其餘宮殿的奢華，但隱然卻給人一種大氣之感，可謂是簡約而不簡單。

三人來到殿門口，自有侍衛通報上去，過不得多時，便有太監尖銳嗓音層層傳遞出來：

「宣天威王談容、雲蒹公主、楚遠蘭上殿！」

大殿內，大臣們分文武兩隊站好。因爲大夏重武，又以右爲尊，所以武將俱站在右路，而文臣則在左邊。唯有天師張若虛的地位卻最是崇高，竟然單獨站在了龍椅下的臺階之下。但最讓談寶兒奇怪的卻是，布天驕不知爲何正跪在大殿中央，一臉凝重。

所有的人臉上都是冷酷如冰，面無表情，談寶兒一路走過去，心頭暗罵：「老子在外面出生入死的，到宮裏還要看你們這些傢伙的臭臉，好像欠你們幾百萬一樣！太沒意思了吧！」

談寶兒一路走到臺階下，詫異地看了看布天驕，和兩女下跪參拜：

「參見吾皇萬歲萬歲萬萬歲！」

「免禮！」永仁帝卻是場中唯一面帶笑容的，「容卿，你果然不愧是朕的肱骨之臣，每當國有危難，你總能挺身而出。龍州一戰，南疆之役和東海之局也就不說了，如今這魔人從天而降，竟也被你獨力抵於京城之外，勇哉，壯哉！」

談寶兒雖然臉皮其厚無比，聞言也微微有些發燙，忙笑道：

「陛下過獎了，這都是陛下洪福齊天，將士們用命，至於微臣能立下那點微末功勞，也不過是運氣好！」

這最後一句自是大大的實話，但永仁帝和滿朝文武聽了，都覺得談容少年老成，謙虛謹慎，不驕不躁，一時不是暗暗點頭就是鄙視這傢伙虛僞。

永仁帝哈哈大笑道：「容卿太謙了！想來剛才楚姑娘也和你說了，現在諸位臣工正在商議本次抗魔大事，不知你有什麼高見？」

高見麼？老子是連屁見都沒有！談寶兒心頭嘀咕，口中卻只得道：

「陛下，在座諸位大臣年紀都比微臣長，吃過的鹽比我吃的米多，過的橋比我走的路多，我也沒有什麼比他們高明的意見了。只不過是這兵來將擋，水來土掩，魔人既然來了，我們直接將他打回老家就是。」

「好！」永仁帝重重一拍龍椅，「朕要的就是這句話！朕打算讓你全權負責本次京城保衛戰，不知你意下如何？」

談寶兒聽得全身一陣冷寒，心想皇上這個玩笑開大了吧，要真是由老子來指揮京城保衛戰，大概你老人家是連明天的早飯都吃不上，就已被魔人從床上拉出去遊街了。

他正要說話，太師范正已迫不及待地跳了出來道：

「皇上請三思！談將軍雖然神功蓋世，但誠如他自己所說，他畢竟年紀輕，經驗淺。此次魔人八百萬圍城，守城之責更是重如泰山，臣以爲應該讓布元帥這樣有經驗的老將擔當主帥，才是上策。」

范正話音未落，談寶兒的便宜岳父，禮部尙書楚天雄已出列道：

「啓奏陛下。布元帥早年征戰沙場，乃是不可多得的老將，只是如今魔人八百萬困城，城中卻只有不足十萬之軍，雖有神鳥大風之靈相助，但民心依舊有些浮躁。談將軍當日在百萬軍中立斬魔人主帥，乃是魔人剋星一樣的人物，在民間享有極高的聲譽，更被稱爲戰神轉世，若有談將軍爲帥，可收穩定人心之效。」

「陛下，楚尙書這是私心……」范正還要再說，卻被永仁帝皺眉打斷道，「太師言重了！」范正立時再也不敢說什麼。

天子發怒，威加四海，一時大殿之中誰也不敢再說話，空氣好似快結成了冰。若兒本來想替談寶兒說話的，見到這樣的情景，也唯有乖乖閉嘴而已，只是緊緊握住身旁楚遠蘭的手，卻發現後者也是一手熱汗，顯然緊張至極。

永仁帝沉吟片刻，最後將目光望向大殿中央一直跪著的布天驕，道：

「布元帥，你也先起來吧！你一片忠心爲國，朕是知道的。但此次三軍元帥，卻事關國家興亡，還需要從長計議，你再請命也無用。」

布天驕無奈道：「臣遵旨！」起身站了起來，望了望身側的談寶兒，微微苦笑。

永仁帝目光從滿朝文武的臉上掃過，心裏嘆了口氣，最後落到一直沒有作聲的張若虛臉上，問道：

「國師，你精通陰陽八卦，不如你卜一卦，看看是布天驕做主帥好，還是談容做主帥好！」

於是滿殿的人眼光都全落在了張若虛的臉上。

皇帝這麼說，擺明了是說自己很爲難，問張若虛支持誰，因爲那卜卦的結果怎麼解釋，還不是張若虛自己一張嘴的事。但所有的人都無可奈何，因爲張若虛身爲國師，地位超然，素來不參與朝中紛爭，也完全不怕任何人的威脅，有時候甚至永仁帝的面子也是不賣的。

眾目睽睽之下，張若虛神色肅穆，恭敬回道：「遵旨！」說完從腰間隨身攜帶的大黃布袋裏摸出兩枚銅錢，嘴裏念念有詞，虔誠禱告一番，隨即將兩枚銅錢朝空中一拋。

談寶兒的眼光和眾人一樣，順著那兩枚銅錢而起伏，心中卻覺得有些好笑，神州九千萬人的命運，便決定在這老雜毛手掌翻覆之間了。

「叮、噹！」兩聲脆響，銅錢落在大殿的水玉石上。但讓所有人都大吃一驚的是，這兩枚銅錢居然全都沒有正反面向上，而是邊緣著地，直立向上。

「國師，這是怎麼個解釋法？」永仁帝讓張若虛卜卦少說也有百次之多，但也從未見過這樣的情形，不由雙眉緊鎖。

張若虛先是臉色大變，隨即俯身將銅錢拾起，朝永仁帝一拱手道：

「陛下，此卦乃是古往今來之所罕見，叫做無卦之卦。」

「無卦之卦？」永仁帝和朝中諸人一樣聽得愕然。

「正是！」張若虛臉上露出了笑容，「《易經》有云，『無卦為上』，意思就是說，這沒有卦象的卦才是世上最好的卦！」

「那是什麼意思？」永仁帝更加糊塗。

「這卦的意思就是，上天昭示我們，這卦不要問天，全憑人自己作主。」張若虛笑得如三月的春風一樣和煦，但落在滿朝文武眼裏，這傢伙現在根本就是隻奸猾的老狐狸。裝神弄鬼之後又說了半天的廢話，意思就只有一個：這個誰做主帥，我這個老天爺的發言人也不知道，你們自己看著辦吧——等於什麼都沒說。

「是這樣啊……」永仁帝聽得也是大失所望，「老天爺也不知道，那看起來，這問題可真是麻煩了！」

張若虛笑道：「陛下不必憂慮，其實此事一點也不難，貧道其實有個主意。」

「哦？快快講來！」

「是！其實這帶兵打仗，除了智慧第一之外，最重的就是勇。談將軍和布元帥的韜略那是不用懷疑的了，說到勇氣，談將軍單槍匹馬在百萬軍中取過主帥首級，而布元帥百戰功成，也是勇冠三軍。要從兩人之中挑選一人為帥，那就讓兩位分別展示一下自己的勇氣，看誰更勇，就以誰為帥，那旁人便也無話可說。陛下以為如何？」

永仁帝皺眉道：「這個提議不可謂不好。但這勇氣終究是虛無之物，怎麼能分出誰更勇？」朝中諸人也都是議論紛紛，顯然存念和永仁帝一樣。

張若虛笑道：「此事不難。如今魔人有八百萬大軍駐在城外，必然有帥旗，談將軍和布元帥兩人都是絕世身手，只要兩位今夜孤身去敵營裏走一趟，誰能將帥旗帶回，誰就是最勇。此舉既可檢驗出兩位的勇氣，又可以大挫魔人銳氣，不知陛下以為如何？」

「哄！」話音一落，滿朝譁然。談寶兒自己更是眼珠瞪得老大，他再也沒有想到張若虛竟然會想出這樣一個餿主意來！要知道城外可是有八百萬魔人，每人吐一口口水，也能將自己淹死個七八十回了。

他正要分辨，楚天雄已出列急奏道：

「皇上三思，此事萬萬不可。魔人勢大，談將軍和布元帥若是孤身深入，很可能是有去無回。」

永仁帝還未發話，太師范正隨即出列奏道：

「楚尚書這是過慮了。談將軍是戰神轉世，布元帥也是勇冠三軍，別說去一趟魔軍陣營，只要一炷香的時間，就可以來去個十次八次，順便再在那邊洗個澡喝喝小酒也是足夠了！說不定，他們兩位去魔人陣營走上一圈，魔人被兩位的神威嚇得屁滾尿流，自動退兵，永世不敢進犯神州，也是很可能的！談將軍，布元帥，你們說是不是？」

談寶兒和布天驕都沒有回答他，只是在那裏翻白眼。開玩笑！八百萬魔人，你以為是八百個還是八個？一炷香進出個十次八次？你以為是做什麼呀？

永仁帝沉吟片刻，問談寶兒兩人道：

「兩位卿家對此提議有何意見沒有？」

談寶兒很想說自己強烈反對這個提議，但眼前布天驕沒有作聲，自己如果先說不去，肯定會被人鄙視自己膽小，於是閉口不言。

布天驕看他不說話只是看自己，只以為這少年胸有成竹，完全是不將生死放在心上，不由傲氣勃發，拱手道：

「臣願意接受此提議！」

「太好了！布元帥都接受了，談將軍你勇蓋當世，肯定不會反對的是吧？」若兒興奮得一邊跳一邊去拉談寶兒的衣襟。小丫頭生來最是崇拜英雄，談寶兒是她心中獨一無二的蓋世英雄，又加上是她心上人，自是更加望夫成龍。

談寶兒看著若兒清澈眸子中的期盼，心神一蕩，熱血一陣沸騰，大聲道：「臣也願意！」話一出口，心中大悔，唯有苦笑一聲，暗想難怪老胡老說英雄難過美人關，老子稀里糊塗的又將自己逼上絕境了。

「好極了！」永仁帝哈哈大笑，一拍龍椅站了起來，幾步走下玉階，一左一右抓住談寶兒和布天驕的手，「兩位愛卿如此神勇，朕心甚慰！那就今夜子時，兩位一起進入魔軍陣營，誰奪得魔人帥旗，朕就將此次京都保衛戰指揮權交給他！」

談寶兒和布天驕對望一眼，都是氣勢洶洶，熱情高漲，但內心裏卻同時發出一聲苦笑：這都叫什麼跟什麼啊！

當即永仁帝一面讓戶部出安民告示，說了些八百萬魔人都是紙做的老虎，一吹就滅，大家齊心協力捐出最後一根褲腰帶，一定可以將魔人打退之類的廢話，一面就在正大光明殿上賜宴，大宴群臣，爲談布兩位勇士壯行。

談布兩人因爲是眾人焦點，大夥兒自然是不斷向兩人拼命敬酒。支持談寶兒和布天驕的都是一般心思，只要將布天驕（談寶兒）灌醉了，影響發揮，自己所支持的人便能奪得魔軍帥旗。

只是可惜得很，談布兩人都是久經酒精考驗的酒罈高人，最後他們兩人雖然都是臉頰飛紅，英武中平添了幾分嫵媚，但滿朝文武卻也是醉得亂七八糟，如被打得潰不成軍的軍隊，一個個東倒西歪，不堪入目。

席間有士兵彙報，說是魔人已全面退到大風城三里之外，寂然全無動靜，就連鷹族也未放出一隻到大風城上空偵查。永仁帝和百官聞言大喜，心知魔人果然是怕了神鳥大風，再不敢輕舉妄動。

談寶兒心中本是充滿疑問，此時趁機道：

「陛下，臣以前一直只知道神鳥大風，只是存在於傳說之中，卻沒想到京城中真有大風之靈。」

大風城中有大風之靈，此事眾臣皆不知，聽談寶兒說出這類似疑問的語句，便都將眼光集中到永仁帝身上。

永仁帝談道：「大風城初建於五百年前，傳說此城建築時，其時有神鳥大風經此，見百姓築城辛苦，便用嘴從海外神山上叼來青玉石，堆砌成牆，後人爲彰其功，便以鳥名冠城。這點人所共知。聖帝當初入城之後，偶然於城磚中發現神鳥之靈，以奇法收藏，因此才建城於此，神鳥之靈便也歷代帝王相傳，並告誡子孫，非萬不得已，不可出示。朕也以爲有生之年再用不到鳥靈，萬料不到，今日魔人八百萬從天而降，朕再不請神鳥相助，城池必破。」

眾臣聽得欷歔不已。唯有談寶兒心中對永仁帝更添敬畏。初時他從若兒那裏見到仙豆神兵等各種奇豆，之後又是雲手，周天水鏡，現在又是大風神鳥，真不知道這老傢伙暗自裏還藏了多少寶貝。老子還是小心些好，天知道哪天他一下子又變出什麼驚天動地的法寶來，一不小心就能要你的小命。

天色入黑之後，士卒來報，說魔人伐城外之木為帳，已設帥營於東門，帥旗矗立至高之處。永仁帝當即拍案而起，吩咐擺駕出宮，領著談布兩人以及文武眾臣向著城外走去。

大街之上燈火通明，行人如織，商鋪酒樓依舊紅火，卻也不知是因為大家對神鳥大風的信心，真覺得八百萬魔軍只是數字嚇人一點，並無任何可怕之處，還是因為有了末日情緒，覺得人生得意須盡歡，行樂須及時。

到得東門，士兵打開城門，永仁帝不顧眾大臣勸阻，意氣風發地親率諸臣出了城門，過了鐵索橋。永仁帝執住談布兩人之手，語重心長道：

「國之存亡，全在卿等之手！你們切莫讓朕失望才好，不管發生什麼事，朕會在背後支持你們的！」

「我們也會支持你們的！」一干大臣齊聲表達自己對國家的一片忠誠。

談寶兒兩人聽得是熱血沸騰，覺得真是忠臣遇到明主，明珠沒有暗投，肝腦塗地也是在所不惜，感動得熱淚盈眶之後，一齊道：

「陛下放心，臣一定奪得帥旗歸來！」

兩人話音方落，便聽得耳畔喊殺聲大作，側頭望去，只見魔人陣營之中燈火通明，卻是東門鐵橋放下，魔人看到，已然殺奔過來。

「皇上當心……安全！」談寶兒的話說了個斷續，因爲等他回過頭來的時候，永仁帝和一干大臣已經一溜煙跑光，「砰」地一聲，鐵門重重關上。

「我頂你個肺啊！又說要支持我們……」談布兩人同時罵出一句粗話，然後對望一眼，像極了兩隻灰溜溜的大灰狼。

「現在我們怎麼辦？」談寶兒望望遠方那潮水一般湧上來的魔人軍隊，問站在身邊的布天驕。

「當然是衝進敵營奪帥旗，不然怎樣？」布天驕笑得像隻老狐狸。

「人家都沒有叫，就這麼進去？我可不是隨便的人！」談寶兒的話說得很曖昧，但布天驕卻不動聲色：「你不是隨便的人，但你隨便起來不是人！」

「哇塞！有你的！」談寶兒被老狐狸一句話憋得差點沒悶死。

兩人聊天打屁的功夫，那黑漆漆的，彷彿帶動整個黑夜在流淌的魔人大軍，顯然是看到城門緊閉，又已經洶湧澎湃地退了回去。

這一次，談寶兒不待布天驕說話，已化作一陣清風，朝魔軍陣營飛了過去。

「原來你也會隱身術？」布天驕陡然發現自己身邊沒有了人影，不由大吃了一驚，隨即默念咒語，身體隱得淡不可見，跟上談寶兒化作的清風。

談寶兒見此，震驚這老傢伙名不虛傳之餘，卻也大叫了一聲晦氣。他之所以最後堅定信心去八百萬魔軍中奪取帥旗，正是想到自己的御風弄影術可以隱去身形，又有布天驕這個猛男去吸引魔人的注意力，自己無聲無息的潛入，即便不能成功，也定能全身而退。現在這老傢伙和自己一樣的使出了隱身類法術，這個如意算盤可算是落空了。看來只有盡人事，聽天命了。

兩人一起朝魔軍陣營飛去。雖然看不到彼此，但屬於高手的特殊靈覺，卻讓兩人能輕易地感受到彼此的位置。

飛不多時，兩人來到魔軍聯營之前。

這次魔人八百萬從天而降，爲避免其餘七族都得摔得粉身碎骨，鷹族是不辭辛勞地從空中到地面的搬運。因爲七百多萬人的運輸量實在是太大，這糧草輜重之類的東西，便沒有及時運抵。所以行軍帳篷就沒有。

但這些魔人卻是天生的力氣大，被大風鳥捲起的大風逼退之後，當即在大風城四周砍伐樹木，割些冬草，竟然在一個下午，就已建成了一大片的木屋聯營。

談寶兒立在聯營前，看那些木屋一間間建築精巧，有的甚至還雕了花，不由欽佩至極，心說將來老子要是帶兵平了魔陸，一定將這些傢伙改造成建築工人，嘖嘖，出口到其餘大陸去，肯定賺個缽滿盤滿的。

他正思索間，卻「見」布天驕招呼也沒有打，已很沒有義氣地自己先闖進魔軍陣營而去，怕被他拔了頭籌，當即不敢怠慢，催動法力，追了上去。

兩個人無聲無息地闖過營門，朝著帥旗所在的方向飛撲過去。因爲兩人一個是風態，一個是隱身狀態，加上夜色掩護，魔軍陣中雖然守衛森嚴，卻也無人能夠發現。

談寶兒之前只接觸過魔人八族中的魔人族、蛇族和狼族，此時近在咫尺地見識了其餘五族，見這些傢伙一個個面目猙獰，特別是骷髏族全身除開白骨，就是綠幽幽的黯淡鬼火，虎族發出的腥臭讓人幾乎無法呼吸，初時少不得有些心裏發毛，但眼見這些傢伙都對自己視而不見，暗暗便有了些得意。

這次這樣大的陣仗，於魔人而言，可說是傾國之兵，這次魔皇肯定是親自率眾而來，要是老子潛進御帳，憑藉御風弄影術將他幹掉，那這八百萬魔軍自然就退了。

但這個誘人的想法僅僅是在談寶兒心裏轉了轉，就被打消掉了。且不說魔皇這老魔崽子身爲魔陸三大絕頂高手之一，絕對是個變態人物，就是今天白日敢在三軍陣前囂張的攻了自己三招、被自己懷疑是厲九齡的老傢伙，就絕對不是他自己所能輕易應付的。

夜色，將整座軍營壓迫得黑漆漆的一片。談寶兒一路穿行過去不見一盞燈火，不由對魔人有了一絲憐憫之心——魔人就是窮啊，連點燈的油錢都沒有，難怪要跑到我們神州來搶劫了。

魔人的營帳，層層疊疊，採用的是一種類似圓環套圓環的結構，就是在最外面的是個大圓，越向裏就越是小圓，但所有的圓其圓心都重疊在了一起。

談寶兒和布天驕兩人，無驚無險地，以迅快的速度穿過外面的聯營，過了九層圓圈之後，終於逼近那最中央的插著帥旗的帥帳。

魔人的建築風格很明顯和神州有極大的不同。這不是說兩者的建築精美程度不同，事實上，魔人的建築風格並不如神州很多人想像的那樣粗糙，反而可以稱得上是巧奪天工，只不過這兩者在裝飾品的選擇上有著很大的分歧。

譬如神州軍隊的帥帳，如果要裝飾，一定是龍虎之類的猛獸，顏色也一定選擇華麗高貴的金色，但魔人的帥帳，建築固然是精巧，可整個大帳居然被漆成了黑墨色，裝飾在大帳四周的卻是一些串成一串的骷髏頭，地面的邊角更是被潑了一大片詭異的鮮血，腥氣逼人。

那面高高飄揚在帥帳上空的魔人帥旗更是搞笑，一眼望去，魔人八個族的頭都被集中在了上面，圍成了一個圓圈，中間卻是一片空白。如果不細看，談寶兒還以爲這是在煮野味火鍋呢。

帥帳之外，談寶兒和布天驕對望一眼，眼中都滿是不可思議——原來接近魔人的帥帳是如此容易，那八百萬魔軍的包圍未免有些太兒戲了吧！

卻在此時，兩人的眼中都同時閃過一絲異光。因爲兩人幾乎在同時發現自己竟然可以看見對方的身形！御風弄影和隱身術同時失效。

這個變化才發生一秒，談寶兒甚至還來不及去研究究竟發生了什麼事，然後剛剛還黑得似用了幾十年的老鍋底的整個魔軍軍營就給透亮起來。成百上千的水晶燈籠從軍營的各個角落裏升起。

同一時間，彷佛是黑白相間的潮水如水銀泄地一般，從所有能想到的角落裏流了出來，那些黑色的是黑盔黑甲的虎族，而白色的卻是骷髏族。兩個種族互相相容，混合成一種黑白相間的激流，看上去洶湧澎湃，波瀾壯闊到了極處。

「不好！我們被包圍了！」布天驕大聲道。

「你這不是廢話嗎？能不能說點有建設性的意見！」談寶兒在驚天動地的喊殺聲裏，同樣大聲回答道。

「如今四面是敵！我們惟有置之死地而後生！」

「說簡單點！」

「擒賊先擒王！我們衝進師帳，劫持魔皇逃走！」

「好主意！你先！」談寶兒再不客氣，說話時候，已重重一腳踹在布天驕屁股上。然後他自己也緊跟著毫不猶豫地插進帳去。

「啊！」進入大帳，兩個人隨即同時發出了一聲驚呼。

大帳之內要是有千年王八萬年的鱉正在喝人肉湯，或者其他什麼的，這些日子見過許多大場面的談寶兒也不會如此失態，要命的是，這些都不是。

裝飾華麗到了極致的帥帳之內，空空蕩蕩，別說身為魔人主帥的魔皇，就連魔皇的毛都看不見一根。很明顯是有人算準了談寶兒兩人的反應，擺了個空城計。

「娘的，兄弟們，風緊，扯乎！」談寶兒溜出一句半生不熟的黑話，九霄之氣化作渾元之氣，遍聚全身，拔腿就朝帳外跑。他這次沒有打算走正門，所選的方向，和剛剛入帳時完全

相反。布天驕狡猾成精，不用談寶兒提醒，已然選擇了另外一個方向狂衝出去。

談布兩人皆是絕世人物，反應快到了極處，從魔人軍營中燈火四起，到兩人進入大帳再出帳，於常人而言不過是稍微轉一兩個念頭的時間，但兩人這迅捷的反應卻早也已在人算計之中。他們運足全身功力朝那木質的大帳衝去，卻好像兩頭綠蒼蠅高速衝撞到了銅牆鐵壁，直痛得二人齜牙咧嘴。

這還不算，最要命的是，這銅牆鐵壁上竟好似有著某種專門對付蒼蠅的噁心黏液，談寶兒和布天驕側著身子開開心心地撞上去，然後和那帳壁立時變成了一對親密愛人，好得如膠似漆，再也不能分開。換個角度看起來，神州大夏朝地位最高的兩位武將，此刻好似被掛在牆上等待被風乾的臘腸。

「我頂你個肺啊！是誰這麼沒有公德心，竟然在牆壁上塗強力膠水！」談寶兒破口大罵，正要運功掙扎，側頭卻見布天驕一動不動，當即冷靜下來，腦中迅快地思索自己生平所學，有哪一種神通可以讓自己脫出窘境。

兩人剛打算分析這些黏液的化學成分，一隊手持巨型開山刀的虎人已從大帳的入口處魚貫而入。這隊虎人入帳之後，也不正眼看牆壁上的兩隻蒼蠅，而是很囂張地分成兩隊站開，臉上神情都是冷酷中透著悲憤。

虎人排列整齊，卻聽帳外有人道：「螢火之光，也想與日月爭輝！神州人也太不自量了吧！」說時帳門推開，一個全身包得好似木乃伊的中年男人邁著八字步，施施然走了進來。

這人說話雖然不算很客氣，但紫金色的臉上卻是一團和氣，要不是他全身那木乃伊似的黑色金屬盔甲，很讓人懷疑他是不是某家酒店的老闆。

那人望著談寶兒兩人，好像有些局促，輕輕搓搓手，笑道：

「這個，你們夏人有句話怎麼說的來著？有朋自遠方來，不亦樂乎？貴客遠臨，未曾遠迎，抱歉抱歉！對了，兩位風塵僕僕的，吃過晚飯沒有？要是沒有，小弟這就讓下人去做，兩位是喜歡稀飯油條豆漿麵條，還是魷魚海參燕窩魚翅？」

談寶兒和布天驕腦筋一時都轉不過來，面面相覷，無法說出一個字來。

「這些兩位都不喜歡？」木乃伊臉上有些失望，「那糖醋鱸魚唇？清蒸大熊貓？紅燒嗚人？都不喜歡啊！那你們喜歡什麼，只要說出來，我們也是可以提供的！」

談寶兒和布天驕還是沒有說話。

木乃伊搔搔頭，很有些悶：「這些都不行啊？兩位的口味未免有些太挑了吧！你們究竟想怎樣吧？」

「放我們出去行不行？」談寶兒忽然冒出一句來。

「這個當然是沒有問題的了！都是手下人不懂事，我都說不要在這大帳上設置什麼陣法了，他們卻不放心……」木乃伊一臉歉然，也不見他做何姿勢，一直黏著談寶兒和布天驕的黏液神奇地消失不見。

「哈哈！你這人真是沒話說！夠爽快，我喜歡你！」談寶兒腳踏實地，頓時喜笑顏開。但現在不是講交情的時候，他說完這句，生怕木乃伊反悔，當即拱手道：「兄弟還有要事在身，你的飯就改天再吃，告辭告辭，再會再會……，你倒跑得快啊！年紀這麼大了，也沒有缺鈣啊！」

原來是他禮貌性的和木乃伊打招呼，轉頭正打算腳底抹油，布天驕已經二話不說很沒有義氣地推開帳門，朝門外闖了出去。

「再會，再會！」木乃伊微笑著拱手。

然後僅僅過了十分之一秒，談寶兒和布天驕兩人已經垂頭喪氣地推開帳門，重新回到了木乃伊的視線之內。

木乃伊笑道：「看起來我們還真是有緣分啊，這麼快就真的又再會了！」

我緣分你個大頭鬼啊！外面八百多萬人拿著武器對著你，你不回來才怪！談寶兒心裏氣悶不已，卻完全不能發作出來，只是笑嘻嘻道：

「那是，那是，咱們三人的緣分真的是大大的有！不徹夜長談都不行！」

「正是如此！」木乃伊哈哈大笑，「來人，看座！」

話音落時，便見那隊虎人走到營帳的兩邊，彎腰下去，身體一抖，頓時化作了一頭頭斑額大老虎。

木乃伊伸手做了個請的姿勢，微笑道：

「兩位請上座！」

第二章　誰與爭鋒

布天驕的臉色頓時變了。要知道上虎容易下虎難，俗話說，「人在虎背，上下皆難！」最要緊的卻是現在騎的還不是普通的老虎，而是虎人軍隊中的精銳，一旦坐上去，就好似坐在了刀尖上，已然是再次受制於人。

他正猶豫的時候，卻見談寶兒已經大馬金刀的在一頭老虎身上坐了下去，非但半點沒有緊張，反而臉上一副欣然，一時不由慚愧至極，心想：本帥多少大風大浪都經過了，膽氣卻還不如一個少年嗎?當即也裝出一副淡然自若的模樣，挑了談寶兒對面的一頭老虎坐了下去。

他卻不知道，談寶兒小時候見鎮上的大老闆們人人都喜歡虎皮座椅，以為這玩意很舒服，很是羨慕了好幾個月，現在機會來了，也不再考慮，立刻坐上去，和膽氣什麼的可是半點也扯不上關係。

木乃伊見兩人坐下，臉上露出讚賞神色，自己也在大帳中央的一頭老虎的背上坐了下來，大聲道：「來人，賜酒！」

當即帳門推開，一個美女端著個純金的托盤走了進來。托盤之上有三只巨大的高腳金杯，那美女依次給談寶兒、布天驕和木乃伊三人遞了一杯。

布天驕接過酒杯，只見杯中液體殷紅到了極處，隱然有股腥氣透出，心知這不知是什麼魔陸生物的血，一時眉頭暗皺。

「兩位貴客，請！我先乾爲敬！」木乃伊優雅地舉起酒杯，飲後將酒杯平傾，裏面金色見底，已然是一滴不剩。

布天驕一方面噁心杯中之血，一面卻懷疑這酒中是否有毒，正自舉杯不定，卻見對面笑嘻嘻的談寶兒手上已然將杯子湊到嘴邊，咕嚕咕嚕地就將那血喝了個乾淨，心中一發狠，當即舉杯將那血液飲了個乾淨。

他深怕那血味道難受，這一杯本是囫圇吞下，卻不料那液體入喉之後，舌尖餘味卻是香甜可口，一時詫異不已。

三人將酒杯遞回給美女。

木乃伊撫掌笑道：「兩位深夜潛入我八百萬軍軍營，被困之後，又敢坐虎凳，飲血酒，面不改色，當真是豪氣干雲！我十分欣賞兩位，不知道兩位有沒有興趣在我麾下效力？」

原來這小子果然是來勸降的。布天驕正想怎樣說一番義正詞嚴的話，然後光榮犧牲，卻

聽談寶兒笑道：

「要我們投降也不是不可以，不過你能給我們什麼好處？」

「兩位肯投降嗎？」木乃伊大喜，「只要兩位英雄肯歸降我魔族，金銀財寶，權勢美人，你們想要什麼，我都可以給你們！」

「真的？要什麼有什麼嗎？」談寶兒雙眼放光。

「談容！老夫一直以為你是個好漢，沒有料到你竟然是這樣無恥之徒！布天驕恥於與你同在一屋！」布天驕勃然大怒，「蹭」地一下從虎背上站了起來，大踏步走到帳門口，推門出去。

帳門外頓時一片的喊殺聲響起，兵荒馬亂，顯然是布天驕想強行突營而出。

大帳之內，木乃伊也是一下子從虎背上跳了起來，一把握住談寶兒的手，驚喜交集道：

「你就是那個談容？」

「如假包換！」談寶兒臉上在笑，心中也笑，這假的可是一定的，至於能不能包換就不肯定了，別說老子沒有給你一張購物發票，就算有，老大死在葛爾草原之後已經是化為飛灰歸於塵土了，難道我將整個草原賠給你嗎？

「好好好，真是太好了！你肯歸降於我，你要什麼條件？」木乃伊一頓狂喜。

「什麼條件都可以嗎？」

「當然！只要我有的，都可以給你！」木乃伊豪爽至極。要知道談容是神州的大英雄，一旦他歸降了自己，不管大風城中有什麼神鳥守護，士氣瓦解之後，破城便是指日可待了。

「那不知借陛下項上人頭玩幾天如何？」談寶兒笑嘻嘻道。

「你……你怎麼知道我就是當今魔皇？」木乃伊大吃一驚。

「拜託！你穿得跟個木乃伊似的，是個人都知道你身分顯貴了！再加上你一身高深莫測的法力，整個魔陸除了魔皇之外，還能有第二個人嗎？」談寶兒這賤人說這句話的時候，十指間光華顫動，藍色的電芒已在一瞬間朝魔皇的全身包裹了上去。

「你既然猜到我是魔皇，難道你還天真的以為我是浪得虛名？這樣就能擒住我了嗎？」木乃伊大驚之後一面哈哈大笑，一面催動法力，就要閃避開去。

「嘿嘿，你不是浪得虛名，老子的太極禁神大陣就是吃素的嗎？」談寶兒一臉奸笑道。

禁神大陣！魔皇大駭下強催法力，但他立時就覺出全身上下好似有億萬斤的重力壓制過來，往日仗以成名的皇極驚世身法竟比往日慢了百倍不止。

同一時間，九霄之氣發出的上百道一氣化千雷，已在一瞬間透過他全身厚重的鎧甲，鑽進了身體之內，霎時間封住了他全身奇經百脈，再也動彈不得。

不會吧？這麼容易就搞定了？談寶兒揉揉眼睛，很有些不可置信。堂堂魔陸三大高手之一的魔皇，就這樣輕而易舉的被自己一個陰招給制住了。難道經過孽海花果改造之後，老子真的變成了絕世高手了？

談寶兒正懷疑自己的運氣，身邊忽然覺出涼氣撲面肌膚生寒，卻是虎族的勇士已反應過來，瞬間化回人形，手持兵刃從四面八方朝他席捲過來。

「滾吧！」談寶兒大喝一聲，落日弓到手，瞬間射出上百道的藍色閃電。

早在大地之氣的階段，他的一氣化千雷配合落日弓就已可說是無堅不摧，經過大量孽海果的改造達到九霄之氣後，威力更是有了質的飛躍。

只見藍光一閃，立時就是慘叫聲響起，那十多名虎人瞬息間各自中了十道以上的一氣化千雷，那雷電之威穿過虎人身體之後，帶著這十多具龐大的身軀，擊中帥帳。剛剛還堅若金湯的帥帳，被這十多股完全不同方向的巨力拉扯之下，「轟」地一聲，四分五裂開去。

十多具虎人的屍體穿破帥帳之後，餘勢不止，向四面八方飛射過去，撞到包圍在營帳外的魔人士兵身上，頓時「喀嚓」之聲連續，一片筋骨盡折，又引起百多人斃命。

布天驕正施展神通和一大堆魔人糾纏，殺得雙眼血紅，屍橫遍地，但卻始終無法擺脫出去，這時忽有一名虎人屍體撞了過來，將他身側的一大堆狼人撞飛。他得到空間，當即飛身退出，回過頭來，卻和眾魔人一樣呆住。

水晶燈籠光芒籠罩的最亮處，談寶兒依舊一副嬉皮笑臉的模樣，但右手的兩根手指上卻正有一道藍色的光華悠悠閃爍，好似一把三尺長的短劍，而劍鋒所指的位置，正好是魔皇咽喉所在。

談寶兒眼見眾人都是一副呆若木雞的樣子，很是滿意，在九靈山學成真正的一氣化千雷之後，這些日子來是少有施展，這會兒用慢電之技凝聚成劍，再囂張不過了。

他心頭得意，臉上卻是一副冷酷模樣，大喝道：

「大家看清楚了，魔皇就在我手中，誰要是亂動一下，老子立刻就將他喉嚨割破！」

「不要傷害吾皇！」眾魔人在看清楚被談寶兒這個人類制住的，真的就是自己的皇帝後，都是大吃一驚，便要搶上來救人。

「都給我退下！誰敢再上前半步，就別怪老子不客氣了！」談寶兒一聲大喝，藍色短劍朝魔皇喉嚨上稍微比了一比，一點殷紅的鮮血頓時流了出來。

「不要！」眾魔人再不敢亂動，紛紛後退。

這人竟是當代魔皇？還被談容制住了？布天驕大吃一驚，但卻也來不及多想，自覺地跑到談寶兒身邊，滿臉通紅道：

「對不起談將軍，我剛剛誤會你了！」

「沒關係！大凡大英雄大人物，總是容易被別人誤解的，大家吹口氣就算了。眼下最重要的，是我們同心協力闖出去。」談寶兒回答的笑嘻嘻，但心裏卻對這老傢伙大大的瞧不起。

媽的，還京城兵馬元帥呢，連老子委曲求全置之死地而後生的絕頂好計都看不出來，就知道出去當活靶子被人砍，整個就一衝動老年嘛！大風城中的兵馬要是都交給你，那城不用一天大概就會被攻破了。

事實上，談寶兒是完全誤解了。布天驕身經百戰，自然不是有勇無謀。他剛才也已看出魔皇必然地位甚高，但此人也是個絕頂高手，就算合他和談寶兒的力量也是無法將其生擒，斷然不會想到談寶兒竟然會在一邊說話一邊將真氣透入大地，神不知鬼不覺地在營帳裏布成了失傳已久的太極禁神大陣這個陰招。

布天驕不知談寶兒心思，聞言雖只是輕輕點頭，但內心卻已對這少年欽佩到了極致，暗暗下定決心，今日一定唯他馬首是瞻。

談寶兒的眼光掃視全場，眼見眾魔人殺氣騰騰，蠢蠢欲動，他面上雖依舊掛著若有若無的微笑，暗自卻是心裏發毛，唯有將魔皇挾持更緊，大踏步朝西行。布天驕緊步跟隨。

眾魔人眼見他過來，不敢抵抗，卻絕不願放這惡賊抓了魔皇離開，正前方的魔人跟著他步伐後退，而後方和左右的魔人則亦步亦趨地跟了上來。

談寶兒一邊向前走，一邊觀察，只見四面八方和空中滿是魔人，黑壓壓的一片裏，地上七族和空中的鷹族中，當先一人都是身披一件猩紅色的披風，腰帶上都配有一塊閃閃發著紅光的寶石。

當看到這八個裝束奇特的人之後，談寶兒先是一愣，隨即猛然想起以前聽過老胡的描述，心中大吃了一驚：這八個傢伙，該不會就是魔人八族的族長吧？

再看過去，卻發現密密麻麻的魔人軍隊之中，竟然零星地夾雜了一批批很不專業的戰士。這些人全身素白衣服無盔無甲，在這一堆黑漆漆的盔甲裏很是刺眼。這一身造型，和傳說裏魔人的國教天魔教的教眾的職業套裝很相似。

八大族長和天魔教的高手竟然都集中在這裏了！只是魔皇這廝怎麼如此厲害，竟然算準了老子今夜要來取帥旗，這才在帳裡弄了個空城計不說，還將魔族的高手都埋伏在了帳外？談寶兒越想越是心驚肉跳，要不是現在魔皇就在自己手上，說不得他已經坐下等死了。

夜色深沉，燈火喧囂，雙方僵持著移動。八百萬人將三人圍在中央，整齊移動，每次腳

步一落下，便是地動山搖，說不出的壯觀。

但冰封之下必有亂流，這暫時的平靜，卻不可能持續下去。虎族一直是魔皇的親衛隊，戰力彪悍。談寶兒一步步挾持魔皇離開，虎族族長金均覺得面子大失，當即將手中方天畫戟一橫，就要跳出陣列，去攔談寶兒去路，一旁卻伸出一隻骷髏手將他肩膀按住。

金均運力一掙，頓時將那白骨手震脫，定睛看出是骷髏族長白長蒼，當即大怒：「老白，你這是什麼意思？為什麼不讓我去營救皇上？」

白長蒼冷笑道：「你是嫌命長嗎？如今皇上受制於人，你一衝出去，萬一累得皇上被殺死，你就等著上軒轅臺吧！就算僥倖讓你救出陛下，事後有人說你光顧自己逞英雄，不管陛下死活，這個罪名你擔得起嗎？」

金均頓時啞口無言。

魔人八族之中，除開金均是以武力著稱而少謀略外，其餘六位能坐上八族族長之位的，固然不是人人都如白長蒼一般聰明，但也都不是笨蛋，人人心裏都是和白長蒼相似的心思，一時紛紛約束手下，不許輕舉妄動。

談寶兒雖不明這些人心中所想，但見此心頭大定，不由加快腳步，只盼快些離開這修羅戰場。

正走之間，卻忽聽魔皇大聲喝道：

「你們這些蠢材！我魔族只有被殺死的皇帝，何曾有過被人挾持的懦夫？你們不要管我，都給我一起上，將這兩人給我碎屍萬段！」

丫丫個呸的，小命捏在老子手裏也不肯安靜點嗎？談寶兒嚇了一大跳，伸手就去堵魔皇的嘴。眾魔人見他如此對魔皇不敬，都是大怒，四面八方狂衝上來。

「不准過來！」談寶兒嚇得魂飛魄散，忙一邊大叫，一邊緊緊拽住魔皇的脖子。眾魔人見此果然再不敢上前，卻也再不後退。

一時場面進入真正的僵持。

魔皇見此卻並不滿意，大喝道：

「朕命令你們上來將這兩個人族殺死！白長蒼，你帶領骷髏族先上！其餘的人跟上！」

白長蒼空洞的雙眼裏綠光閃了閃，心中爲難至極，因爲只要上前了，不管結果如何，自己都沒有好果子吃。但魔皇下了命令，卻由不得他不動，只有機械似地慢慢移動腳步朝談寶兒走了過來。

他一帶頭，身後百萬骷髏族立時跟上，其餘七族的魔人頓時回應，跟著衝了上來。

豆大的汗珠順著談寶兒的鬢角流下，八百萬沉重的腳步聲直壓得他呼吸艱難。

布天驕吞了口唾沫，輕輕湊到談寶兒耳邊道：

「談將軍，快封了魔皇的聲脈，別讓他再說話了！」

聲脈？談寶兒愣了一下，羿神訣裏傳授有各種封脈的方法，但他所學會的只有剛剛施展的那種一下子封住別人全身奇經百脈的方法，對不屬於奇脈的聲脈卻是半點不通。

這個時候去請教布天驕，一來可能太遲，二來也沒有面子吧？談寶兒正不知該如何是好，無意間瞟到帥帳頂上的帥旗，心中一動，當即意念聚集過去，旗杆折斷，旗子脫杆飛落下來。

「啊！」眾魔人眼見帥旗脫落，立刻就要撲上來。談寶兒指間寸芒吞吐，大喝道：「誰敢上前？」

魔人懾於魔皇被制，當即只能站在原地。

帥旗飛近，談寶兒凌空抓下，再伸手一抖，旗子伸展開去，捲中魔皇的頭，將其包了個嚴嚴實實。魔皇的盔甲裝束本來就已是很有個性，這下子整個頭被包住，就更像一具木乃伊了。

「嘿嘿！這下子，老子看你還怎麼叫？」談寶兒伸左手一把提起被包成粽子的魔皇，很有些得意。

但這時布天驕卻已失聲叫了起來：「不好！」

談寶兒抬頭一看，只見剛才還靜立不動的眾魔人，這會兒卻從四面八方如潮水一般洶湧而上，人人面目猙獰，雙眼放著紅光。

「有沒有搞錯？你們老大在我手裏你們也這麼囂張？」談寶兒十分火大，慌忙運抵一氣化千雷就要抵到魔皇的咽喉。但藍色短劍的劍尖才一停到魔皇的咽喉之外，那帥旗之上陡然放出一蓬黑光，藍色短劍被黑光一抵，再也難進分毫！

布天驕叫道：「魔人的帥旗是由魔海之水煉化而成，法力難傷！談將軍快將帥旗從他身上扯下來！」

「你怎麼不早說？」談寶兒聞言，剛伸右手去解帥旗，卻忽然發現眼前一片雪亮，一輪明月已當頭砸了下來，不得已下只得右手聚集一氣化千雷，朝那明月對轟過去。

「鏘！」地一聲金鐵交鳴的銳響，那明月被硬生生轟了回去，落到背披紅披風的虎人族族長金均手中，重新幻化成一柄方天畫戟形狀。

這個老虎頭子力氣倒是不小！談寶兒一招震退虎族族長，自己卻也被方天畫戟上所附帶的真氣震得右臂痠麻，他正要伸手去解魔皇身上的帥旗，忽覺頭頂火光大亮，一股股恐怖的熱氣已是如山重壓下來。

卻是天空中早已等待機會多時的鷹族發動進攻了。只見成千上萬的黑羽巨鷹凌空撲下，他們雙爪之間本是抱著一個太陽大小的火球，談寶兒抬頭一看的同時，這些巨鷹雙爪一鬆，那火球已然呼嘯著砸落下來。

「哇塞！你們這是要帶老子去看流星雨嗎？」談寶兒臉色大變，正思索該如何化解，腳下地動山搖，不甘落後的骷髏族和狼族已衝了上來。

「談將軍，你幫我擋著下面，我來對付鷹族的真火丹球！」布天驕大喝一聲，同時解下背上披風朝空中投擲過去。披風出手之後，幻化成一柄丈許長的巨刀。巨刀隨即一分爲三，三化爲九，九九八十一，如此不斷，瞬間空中已有成千上萬把巨刀。

每一把巨刀，都對準一個火球撲殺上去，從火球的中央插入。火球們立時如中箭的氣球一樣，「蓬」地一聲爆炸開，散落成一朵朵巨大的火花，隨即花瓣凋謝，片片飛落，好似放了一天的華麗煙花。

巨刀去勢不止，破開火球之後繼續追殺空中的巨鷹。眾鷹族都是大驚，「嗷嗷」叫著，不敢和那些巨刀硬碰，一時空中雞飛狗跳，鳥羽掉得四處都是，說不出的熱鬧。

「有你的，老布！」談寶兒正高興大叫，地面上四面八方的魔人卻已衝到了丈許之外。媽的，爺爺今天就讓你們看看什麼叫大英雄大豪傑！談寶兒心頭發狠，用意念將魔皇懸浮在空中，騰出左手，取出落日弓，隨著弓弦響如霹靂，上千道絢麗的藍色閃電已是離弦飛出。

衝到最前面的虎族士兵首當其衝，但凡被閃電擊中的，均是發出一聲撕心裂肺的慘叫，紛紛倒了下去。

這由落日弓發出的一氣化千雷威力之大，卻是驚天動地，通常一道閃電在擊穿一個虎族士兵的胸膛之後，並不停止，而是繼續向後，連續擊穿五六人之後，威力方止。

藍光驟閃，空氣中殺氣波動，隨即各族衝在最前方的百多名人就已躺下，而七族加起來，瞬間的死傷卻是不下千人，屍體躺了一地。

但這些魔人卻都是悍不畏死，前面的人才躺下，後面的人卻又已洶湧澎湃地衝了上來。談寶兒殺得興起，雙手連動，一氣化千雷連續不斷的釋放出手，不讓魔人衝殺到自己和布天驕的身邊。

魔人八族的族長和天魔教的教眾算是魔人中的高手，但看到那閃電的威力，卻也不敢直挫其鋒，見到閃電唯有迅快躲避過去，被逼得一時也難以近到談寶兒兩人身前。其餘的尋常魔族士兵更是不堪，中電立死，稀里糊塗地就做了弓下冤魂。

不過片刻時間，地上竟已躺下了上萬魔人的屍體，後繼者不得不踩著前面的屍體衝上來。鮮血滲入泥土之中，染紅了談寶兒方圓十丈內的土地。戰況說不出的慘烈。

談寶兒心知這些魔人衝到身前的時候，就是自己和布天驕被砍成肉泥的時候，手下不敢有片刻停留。只是他出手雖快，那魔人卻是密密麻麻，數不勝數，閃電僅僅是將魔人前進的步伐拖住。

雖然每向前一寸，就要付出最少上百的人命，但魔人還是很快接近到了離談寶兒丈許遠，並且成功地讓他在這段時間內無法騰出手來解開魔皇身上的帥旗。

感受到身邊山呼海嘯一般的喊殺聲，談寶兒的緊張轉化成了興奮，手指不斷鬆放弓弦所發出的聲響，漸漸有了大小長短之分，形成某種旋律。那情形，好像他正在撥動的不是一根弓弦，而是有著上百根琴弦的奇琴一樣。

那旋律是如此的動人，充滿了勾人心魄的力量。魔人受那旋律所感染，紛紛奮不顧身地向著談寶兒放出的藍色閃電衝去，好像前面等待他們的不是鮮血的地獄，而是鮮花的天堂。

十指撫摸著弓弦的談寶兒只覺得全身熱血沸騰，好像有一種埋藏在身體最深處的神奇力量在蠢蠢欲動，期待著甦醒。這種力量全然不同於談寶兒已知的任何力量，卻的的確確是來自自身，並隨著他每殺一人，這力量就增強一分。

被殺者和殺人者都沉浸在這奇妙的氣氛裏，情形說不出的詭異。

「鏘！」猛然一聲巨響劃破長空，眾魔人從那奇妙的旋律中甦醒過來，一個個渾然不知發生了什麼事，都是愣在當場。

談寶兒只覺得手上一輕，在身體裏蠢動的奇怪力量忽然憑空消失不見，低頭看時，落日弓的弓弦竟已斷裂爲兩半。

不會吧大哥！這樣關鍵的時候你跟老子說要罷工？談寶兒望著從中而斷的琴弦，有種想哭的衝動。眾魔人愣了一下之後，見此是大喜過望，洶湧席捲過來。

談寶兒又氣又急，卻是無可奈何，將落日弓收回，改由十指發動一氣化千雷，只是如此一來，速度就沒有了落日弓發出的那樣快捷，閃電陣就有了漏洞，魔人前進的速度快了許多倍，雖然一時半會兒還是不能近身，但那只是遲早的事了。

「老布，別管那些該死的鳥了，我們先聯手離開這才是正經！」談寶兒衝著一直和天空的鷹族糾纏不清的布天驕大叫道。

「好！」布天驕大聲答應，意念一動，空中成千上萬的巨刀收回，朝西面的部隊射去。

同一時間，談寶兒大喝一聲，使出三頭六臂之術，瞬間將一氣化千雷的發出量提高三倍，朝著同一個方向轟了過去。

一時刀風狂吹，閃電奔流。鎮守在西邊的狼人部隊倒下一大片，談寶兒一手抱起魔皇，其餘五手不間斷地放出閃電，同時展開凌波之術和布天驕一起朝西衝了過去。

眾魔人料不到他們忽然要走，而兩人又都是當世絕頂高手，身法快捷異常，再加上法力超強，所過之處人仰馬翻，瞬間飛出十丈開外，脫出第一層聯營範圍。

魔人八百萬部隊中骷髏族爲主力，共有四百萬之多，因爲這些傢伙只有一副骷髏，根本沒有實在的肉體，所以談寶兒的閃電和布天驕的巨刀對其所有的殺傷效果都止於破壞，而沒有法力屬性的加成，其殺傷力要遠遠小於其餘七族。

魔人一發現了這一情況，其餘七族的人就都處於包圍狀態，而讓骷髏族爲主力衝殺。是以兩人全身浴血地衝殺一陣，出了第二重聯營，一眼望去，白茫茫的一大片，全然無法知道盡頭在哪裡。

再向前殺出一層聯營之後，談寶兒和布天驕都已是渾身帶傷，而身邊的魔人卻好似永無休止一般地衝上來，每向前半寸所付出的力量也比剛才多出十倍不止，稍一不慎，就會被這黑白相間的海潮所淹沒。

兩人一股作氣殺到第四層聯營邊上，正要合力突破這層聯營，前方地面上忽然一陣白森森的光芒暴閃而出，兩人大吃一驚，慌忙躲閃，但那白光來的很是突然，速度又奇快無比，兩人的腿上都不多不少各自著了一道。

「不好！是骷髏族的鎮族之寶陰風白骨箭！」聽到布天驕這個優秀解說員及時彙報情況

的時候，談寶兒只覺得一陣冰冷的寒意已經從中箭的左腿上蔓延全身，低頭去看，只見左腿膝蓋上方插著一支三尺長的稜形白骨雕成的小箭，而剛剛還屬於自己的左腿，此時整個已經變成了根巨大的冰柱。

談寶兒見那冰塊和寒意順著向上蔓延，慌忙運起聚火之陣，伸手按在腿上。「嗤！」地一聲，冰塊見火即融，但那白森森的白骨箭卻如狡猾的毒蛇一樣，一下子鑽進了肉裏，整個左腿頓時如灌了被冰凍過的鉛塊，又冷又凍。

布天驕的情形比談寶兒還要糟糕，他雖然知道陰風白骨箭之名，卻並不懂五行陣法，也無破解之法，唯一能做的就只是運功抵住寒氣上侵，但整條大腿已是被冰凍住，難以動彈。

剛剛還如同高速火車的兩個人立時有了一個停頓。

「哈哈！白大哥，你立了大功了！」一個豪邁的聲音響起的同時，一道雪亮的光華攜著排山倒海的力量已朝著談寶兒當頭劈下。

談寶兒嚇了一大跳，不及躲閃下，唯有運起一氣化千雷化出一把長劍擋了上去。只聽得「嗡」地一聲巨響，白光被震退，化作金均手裏的方天畫戟，而談寶兒的長劍也被震散。

談寶兒手臂微麻，就要腳底抹油，身後狼族族長莫野的開山大斧又已殺到，無奈下只得分出一手去抵擋，這邊還沒有結果，一排白長蒼的白骨箭又已射到，緊隨其後的卻是空中鷹族

族長羅旋的火球、蛇族族長田龍的長舌，談寶兒不得已下，又分出三隻手使出一氣化千雷去抵擋，堪堪抵擋住，方天畫戟卻又已攜帶著勁風殺到。

一時間，魔族五大族長對談寶兒形成了圍攻纏繞之勢，再也無法脫身出去。

布天驕知道兩人在此多留一秒就多一分風險，見此一咬牙，指揮巨刀就要上前幫忙，但他才一動，一串氣泡已從空氣中飄了過來。那氣泡本是透明無色，但一反射，那水晶燈的燈光立時變得五顏六色，猶如一顆顆七彩的大珍珠。

「魚目混珠術！」布天驕大吃一驚，餘光掃去，這氣泡果然是一個魚頭人身、背披紅披風的傢伙弄出來的。氣泡是從他那對巨大的魚眼裏汩汩不絕地冒出來，而發射這些氣泡的，正是當今的魚族族長阿不拉齊。

布天驕知道這些氣泡看起來很不起眼，但它們從魚眼裏射出來之後，就帶了魚族族長的詛咒，一旦中上一顆，詛咒侵入身體，自己一定會變成魚人，大駭下忙指揮披風化成的巨刀去破解。

但他才一動，魔人族的族長李青卻已拿著長槍撲了過來，不得已下，只有再分出一部分精力去應付。

瞬息之間，談寶兒和布天驕被魔族八大族長中的七位圍住，陷入死戰。唯一沒有動的是擅長偵察而不是戰鬥的鼠人族的族長晏秋。

眾魔族士兵眼見族長出手，便都偃旗息鼓，持了弓箭等物在外圍停住，並不上前幫忙。

談寶兒雖然化身三頭六臂，但是一來失去落日弓，一氣化千雷的威力大減，二來左腿被白骨箭射中後移動速度大減，抵住五位族長已是吃力至極，另外一隻手裏卻還抱著魔皇防止他被人搶走，一時很是險象環生。布天驕雖然只應付兩人，但因爲白骨箭的關係，行動比談寶兒還要不便，一樣的痛苦。

鬥不得多時，談寶兒身上又已傷了好幾處，全身鮮血淋漓，說不出的觸目驚心，最要命的是三頭六臂術本身已是極耗真氣，同時在全力施展一氣化千雷，真氣的消耗更是以幾何級數的增長。過不得多時，已是漸有暈眩。

布天驕行動速度大減，鬥得一陣，忽被李青一劍刺中胸膛，頓時血流如注，慘叫一聲跌倒在地，李青得勢不饒人，挺劍而上。談寶兒大吃一驚，慌忙射出一氣化千雷去救。

「噹！」地一聲，臉色大變的李青揮劍去擋，卻被一氣化千雷連人帶劍震出丈許開外。

談寶兒正心頭一寬，卻覺出肋下已是一痛，低頭去看，卻是金均的方天畫戟已刺入肉裏兩寸。

連帶魚人族族長在內的其餘五族族長見此大喜，知道談寶兒已是強弩之末，紛紛爭先恐

後地施展神通，撲了上來爭功。

布天驕見此面如土色，心中長嘆一聲：「難道今日我和談容都要命喪於此了嗎？」

卻見談寶兒仰天大笑道：「你爺爺我命在天，豈是你們這些垃圾能取走的？」猛地將魔皇朝空中一拋，同時伸出兩手一把抓住方天畫戟，雙臂一較力，「啊」地一聲大喝，只聽「喀嚓」一聲，那戟頭竟是硬生生地從戟身上給摘斷下來。

長戟折斷，白長蒼的白骨箭已然射到眼前，談寶兒一手真氣形成嫁衣之陣，白骨箭臨陣倒戈，猛然射向正在發送氣泡的魚人族族長，後者猝不及防立時中箭倒飛出去。

白骨箭倒折的同時，莫野的開山大斧、鷹族族長羅旋的火球和蛇族族長田龍的長舌已在瞬間同時攻到。談寶兒剩下的三隻手，一隻手摸出得自東海龍宮的異寶裂天鏡朝頭頂火球照去，一隻用一氣化千雷形成電劍砍向田龍的長舌，最後一隻卻取出吸風鼎來。

在這一剎那之間，所有的動作幾乎是同時發動。然後蛇族族長的長舌被電光掃中，從中而斷，鷹族族長發出的火球被裂天鏡鏡光照成粉碎，而族長本人躲閃稍慢，被鏡光掃中羽翅，翅膀立時斷裂。吸風鼎裏捲起一陣狂風，將地上的布天驕吸了進去。

唯一遺漏的，好像只有莫野的開山大斧。

莫野眼見開山大斧已貼近談寶兒的後腦勺，心中一頓狂喜，彷彿看到了大斧將談寶兒腦袋開花的壯觀場面。

但就在這個時候，莫野忽然發現手中斧頭重若萬斤，本是前劈的去勢戛然而止，正自奇怪，卻發現談寶兒不知何時已側過頭來，一雙黑寶石樣的眼珠正直直地盯在自己的斧頭之上，立時腦中「嗡」地一震：難道這少年竟然是用念力將我這千斤巨斧給定住了？

這個念頭才在莫野腦中一轉，空中被帥旗包裹著的魔皇已做完自由落體掉了下來，他眼前一花，談寶兒已伸出一手將魔皇攔腰抱住，身體就地消失，再看時，已闖出第四層聯營，淹沒在八百萬大軍之中。

八族魔人早已嚴陣以待，眼見一道電光似的人影逼近，慌忙舉箭就射。

談寶兒大喝道：「擋我者死！」腳踏凌波之術，除了抱著魔皇的那隻手臂，其餘的五隻手臂，一隻拿出裂天鏡，另外兩隻是吸風鼎和洪爐鼎，再有兩隻射出一氣化千雷。

談寶兒使出所有法寶和平生所學，一路向西，藍色的閃電縱橫，吸風鼎放出狂風，洪爐鼎釋放出烈火，而裂天鏡則是射出恐怖的死光，三個頭同時釋放出念力。所過之處，電光縱橫，狂風怒號，烈火紛飛。

八族魔人，有的被狂風捲走，摔得筋骨斷折；有的被洪爐鼎裏的烈火噴中，燒成焦炭；有的被藍色閃電擊穿，身體變成漁網；最倒楣的是被裂天鏡的死光射中，頓時灰飛煙滅；最幸

運的卻是被念力鎖定，只是暫時不能動彈而已。

眾魔人幾曾見過如此恐怖的，全身又是噴火又是放風又是放電，並且還能射出將人化爲煙灰的恐怖死光的怪物？初時他們還有勇氣抵擋一下，到得後來，也不知是誰先哭出聲來，其餘的人頓時作鳥獸散，一個個哭爹喊娘的，四處逃命，自相踐踏，死傷不計其數。

談寶兒所過之處，如摧枯拉朽一般。魔人八族族長緊隨其後，但前方這三頭六臂的傢伙卻越飛越快，自己越追越遠，遠遠望去，只見這人族少年縱橫睥睨，有如入無人之境，這八百萬大軍中竟似不可與他一人爭鋒，一時都是相顧失色。

談寶兒風馳電掣地奔行，使出生平所有神通，眾魔人擋者即死，觸者即亡，不時出了十里聯營，回過頭去，只見那八百萬魔軍遠在身後，竟無一人敢來追趕，心中爽到極處，不由仰天一陣長嘯，多日來受的鳥氣，終於一掃而空。

緊張情緒一消，忽地腰腿間傳來陣陣劇痛，談寶兒低頭看去，卻是方才只顧奔跑，忘記壓制傷勢，那支方天畫戟的戟頭還插在腰間，鮮血汩汩外流，而腿上的白骨箭的冰毒卻已蔓延開來，使得整條大腿上多已覆蓋上了一層薄薄的白霜，夾雜著自己的和魔人的血跡，很有些觸目驚心。

「媽的！好痛啊！」剛剛還獨自面對八百萬敵人威風八面的大英雄慘叫一聲，軟倒在地上，三頭六臂還原。一直被他抱在手裏的魔皇也在一瞬間跌落在地上，滾出了帥旗之外。

「還沒到大風城，魔皇陛下你就急不可待的要滾出來下油鍋嗎？」談寶兒笑罵一聲，強忍疼痛掙扎著站了起來，他意念一動，那帥旗已到了手裏，正要過去將魔皇重新抱起，背後忽地生寒，急中生智，忙撲倒在地，就地一個打滾滾了開去。

「轟！」一聲巨響。等談寶兒再起身時，卻看見身後沙塵飛揚，剛才自己所站立的地方硬生生多了個寒冰籠罩的大洞。

「多日不見，相公你竟然學會了失傳已久的懶驢打滾神功，當真是可喜可賀啊！」一個清脆動人的聲音響起。

謝輕眉！談寶兒大吃一驚，側身看去，果然看見一個白衣赤足的年輕女子站到了魔皇身邊，卻不是魔陸三大高手之一魔宗厲九齡的傳人，魔教聖女謝輕眉是誰？

談寶兒愣了一下，隨即笑嘻嘻道：

「我當是誰，這麼好在背後給老子搔癢呢，原來是我的親親老婆你啊！」

「你這個流氓！」謝輕眉氣結。

「老子是流氓，你是妖女，咱們可正好是天生的一對，在天願作比翼鳥，在地化作連理枝……你躲個什麼，快將你們那倒楣皇帝老兒放下，來領略一下相公我懶驢打滾神功的精妙之處吧！」談寶兒一邊邪笑，一邊撲了上去，只是十指間藍光顫動，暗自已運起一氣化千雷。

「你不要過來！」謝輕眉看出危險，慌忙朝後退。

「哈哈，爲什麼不過來？你不在軍中，專程一個人在這裏等老子，可不就是想我了嗎？」談寶兒放聲大笑，腳下用力一蹬地，飛身撲了上去。

但就在他身體剛剛騰空的一瞬間，他忽然看見謝輕眉朝他輕輕搖了搖頭。這個動作雖然輕微得不可察覺，或者根本就是謝輕眉無意識的動作，但談寶兒卻是渾身一個激靈，身形猛地頓住，凌空一折，翻出三丈開外。

可惜他見機雖快，卻還是被一陣冷風掃中左邊肩膀，然後整個人半邊身子一陣搖晃，險些摔到地上。

「好快的身手！」一個聲音如在耳邊響起。談寶兒卻知道說話的人遠在三丈之外，但他依舊不敢有片刻停留，將帥旗朝酒囊飯袋裏一扔，使出御風弄影術，整個人化作一陣清風，消失在蒼茫夜色裏，唯一留下的只有一句讓偷襲他的人哭笑不得的話：

「一般一般，世界第三！只是老子身手再慢，也比厲九齡你老烏龜爬得還是快多了！」

談寶兒別的或者不行，但逃跑的本事卻實是兩陸一等一的快，御風弄影下，不過是眨眼之間，已出了厲九齡視線。

想起厲九齡這老烏龜白天在戰場上想挫自己威風不算，這大半夜的還不辭辛勞，一個人鬼鬼祟祟地拋開八百萬大軍，脫離群眾和謝輕眉在路上埋伏襲擊自己，談寶兒就是一頓憤恨。老子和你有什麼深仇大恨了？不就是老大殺了你一個不成器的徒弟，讓你沒有面子嘛，你有必要放下架子不顧身分地來這麼對付老子嗎？談寶兒越想越氣。

飛了一陣，遠遠看見大風城城廓。談寶兒停下身，取出吸風鼎，將布天驕放了出來。

布天驕剛才被吸進吸風鼎中，但對周遭發生的事卻是再清楚不過，人一著地，當即雙膝著地，拱手道：「多謝談將軍救命之恩！」

談寶兒將他扶了起來，笑嘻嘻道：

「剛才我們並肩抗敵，一起殺出了魔人軍營，我可並沒有救過你。布元帥只怕是記錯了吧？」

布天驕一愣，隨即明白這是談寶兒在給他留面子。不管怎樣，堂堂一個元帥險些被魔人擒住，卻靠一個後輩脫身，這說出去終究不是什麼光彩的事。他想明此理，心中對談寶兒更是感激，心中也對這少年的胸襟氣度更加佩服，覺得本次京城抗魔元帥若不由他擔任，就是沒有天理了。

他哪裡知道談寶兒這些收買人心的招數不過是從老胡那裏學來的，和廣闊的胸襟那是半點也扯不上關係的。

布天驕年輕時候本是條耿直漢子，老了之後豪氣不減當年，見談寶兒這樣說，便將這份恩情記在心裏，也不再廢話。

兩人繼續上路，不時來到大風城下。卻見天邊已然大亮，一輪紅日噴薄欲出，這一場苦戰，說來雖快，但卻竟已打了整整一夜！

城頭士兵正嚴陣以待，看見兩人到得東城下，都是歡呼起來：「談將軍和布元帥凱旋歸來了！」一傳十，十傳百，不過片刻之間，整個城頭歡聲雷動。

等談寶兒和布天驕走到在吊橋上的時候，永仁帝和群臣的身影也已出現在城樓上。最讓談寶兒感到意外的是，除了若兒和楚遠蘭之外，還有一群美女助陣，細看之下，卻是秦觀雨所率領的寒山諸女，其餘無法和小青等本該待在王府的人也一一在列。想來昨夜自己和布天驕走後，早有人通知了他們。

「快快開城！」永仁帝一聲令下，城上士兵打開城門。笑嘻嘻的談寶兒和一臉嚴肅的布天驕大踏步走進城來。城頭眾人迅快地從城樓上下來，一起去迎接兩人。

與皇帝同行，其餘諸人自是不敢走到永仁帝前面，都是恭恭敬敬地在他兩側追隨，但等走到城樓下時，卻有一女子搶出列去，飛一般朝談寶兒撲了上去，旁邊禁軍侍衛本是要阻攔的，待看清這人的容貌之後，卻乖乖地將伸出去的手自動縮了回來。

那女子撲到談寶兒跟前，歡呼一聲，大庭廣眾下，竟然直接跳到談寶兒懷裏，一頓開心大叫。眾文武大臣和一街的百姓見此是瞠目結舌，永仁帝則是摸著鬍鬚，一臉苦笑。敢如此眾目睽睽下做出如此誇張舉動的，除了大夏雲蒹公主李若兒還能有誰？

若兒撲到談寶兒懷裏，先是大笑，笑了一陣，忽然臉色一變，雙手齊出，將談寶兒雙耳揪住，叫道：「老實交代，你是不是和魔族的妖女鬼混去了？」

不會吧？難道這丫頭練成了千里眼順風耳，竟然能看到城外的情景？談寶兒嚇了一大跳，但想想自己只是和謝輕眉戰術性地調笑了幾句，實在是和鬼混這樣的大殺傷力詞語聯繫不到一起，便搖頭道：

「沒有公主御准，小將不敢！」

「呸！我怎麼會准你了！」若兒啐了一口，「既然沒有鬼混，那你這個沒良心的怎麼去了這麼久才回來？你知道不知道人家在擔心你！」說著話，小丫頭眼眶發紅，似乎立刻就要流下淚來。

談寶兒一頓感動，但卻不知道說什麼，只有緊緊將她抱住。

一旁的布天驕見此道：「公主殿下有所不知，談將軍本該早些歸來，只是因爲帶著我這個累贅，才受了重傷，一直拖到現在才回來！」

「啊！」若兒驚了一驚，忙從談寶兒身上跳了下來，「你受傷了嗎？讓我看看！哎呀，你的腰上插著的是什麼？還有你的腿，天啊，你身上怎麼全是傷……你怎麼這麼傻，爲什麼不抽時間包紮一下？你不是有神靈散的嗎？」

談寶兒嘻嘻笑道：「我這不是記掛著你，想早點回來看你，就給忘記用了的嘛！我沒事！你放心，你老公可是個蓋世大英雄，別說是這點小傷，就算是腦袋搬家也不會……哎喲，我怎麼頭暈暈的……」說著話，他整個人忽然一陣萎靡，昏倒在若兒懷裏。

隨後趕到的眾人大驚失色，永仁帝忙下旨道：「快！快！快傳胡太醫來！」

宮中第一的醫藥好手胡太醫很快趕到。永仁帝道：

「快給朕看看朕的談將軍，要是治不好，朕要你的腦袋！」

「是是是！臣一定盡力！」胡太醫抹了一把冷汗，心想要是治不好談將軍，別說是皇上你不答應，這滿城的百姓只怕就將我幹掉了。

胡太醫抓起談寶兒的手，一邊把脈，一邊觀察他身上的傷勢。

若兒見他越向後看越是臉色慘白，不由急道：「到底怎樣？」

胡太醫跪地道：「回皇上、公主的話，談將軍沒事，只是暫時昏了過去！」

「沒事麼？那就好那就好！」眾人大多是齊齊鬆了口氣，唯有太師的公子范成大員外一副很失望的樣子。

安撫下眾人的情緒，胡太醫一臉不可思議的表情道：

「談將軍全身上下受傷一百二十九處，其中最嚴重的是被骷髏族長的白骨箭射中大腿，腰腹間被虎族族長的方天畫戟刺入腰腹，只是他奮起神力將長戟折斷，戟頭卻留在了身體裏。除開這兩處最重的傷之外，其餘還有七處傷勢，常人只要傷一處都足以要了性命。」

「這麼嚴重你還說沒事？」若兒嚇了一大跳，忍不住一把抓住胡太醫的衣領作勢就要一頓暴打。

「公主明鑒，公主明鑒！」胡太醫嚇得面無人色，「常人若受了這樣的傷，早已死了，但談將軍實乃天神轉世，這些傷雖重，卻生機旺盛，眼下只是太過疲勞昏睡了過去而已，只要臣開些傷藥，略作調養，談將軍就能醒了！」

聽他這麼一說，眾人這才大大地鬆了口氣。

永仁帝道：「胡太醫，你快些給容卿治傷！布元帥，你將這一晚上發生的事和朕說一說吧！」

「臣遵旨！」布天驕點點頭，當即將昨夜發生的事一一詳細說了出來。談寶兒如何憑一人之力劫持魔皇奪走帥旗，之後自己受傷被談寶兒所救也不隱瞞，再之後談寶兒如何孤身面對魔人八族族長圍攻，脫得八百萬魔人包圍，然後在魔族聖女謝輕眉和厲九齡偷襲下脫身。

布天驕胸懷坦蕩，又對談寶兒心存感激，這一段情節雖然沒有添油加醋，但少不得加了些詳盡的描述，直將眾人聽得是目瞪口呆讚嘆不已。

永仁帝更是聽得眉飛色舞，最後撫掌大笑道：

「得談將軍一人，朕勝得八百萬軍！」

永仁帝這話本是打個比方，但這一稱讚很快在百姓中間流傳開來，不久之後，大風城中百姓人人知道談容一人就能戰勝八百萬大軍，談大英雄因此在冰火神將、戰神之外，又得了一個新的外號，叫「八百萬敵」。

第三章　魔高一丈

當下永仁帝下旨將談寶兒帶回宮中治療休養，若兒和楚遠蘭隨行伺候，無法和秦觀雨等人則是繼續留在天威王府等待消息。

宮中療養條件極好，有眾太醫用心，談寶兒很快醒轉過來，醒過來後，他自己取出酒囊飯袋裏的神靈散覆蓋傷口，全身上下一百二十九處重創，不過兩日竟然全給好了。

眾太醫自是不知世上還有神靈散這樣的神藥存在，見到兩日前還奄奄一息的談大英雄變得如此生龍活虎，全身上下還不見一點傷痕，都只能歸於戰神轉世的傢伙身體構造和常人不一樣，嘆爲觀止一陣，將消息散布皇宮，傳到外界，大風城中各界人士對其崇拜又加深了。

城外魔人不知道是否良心發現，還是懼怕神鳥大風的威力，在談寶兒養傷的這兩日竟然也沒有前來騷擾，只是八百萬人分成四面，將京城圍了個水泄不通，飛鳥難渡。

談寶兒樂得清閒，身體大好之後，每日就在宮中和兩女嬉戲爲樂，算是偷得浮生半日閒。有了他這根定海神針，城外雖有魔人傾國之兵，但城中卻是一片太平盛世景象，百姓們安靜從容，全然沒有一點慌亂景象。

如此過了三日。

這日正午時分，談寶兒正和兩女說話，忽然心有所感，對兩女笑道：

「看起來你們老公的好日子就此結束了！」

兩女不解，忽見宮中光線大黯，有如晝夜顛倒，皇城中一片喧鬧，忙出殿去看，只見空中浮現一隻大鳥，羽翼遮天蔽日，細看時卻是那神鳥大風。

「魔人又來侵犯了?他們這不是送死的嗎?」若兒很詫異。

「那是因爲他們找到對付大風的方法了！」談寶兒微微搖頭，那高深莫測的神情很讓人懷疑他是個職業神棍。

天空那隻青羽巨鳥撲動翅膀，一股股巨大的強風頓時從雙翅間流出，傾斜到大風城的四面城牆附近。只是當談寶兒話音落時，空中卻忽然多了一隻碩大無比的黑色手掌。

那巨掌和大風鳥一般大小，才一出現，立時緊握成拳，朝大風的羽翅打去。大風鳥大驚，撲閃著翅膀，回頭去啄巨手的手臂。巨手立時回縮，隨即轉換方向繼續進攻。一手一鳥，在空中周旋開來，而大風鳥扇出的強風頓時弱了許多，有的甚至亂了準頭，吹到了城中，立時引起一頓哭爹喊娘之聲，城中亂成一團。

「這……這是什麼手？」若兒愕然。

「我們去城頭看看！」談寶兒神情凝重地搖搖頭，抓起兩女的手，離地而起。

三人來到東門城頭的時候，負責鎮守此處的雲臺三十六將中的九人已然全數在場。此九人以夜無傷爲首，見到三人到來，紛紛過來參拜若兒。

若兒道：「諸位前輩免禮，究竟發生了什麼事？」

夜無傷手指城下，道：「主人請看那邊！」

談寶兒三人順著他手指方向看去，只見城下里許開外的地方，正有一隻黑色巨手平攤在地，其形狀和大風城上空的巨手一般無二，唯一的差別是大小只有空中的百分之一不到。再細看下，三人很快發現組成這隻巨大黑手的，赫然是密密麻麻的魔人士兵。

這些魔人士兵少說也有十萬之巨，密密麻麻地堆到一起，卻是人人頭下腳上的倒立，臉色肅穆，而他們黑盔黑甲上隱然有淡淡的黑色煙氣冒出。這些煙氣最後聚集到正中央的一個人身上。

這人峨冠博帶，身材高挑，手持一把桃木劍，臉上雖然畫著五顏六色的古怪花紋。那十萬之眾身上散發出的黑氣，全數集中到他的身上，使得他整個人充滿了詭異。此刻他嘴裏念念有詞，右手持著桃木劍，左手卻毫無規律可言的胡亂行動，時而一掌疾劈，時而握掌成拳胡亂揮動。

若兒看了一會兒，覺得這人怎麼看怎麼不舒服，問道：

「這拿著桃木劍裝神弄鬼的老頭是誰啊？怎麼古古怪怪的樣子？」

談寶兒苦笑道：「這裝神弄鬼的傢伙不是別人，正好就是當今魔族天魔教的教主，號稱魔陸三大高手之一的厲九齡！」

「厲九齡什麼時候轉行做神棍了？」若兒吐吐舌頭，「他這是在做什麼？」

夜無傷道：「主人請看他的左手，他手一舉一動，和空中那隻巨手完全一樣。如果屬下沒有猜錯的話，他是在施展魔族失傳已久的聚沙成塔陣！」

「聚沙成塔陣？可是傳說中將千萬人的力量集中到一個人身上的魔法陣？」楚遠蘭見識雖不多，卻很博學，聞言不由失聲驚呼出來。

「不錯！」夜無傷讚賞地看了楚遠蘭一眼，「就是這種陣法。厲九齡要不是用這種陣法聚集了十萬之眾的力量，也無法施展黑手印神通和大風之靈相抗衡了。」

天空那個黑手就叫黑手印？難道老厲也是個黑手黨嗎？談寶兒暗自搔頭，問道：

「夜前輩，你看這黑手印能否打得贏大風鳥？」

夜無傷臉色凝重道：「這種黑手印本是魔族不傳之秘，因為施展起來需要巨大的法力做依託，一旦施展，就必然需要萬人以上的力量一起發動，並且發動之前要做很多的準備工作。第一次人魔大戰中，魔族也很少使用，但一經使出，就非尋常人力所能抗衡。神鳥大風乃是上古異靈，本身神力也是驚天動地。以目前的情況來看，這兩者的勝負在五五之間。最要緊的是，不論勝負，大風鳥只怕都將喪失戰鬥力，再不能幫助我們防守。」

談寶兒皺眉道：「大風被黑手印纏住，魔人只怕即刻就要發動總攻了。沒有神鳥，就算有你們三十六將，只怕也堅守不了多久。這聚沙成塔陣和黑手印可有破解之法？」

夜無傷道：「魔人不會進攻，大風和黑手印糾纏的時候，是不適合戰鬥的。他們要發動進攻，也必然是這兩者分出高下的時候。此外，要破解此陣其實不難，只要有同等力量和黑手印對攻就可以。」

談寶兒看他笑得怪異，先是一愣，隨即明白過來。厲九齡施展黑手印用的是十萬魔人的力量，這大風城中總兵力也不過十萬，要是全用來破陣，誰來守城？

若兒和楚遠蘭很明顯也想到了這一點，一時都是一籌莫展。

夜無傷忽道：「天機軍師和無方神相兩人曾經聯手，憑他二人之力破過一次黑手印和聚沙成塔陣的聯合，但那一次他們所用的什麼法子，卻沒有流傳下來。要是能找到那種法子，或者可以成功。」

「切！這不廢話嗎？」談寶兒很無語，「天機軍師莫邪和無方神相蕭圓兩人都已在幾百年前過世，這兩人又不是王八，能活這麼長才是怪事了！」

四人隨即都是一陣沉默，唯有看著空中的巨手和巨鳥糾纏不休。

過了一陣，夜無傷道：「主人，這裏由我們三十六人頂著，魔人一時半會兒肯定上不來的。不如你們還是入宮和皇上去商量一下退敵方略吧！」

這話自然是再對沒有。談寶兒向若兒點點頭，當下三人離開城牆，朝皇宮飛去。

沿途過去，城中受大風和黑手的戰鬥，勁風四處流竄，掀起果皮紙屑等垃圾四處亂飛，搞得一城的混亂。唯一值得慶幸的是，百姓們受不了外面的烏煙瘴氣，一個個都躲在家裏做縮頭烏龜，並未引起什麼巨大的恐慌氣氛。

三人到達正大光明殿外的時候，大殿的門卻緊閉。等有太監進去稟報，大門開啓的剎那，談寶兒遠遠就看見殿裏早已是文武齊集，不由大奇：

「沒有想到朝中這些老爺們的辦事效率還真是高，這麼短時間就都集中起來了！」

若兒在一旁撇嘴道：「他們哪裡是效率高，只是因爲這幾天父皇天天召見他們商議退敵之策，吃住都在皇宮，根本不放他們回府。父皇怕影響你的傷勢康復，沒有召見你而已。」

「嘿嘿！皇上不是怕影響我的傷勢，是怕影響我和你親熱，晚抱孫子吧！」談寶兒嘴裏調笑，內心卻是一陣冷笑，朝中那幾塊料，又能想出什麼好主意來了?你爭吵過來，我爭吵過去，不過是在浪費時間而已！

「你這個流氓，腦子裏怎麼淨想這些！」若兒臉頰飛紅。

一旁的楚遠蘭也很有些不好意思，忙道：「容哥哥你別胡說，這裏可是皇宮！」

談寶兒一左一右摟住兩人，笑道：「皇上是我岳父，這皇宮可不就是我家嗎?在自己家裏都不能胡說，在哪裡才能胡說?」

話是這麼說，他暗自卻也是一奇。以前他雖然也是不拘小節，但多少還有些顧忌，在皇宮裏也不敢高聲說話，生怕被人抓到把柄。但這次康復之後，自己的個性好像比以前更加的放蕩了，對什麼樣的危險都不大放在心上，骨子裏就有了一種藐視一切的心態。

談寶兒不知道這是不是因為自己從八百萬魔人中浴血殺出來後，身上具有了一種再不將一切放在心上的霸氣，他也不知這是壞事還是好事，但他知道再不像以前一樣畏首畏尾之後，自己確實變得更加的開心了。

正想間，卻見大殿的門再次打開，進殿稟報的太監出來，壓低聲音道：

「皇上宣天威王覲見，公主和楚姑娘請在殿外等候！」

「什麼?父皇讓我在殿外等?公公你有沒有聽錯?」若兒愕然。

太監恭順道：「皇上的旨意是這樣的，奴才不敢增減一字！」

「算了公主，事關國家存亡的大計，皇上不想讓太多人知道！」楚遠蘭在一旁勸道。若兒這才怒意稍平。

別了兩女，談寶兒大踏步走進大殿，殿門再次關閉。

談寶兒一路過去，卻發現大殿裏到場的，除了太師、國師和六部尙書外，就只有布天驕等軍方將領，整個大殿裏所在的全是國家重臣。最奇特的卻是永仁帝坐在龍椅之上，手中正握著一面奇特的鏡子。

那鏡子看不出是什麼材料製成，只是遠比談寶兒所見過的任何一面鏡子都來得明亮，鏡面蕩漾著一種類似水波層次的月白色光華，光華裏赫然是一片藍天，上面有一隻巨鳥和一隻巨大的黑手正在糾纏不清，看樣子正是天空中大風鳥和黑手印爭鬥的場面。

談寶兒記起無法有一門法術叫「鏡花水月術」，施展出來能在手掌裏看到周天星相，情景和這鏡中雷同，想來這鏡子就該是永仁帝上次所說的周天水鏡了。

永仁帝手持周天水鏡，雙眼微閉，臉色卻是時明時暗。

「咳！大家好！」談寶兒清清嗓子，低聲向眾人揮揮手。但殿中大臣一律的神色嚴肅，好像剛死了爹娘，全然沒有一點回應，搞得談寶兒很沒有面子，心中將這些傢伙一頓劈頭蓋臉的臭罵。

「容卿啊，你終於來了！」永仁帝睜開眼睛，臉上露出一絲笑容。

「微臣談容參見吾皇萬歲……」

「不用多禮，快起來吧！」永仁帝擺擺手，談寶兒膝蓋尙未落地，順坡下路就站了起來。

永仁帝疲憊地一揮龍袍的袍袖，道：「好了，諸位臣工，今天就商議到此，大家都退下吧！」一片的謝恩聲，滿朝文武相繼退卻。

離開的時候，所有人都是一副垂頭喪氣的模樣，但眼光落到談寶兒身上的時候卻是滿含期待。談寶兒被這些傢伙看得頭皮發麻，心想：你們這些老得成精的混蛋都沒有主意，老子又能有什麼好辦法。

眾人散盡，大殿裏只剩下了永仁帝和談寶兒。

永仁帝嘆了口氣，道：「容卿，其實在你未來之前，我們已經商議過了。不過商議來商議去，朕卻只得出了一個結論。這大風城，最多只能守半個月了！」

「半個月？」談寶兒吃了一大驚，「這是怎麼得出來的？」

「因爲以朕的功力，最多還能讓大風鳥和黑手印纏鬥十天。十天之後，朕的真氣不足，這大風之靈就要歸於沉寂，到時魔人沒有了顧忌，就會進攻，而以雲臺三十六將的能力，也不過是將魔人破城而入的時間再拖五天。這樣加起來就是半月！」

談寶兒這才明白原來這大風鳥之靈也是屬於召喚一類法術。這類法術召喚的時間長短全憑主人的功力深淺，而指揮召喚出來的東西進行戰鬥，又要額外的消耗功力，黑手印和大風鳥勢均力敵，想來更會消耗永仁帝更多的法力。

他再一深思，猛然驚醒永仁帝竟然是憑藉一人之力在和十萬魔人作戰，這份功力實在是驚世駭俗，看起來這神州第一高手，原來就是咱們的皇帝陛下呢！

卻聽永仁帝又道：「這半月之期一過，就是大風城破之日。唯今之計，只有派一人出城，聯絡四方將領，起傾國之兵來救大風城，與魔人決一死戰！不知你以爲如何？」

談寶兒心中暗罵：「你和那些老王八都商議好了，還問老子的意見做什麼？」但他轉念一想，卻是一驚，不由脫口而出道：

「皇上的意思是，讓微臣再闖一次魔人軍營，去聯絡各方將領帶兵勤王？」

永仁帝點點頭：「沒有錯！京城之中，論及法力神通，就數你、布元帥和張天師爲最高，國師要留城輔助朕使用大風之靈，能出城的就只有你和布元帥。之前國師才出題，讓你們去取魔人帥旗，爲的就是試試你們誰能在八百萬魔人中進出自如，就將勤王軍交給他統領！」

我頂你個肺啊！談寶兒聽得一陣心寒。你怎麼不早說，早說了，老子那天晚上就趁機闖出敵陣去了，現在倒好，老子要再冒一次被魔人口水淹死的危險再闖一次，你是認為老子一天吃飽了沒地方消化，讓我跑跑步減肥還是怎樣？

永仁帝似乎看出了談寶兒的想法，微笑道：

「朕之前思慮不周，連累你要再跑一趟，當真抱歉，還望你別放在心上。」

「好說好說！」談寶兒拱拱手，心裏卻恨不得將這老傢伙拖下來狠打一頓。

永仁帝半是命令半是懇求道：

「容卿，你在八百萬魔人軍中進出自如，還差點生擒魔皇歸來。如今這領軍勤王之事，非你莫屬，還望你不要推辭！」

「皇上放心，此是國家存亡之秋，談將軍想來是能分清楚輕重的。」談寶兒微微苦笑，下跪道，「既然這次的事非微臣不能做，那微臣自不會推辭。臣願意領命前往！」

「好好好，卿不愧是國家棟梁。來人，快賜聖旨和金戈！」永仁帝大手一揮，立時便有一名太監端著托盤從殿後轉出，托盤裏有一黃絹聖旨和一柄三尺長的黃金短戈。

談寶兒接過聖旨一看，上面早已寫好，領頭三個接旨人的姓名赫然正是他自己，心中不由又是一頓苦笑：連聖旨都早寫好了，就等老子接旨了，還好我是答應了，要是不答應，被人霸王硬上弓可就太沒有面子了。

卻聽永仁帝道：「這支金戈乃是昔年聖帝隨身之物，一直是皇室最高權威的象徵，配合朕的聖旨，全國的百姓和軍隊都能任卿調遣。如今時日不多，容卿回府收拾一下，快快啟程！朕等著你的好消息！」

「臣遵旨！陛下，臣有一個願望，希望陛下成全。」

「講！」

「臣想讓雲蒹公主和楚姑娘與我一同前往。」

永仁帝微微沉吟片刻，隨即輕輕搖頭：

「楚姑娘可以，但雲蒹公主不行。朕這幾日要和國師全力對付黑手印，國中大事無人處理，諸位皇子又不成器，唯一可以代替朕的，就只有雲蒹公主！」

談寶兒沒有料到永仁帝如此看重若兒，但想想若兒確實遇事鎮定，處事大氣，永仁帝不在的時候，由她坐鎮，卻是再好不過，當即便不再強求。

商議既定，談寶兒率先告辭。

出了正大光明殿，見到兩女，談寶兒將事情一說，兩女都是憂心忡忡，楚遠蘭因爲可以和談寶兒生死相隨還好些，若兒卻因爲不得不留在京城中，傷心自是難免。但局勢多艱，三人卻也毫無辦法。

出了皇宮，天上黑手印和大風鳥依舊打得熱鬧，談寶兒想起離別在即，這一去卻也不知是生是死，決定回自己的王府去看看無法等人。

三人都是身懷絕世神通，天空大風鳥和黑手印的餘威便無法影響到三人，過了不到一刻鐘，三人來到天威王府。

這些日子，事情一樁接著一樁，天威王府從最初的侯府變成今天的王府，談寶兒自始至終都沒有進去過。這次終於在兩女的陪伴下回到自己的家，只見王府建築精美，府中布置美輪美奐，豪華處絲毫不讓皇宮，只是因為談寶兒之前在青龍的水晶宮待過，對珠寶一類已是見怪不怪，倒也能泰然處之，沒有鬧出什麼笑話。

三人剛一到客廳，無法、小青和秦觀雨等人得到消息便相繼趕到。諸人都是許久不見，見面之後少不得又一番熱鬧。談寶兒當即命人開了酒席，眾人一起開心。

喝了一陣，談寶兒終於說起自己即將離開京城，前往全國各地召集人馬入京解大風之圍，無法立時跳了起來：「老大，上次你一個人去闖魔人陣營就沒有帶上我，這次你要再不讓我和你一起去，我就和你翻臉！」

秦觀雨亦道：「談大哥，我和師妹們受命保護你，這次可是一定要隨你同去了。」

談寶兒苦笑：「吸風鼎裏最多只能裝下一人，如果不將人裝到鼎裏，我是無法施展御風弄影術的。難道你們要我再次硬生生地殺出去嗎？」

無法直接傻眼了，他總不能對楚遠蘭說蘭嫂子你就別去了，有我和老大去斷臂就可以了，我會幫你好好照顧他的，大概直接能讓一桌的人噁心至死。

秦觀雨忽笑道：「其實要出魔人陣營，何必一定要從地面走那麼麻煩？」

「不從地面走，難道從天上……」談寶兒話說一半，猛然想起一事，頓時大喜，「觀雨你是說九木神鳶？不錯，有了牠，去哪裡都要快捷許多！」但他隨即卻是搔搔頭，「那玩意還遠在寒山呢！要坐九木神鳶，還是先得突破魔人的陣營！」

他這話一說出口，秦觀雨和寒山諸女都是笑了起來。

談寶兒莫名其妙的時候，秦觀雨道：

「我們寒山派有一門法術，叫千里連心術。千里之內，只要我們施展法術，就能和同門聯繫上。談大哥你看過《御物天書》，怎麼竟不知道？」

談寶兒很想說天書上很多字老子並不認識，但想想這事實在太沒有面子，就假裝恍然神色道：「哎呀！你們不說我還真是忘記了！那觀雨，你快和你師父聯繫一下，讓她趕快將九木神鳶送過來吧！」

秦觀雨笑道：「這門法術消耗的法力巨大，可不是我一個人可以完成的。」回頭對寒山諸女道：「師妹們，助我一臂之力吧！」

「是，師姐！」諸女一起點頭，同時閉合上雙目。

她們話音一落，談寶兒立時感受到整個房間裏開始充斥念力，諸女的念力最後全數集中到了秦觀雨身上，和秦觀雨本身的念力融合爲一，之後衝出房間，直射天空。

談寶兒立時明白過來，這種千里連心術其實就是通過一種特殊的管道，使得相隔很遠距離的人可以通過念力交流思想。

過了一陣，秦觀雨和諸女同時睜開眼睛。秦觀雨道：

「已經和師父聯繫上了！她說立時出發過來。」

「哈哈，這可太好了。」談寶兒雖然並不害怕再去八百萬魔人中再放點血以促進體內新陳代謝，但能輕鬆的出城豈不更好，心理變態的才會願意去被人戳得全身是眼。最重要的是九木神鳶可以坐很多人，有無法等人一起去，旅途實在是會愉快許多。

眾人也都是一陣歡欣鼓舞。唯有若兒見識過九木神鳶的速度，知道離別在即，不由大是傷感。

談寶兒知她心意，和眾人告了辭，將她拉到裏屋，將她緊緊抱住，在她耳邊低聲道：

「傻瓜，別擔心，過不了多久，我就帶領大軍回來了。」

若兒點點頭，忽然臉頰緋紅，道：「告訴你一件事。我有了……」

「有了？」談寶兒先是一愣，隨即反應過來，「哈哈，若兒，你不是說你有了我們的孩子吧？這可……這可真是太好了！」

若兒輕輕點頭，臉上滿是幸福和喜悅。談寶兒覺得自己都還是個孩子，但自己卻又已有了孩子，這事本身就夠神奇的了。

兩人說了一陣甜得人雞皮疙瘩掉滿地的話之後，空中忽然傳來一陣熟悉的鳴響聲。

無法在大廳裏扯著嗓子叫道：

「老大，九木神鳶到了。」

等談寶兒和若兒從裏屋出來的時候，無法和寒山諸人都已到了院子裏。豔陽高照，一輪紅日之下，九木神鳶平穩地停在王府上空。

離別的場面總是動人的。大夥一句話都沒有說，但滿院子裏已是一片悲涼氣氛。風蕭蕭兮易水寒，壯士一去兮不復還。談寶兒強忍悲傷，輕輕拍拍若兒的香背，將她推開，走到院子正中央和無法等人站到一處，好等九木神鳶之上的人一起發功，用念力將自己拉上去。

但他環顧一周，卻發現小青並沒有站過來，不由有些詫異：

「小青，你不和我一起去嗎？」

小青搖頭道：「老大，有無法陪你去就好了。我本事差，還是留在京城等你們吧。」

「那好吧！你就留在這給我看家。」談寶兒點點頭。他一直對小青的來歷耿耿於懷，但這些日子事情一大堆，也沒有時間去調查，將他帶在身邊還要提防他，也是個痲煩，倒不如放在京城。

眾人計議完畢，談寶兒和楚遠蘭又和若兒說了一陣話，最後反是若兒將談寶兒一推，笑道：「都說英雄氣短，兒女情長。老公你是蓋世大英雄，卻不能和常人一樣免俗嗎？你放心去吧，京城中有我，一定可以等到你率領大軍回來的。」

「你這丫頭！」談寶兒感動得一塌糊塗，捏捏若兒的臉頰，再也不知該說什麼，最後朝秦觀雨點點頭。秦觀雨發出一股念力，直達空中的九木神鳶，然後談寶兒一行人就覺出從神鳶之頂降下一股巨大吸力，頓時身不由已飛了起來。

腳下景物漸漸變小，等到景物漸不可見時，眾人覺得腳下一重，已然落到實地，停在了一堆尼姑之間。

爲首的寒山掌門清惠師太一揮袍袖，站起身來，衝著談寶兒合十道：

「貧尼來遲，有勞聖僧久候，恕罪恕罪！」

談寶兒笑道：「師太太客氣了，你們差不多已是隨傳隨到了，這還慢的話，可不是羞煞晚輩嗎？怎樣，一路上還好吧，魔人鷹族沒有爲難你們吧？」

清惠師太笑道：「倒是有幾個妖魔小丑來攔道，但貧尼這次將寒山所有弟子都帶上了，這八百弟子經過聖僧的靈藥洗禮之後，念力都是突飛猛進，這麼多人一起發功，鷹族魔人雖然洶湧而至，卻也無法近得神鳶一丈範圍。」

談寶兒聽得鬆了口氣，他之前最擔心的就是鷹族對空中的封鎖，既然寒山派厲害到可以讓這些禿毛烏鴉都不敢靠近九木神鳶，那自己還有什麼好害怕的呢。

眾人坐定之後，清惠師太下令啓動神鳶，四百人一起發動念力，一直懸浮在空中的神鳶捲起一股狂風，朝大風城外飛去。

回頭望去，大風鳥和黑手印鏖戰正酣，天地一片塵土，灰濛濛的，卻也看不出什麼輪廓。出得城來，成千上萬的鷹族在城外徘徊，見到九木神鳶靠近，如同見到鮮肉的烏鴉，鋪天蓋地地撲了上來。

「師太，你不是說這些鳥鷹根本近不了我們嗎，怎麼牠們還來？」談寶兒大驚失色。

「唉，眾生多苦！」清惠師太搖搖頭，丟下一句高深莫測的話，當即指揮弟子們用念力驅趕。

這些鷹族固然是兇悍異常，一個個張大著鳥嘴，爪子閃閃發著寒光，很一副兇神惡煞的樣子，但一撞到寒山眾弟子用念力布置成的防禦結界，頓時頭破血流，果然難以靠近神鳶一丈。

一時鳥羽紛飛，慘不忍睹。

談寶兒見此心頭大定，但奇怪的卻是後繼的鷹人竟是全然不畏死，前赴後繼地狂衝過來，一時整個九木神鳶的四周都是漆黑一片。黑壓壓的衝力，衝得神鳶東搖西晃，鷹族臨死前慘烈的叫聲更是讓人心驚肉跳，整個神鳶猶如大海裏的一葉孤舟一樣。

卻也不知過了多久，神鳶終於飛入雲霄，進入萬丈高空，俯身下望，只見一片蒼茫雲海，像極了無瑕的雪地。鷹族雖然擅長飛躍，但大多數也飛不到如此之高如此之快，眨眼間便被甩在了九霄雲外。至此眾寒山弟子才算是鬆了一口大氣。

秦觀雨低聲念了聲佛號，哀嘆道：

「這些魔族真是太慘了，明明知道衝過來就是死，卻還是如同飛蛾撲火一般撲過來。」

清惠師太道：「觀雨，你看這魔族苦，其實眾生皆是一般的苦。只不過魔族撲的是敵人，眾生撲的是七情六欲。」

「多謝師父指點。」眾寒山弟子都是豁然有悟。唯有談寶兒這沒有什麼慧根的傢伙聽得

一頭霧水，暗道：你們這些尼姑還真是愛心氾濫，對一群魔族畜生也這麼多慈悲心腸。

離開了大風城，前飛一陣，脫離了魔人的監視範圍，清惠師太問談寶兒道：

「聖僧，我們現在去哪裡？」

去哪裡？談寶兒眼見眾人都將目光集中到自己身上，一時不由得也是愕然。剛才只想著出城，現在出了城，談寶兒才發現自己對未來的行程是一片茫然。但他可不能說自己不知道，因爲自己非但是寒山的聖僧，還是手持金戈聖旨的欽差，所有人都唯自己馬首是瞻。

他心念一動，微微一笑，問楚遠蘭道：

「蘭兒，哥哥我考考你，你說我們該先去哪裡？」

楚遠蘭自然不知這賤人心中全然沒有方向，見他胸有成竹的模樣，還真以爲這是容哥哥考自己呢，當即答道：

「神州本有五大軍區，只是這些年北方征戰不休，兵力大都已調往北線的兩個軍區，龍州軍區和武神港軍區。這兩處裏聚集了最少三百萬兵力，應該是我們最先去的吧。此外就是西域，因爲要鎮壓羌人造反，也陳兵有百萬，這是第二個該去的地方。至於南疆和東海，兵力都只有五十萬，應該是最後有時間才去的。容哥哥你認爲對不對？」

談寶兒聽得心曠神怡，但卻故作矜持地只是輕輕點了點頭，笑道：

「不錯不錯，蘭兒你的分析大體是不錯的，我確實打算先去龍州和武神港，至於南疆和東海卻不是有時間才去，而是必須去。那話怎麼說的，聚沙成塔，人越多，擊敗魔人的力量就越大的嘛！」

「容哥哥教訓得是！」楚遠蘭深以為意，對談寶兒更加敬服。

商議已定，那九木神鳶便直朝北飛去。

神鳶本已是飛行迅速，眾寒山弟子每人經過談寶兒提升了十年功力之後，這神鳶的速度更是有了質的飛躍，眾人知道舉國蒼生的性命都懸在這神鳶之上，都是各自賣力，搞得神鳶飛行速度達到了一個恐怖境界。

神鳶上眾人感受那罡風猛烈，除開駕馭神鳶的四百寒山弟子外，大都回房休息，唯有談寶兒法力通神，對這一點小風並不放在心上，想起自己這次帶著金戈聖旨出宮，很有些肩負重任的良好感覺，反是頂著風頭，站到神鳶頭部，欣賞腳下山川河流，姿勢酷得無邊無際，少不得又引得寒山一干俗家弟子芳心蠢動，謀殺純情少女眼淚無數。

這日正午時候，談寶兒正在神鳶頭部耍酷，將視線下望，忽見地面一座山脈起伏，山脈之下不遠卻有一個小鎮，鎮上景物依稀，赫然正是崑崙山下臥龍鎮。

小鎮上人來人往，熱鬧如舊。談寶兒看著看著，眼眶不由有些濕潤，他很想立刻下去到「如歸樓」裏轉一轉，只是想了想，卻又按捺住這個誘人的念頭。有時候，人要得到一些東西，總是要失去另外一些東西。

神鳶越過崑崙山後，繼續向北，飛了約莫一個時辰左右，地面忽見一片巨大城池，規模宏大，即使在神鳶上看去，也顯得氣勢磅礴。

九木神鳶速度放緩，慢慢懸浮不動。眾人各自從屋裏走出來。清惠師太走過來道：「聖僧，龍州城已到，我們準備下去吧！」

談寶兒點頭答應。清惠師太向寒山弟子下令，然後神鳶俯衝著，朝著龍州城郊外空地上降落下去。

九木神鳶慢慢靠近地面，城裏眾人自然看見。等神鳶降落到地面快有百丈的時候，城門大開，一隊萬人左右的輕騎已是衝了出來，在神鳶附近守候。

眾輕騎散開成圓形，舉起弓箭，將九木神鳶下落位置團團包圍。一名為首的年輕將領大叫道：「何方妖孽，膽敢侵犯龍州？」

楚遠蘭忙對談寶兒道：「容哥哥，你該認識這將軍吧？快叫他們散開，不然引起誤傷可就不好了！」

經楚遠蘭這麼一說，談寶兒頓時頭皮發麻，這才想起一件很重要的事。談容在龍州待過三年，軍中認識的人自不在少數，而他之後在百萬軍中取了魔人主帥首級之後，知名度大增，全軍上下和他交友的人更是數不勝數，乖乖隆個冬，老子到了龍州兩眼一抹黑，誰都不認識，將張三叫成李四，還不立刻穿幫？

只是眼下箭在弦上，卻容不得他退縮，聽到楚遠蘭的話，只得硬著頭皮站到神鳶頭部，揮著手，衝著下面叫道：「下面的兄弟們不要亂來，我是談容！」

「真的是談將軍的聲音！真的是談將軍！」地面騎軍先是聽著聲音像談容，待看清鳥頭上的人容貌和談容相似之後，都是沸騰起來。

當即那年輕將軍指揮輕騎散得更開，中間空出一大片空地，寒山眾人控制九木神鳶緩緩降落下來。

待神鳶落地，談寶兒和眾人一起下地。那年輕將軍縱馬撲了過來，待到談寶兒面前，下馬屈膝道：「龍州雲騎第五軍偏將耶律元參見談將軍！」

談寶兒聞言暗自鬆了口氣，心說這小夥子有前途，知道老子不認識你，來就自報家門，不過你姓什麼不好，姓野驢，嘖嘖，莫非你老祖宗是頭野驢嗎。他腦子裏胡思亂想，腳下卻不停留，上前將耶律元扶起。

眼見耶律元望著自己眼神熱切，談寶兒知道這傢伙一定認識談容，他不知道耶律元是如何稱呼談容的，當即笑道：「行啊小子，幾天不見，又變帥了，再這麼搞下去，這龍州第一帥哥的位置我可就得讓給你了！」

耶律元面色發紅，尷尬道：「容大哥，您就別開我的玩笑了，我再帥也帥不過你啊！你不知道，自你走後，城裏的少女們公推你爲龍州第一帥哥，家家懸掛你的畫像不說，還成立了個組織，叫什麼愛容協會，說什麼這輩子非你不嫁！」

「非我不嫁？有多少人？」談寶兒臉色大變。

「也不多，就三千五百來人吧！」耶律元輕描淡的語氣好似說的是三五個人。

「還不多？天啊！」談寶兒傻眼了，好在耶律元沒有再在這個問題上深究下去，而是連珠炮似發了一連串的問題：「對了，談將軍，你這是從哪裡來啊？這神鳥是什麼？這些位又都是……？」

談寶兒道：「這問題說來就複雜了。我們先進城，一邊走一邊慢慢聊吧！」

耶律元喜道：「好！我這就讓人通知胡總督，咱們今晚就在軍中爲你設宴洗塵。小泥鰍，小石頭他們都正念著你呢！」

小泥鰍，小石頭？談寶兒聽得一陣頭皮發麻，很明顯這些人都是談容在軍中的好兄弟，只是這些傢伙自己一個都不認識啊！怎麼辦？現在臨陣退縮是來不及了，好在老子一貫的運氣好，一會隨機應變吧！

當即耶律元率領大軍在前頭領路，談寶兒回頭招呼楚遠蘭眾人進城。清惠師太笑道：「我和眾弟子在城外看著神鳶，有觀雨她們陪著聖僧你去就可以了！」

談寶兒知道這些出家人脾氣古怪，便也不再強求。一行人浩浩蕩蕩朝龍州城裏走去。無法一臉興奮，問談寶兒道：「老大，這裏就是龍州了，你跟我講一下，當日你是從哪裡躍下城頭的？又是在哪個地點取了魔人主帥厲天的首級的？」

談寶兒心說：你問老子，老子又問誰去，當即狠狠在這傢伙光頭上敲打一下，道：「你一天沒事問那麼多做什麼？想知道這些，回頭自己去城裏茶館打聽去。」

「不說就不說嘛，打佛爺的頭做什麼啊！」無法很委屈，但卻敢怒不敢言。一旁的楚遠蘭見了，微微有些詫異。

龍州城的建築格局與大風城大致相同，但因為戰事的需要，城池更加堅固，城牆也更加的高聳，從城外看城內，舉目所見除了四道千瘡百孔的巨石牆，再無他物。

九木神鳶龐大無比，從天而降立時引來龍州城內軍民的恐慌，待眾人認出鳥上為首的是大英雄談容之後，恐慌立刻變成了驚喜。等待談寶兒一入城，整個龍州城立刻沸騰了起來，百

姓自發地在城門口兩側夾道歡迎。

談寶兒才一進城，撲面而來的就是震耳欲聾的歡迎聲，正不知所措，頭頂就是一頓花海降落，卻是上百名美貌少女手提花籃正朝這邊灑花瓣雨。一大群不知是哪裡瞬間冒出來的詭異人士，手裏扯著例如「談容官方後援會」「談容粉絲會龍州分會」「有容乃大——深愛容容團」等旗幟，搖旗吶喊，讓談寶兒很懷疑這裏是不是剛剛在開廟會。

繼續向城裏走，果如耶律元所說，城裏家家戶戶都貼有談容的畫像，上面都還寫有大字，有的是「戰神談公在此，群鬼辟易」，有的是「無敵神將談」，畫像上的談容雖然造型不一，但絕對都是神威凜凜，殺氣騰騰，簡直是威風得無邊無際了。

耶律元看見談寶兒眼光所向，解釋道：

「容大哥你是不知道，自你離開龍州後，城裏百姓就都畫了你的圖像貼在自家門上，說是能鎮鬼驅邪，很有些靈效的。現在啊，城裏哪家的畫像要弄破了，那家人一定睡不著覺、吃不下飯，非得連夜找畫師重新畫一幅不可。」

談寶兒聽得暗暗苦笑，無法卻在一旁眉飛色舞：

「太好了老大！回頭你要是沒有零花錢了，去每家轉轉，讓他們購買一下肖像權或者版稅什麼的，可就大發了！」

群眾熱情高漲，看到談寶兒進城，幾乎都要衝上來要簽名或者一起畫張相留念一下什麼的，好在耶律元帶了一萬的輕騎隨行，才算是阻擋住了這些狂熱的粉絲們。但這些人卻跟著大部隊前進，越向城裏走，隊伍越是浩蕩，直將城內大街小巷都塞了個水洩不通。

走了一半，前方路口出現一隊兵馬，爲首一名老將拍馬迎了上來。耶律元忙上前磕頭。

談寶兒雖然沒有見過這老將，但見他盔甲上的裝飾，卻知道他肯定是龍州新任總督，忙不迭就要上前行禮的時候，那老將卻先給他跪下：

「龍州總督胡天參見天威王！」

「你怎麼知道的？」談寶兒愣住。自己被封爲王不過是這幾日的事，而大風城被圍之後，城內外的消息就被魔人給徹底封鎖住了，這胡天又是怎麼知道自己的最新官職的？

胡天似乎早料到他有此反應，當即笑道：

「王爺有所不知，您被封爲王的次日，皇上就飛鴿傳書通告全國了。皇上還說，不用幾日，王爺您肯定會再次駕臨龍州主持軍務，所以下官才讓百姓們準備歡迎的禮儀，不想您今日就乘神鳥駕到。」

談寶兒這才明白過來，心想：永仁這老兒原來早就不安好心，在封老子爲王的同時，就已經想著讓老子替他來前線賣命了，陰險啊！

第四章 再見小三

一行人浩浩蕩蕩的殺奔總督府。眾百姓一直相送到這裏，才在軍隊的干預下相繼散去。由胡天領了，眾人一直到了總督府的大廳。

到了大廳之內，一干龍州軍的將領早已經等候多時。分賓主落座之後，眾人開始寒暄。其中自是少不了遇到談容的老熟人，談寶兒自是不認得，但他拿著天威王爺的架子，冷著個臉，旁人就不好和他搭腔，算是蒙混過關。

敷衍著說了陣話，談寶兒深怕再說下去露出馬腳，當即對胡天道：

「胡總督，能否借一步說話。」

胡天當即將他領到一處密室。談寶兒見四處無人，這才將大風城現在的情形細細說了一遍。

胡天直聽得一愣一愣的：「王爺你不是開玩笑吧？天空出現裂痕，魔人傾巢而出，八百萬包圍大風城，您受命出城求援？」

談寶兒大怒：「現在大風城被圍，每分鐘都有人在丟性命，老子有閒心和你開玩笑嗎？」說時將金戈和聖旨從酒囊飯袋裏掏出來丟過去，「你自己看吧！」

胡天接過金戈和聖旨，細細一看之下，抹了一把冷汗，道：「難怪這幾個月來，龍州和武神港都沒有看到魔人的影子。我和王總督還以為他們是龜縮防守呢，原來是都撤回老家，從天而降，落到大風城外了。欽差大人您放心，下官這就去整頓兵馬，即刻啓程前往大風城。」說完心急火燎地出門去了。

但他剛走兩步卻又折返回來：「等等，欽差大人！下官有個問題。你說大風城最多能堅持十五日，但從龍州到京城，若是帶著一百五十大軍，少說也要五十天才能到達。等咱們到達的時候，豈不是……豈不是……。」

「啊！」談寶兒猛然跳了起來，隨即癱軟在椅子上。他這才意識到這個被所有人都忽略掉的重要問題。

永仁帝讓他從魔人陣中闖出來，召集天下兵馬援救京師，但卻刻意沒有提到一個問題，十五天內，通過飛鴿傳書或者別的什麼，談寶兒肯定能通知四方兵馬，但即便天下的兵馬都肯入京勤王，等這些兵馬趕到京城的時候，無數個十五天早已過去，京城早已變成魔人的巢穴了，京中所有的人不是被殺就已經變成了俘虜。

「等等！」永仁帝不可能犯這樣的錯誤！他一定已經想到了這個問題。但他將聖帝的金戈和勤王的聖旨都給了我，這是要我在大風城破之後，讓我以大義的名分召集天下兵馬，恢復神州！一念至此，談寶兒猛地從椅子上又跳了起來。

他搓搓手，發覺手心興奮得陣陣發熱。他從來沒有想過有那麼一刻，自己能手握全神州的兵力，去驅除魔人，光復神州。當這樣的機會活生生放在眼前的時候，怎麼能不興奮？

可是若兒！在大風城裏的若兒！她想必也早想到了這一點，但卻心甘情願地留在大風城……離別的時候，蘭兒久久不肯鬆開若兒的手，只怕她也早已想到了。只有我，只有我這個傻瓜，一心想著拯救天下，才沒有想到……只有我……

若兒啊，你這個傻丫頭，即便我真的恢復了神州，成爲萬世敬仰的英雄，失去了若兒，這又有什麼意義？一想到這裏，談寶兒全身冰涼，再次頹然坐倒在椅子上。

我贏得了世界，如果輸了你，又有什麼用？

月光透過窗戶，鑽進密室的縫隙，輕輕灑在房間裏，最後如一層輕紗似地落在談寶兒的臉上，將少年的臉映照得奇白如雪。

胡天看著談寶兒瞬息間已是起落兩次，不由有些擔心：

「王爺，下官是現在去召集兄弟們出發嗎？」

「快，快，快讓他們都到校場集合！」談寶兒猛地站了起來。

「是！」龍州總督慌忙跑了出去，讓這空蕩蕩的房間裏僅僅留下了這少年一個人。

因爲長期處於戰爭，龍州一百五十大軍很快集結完畢。一百五十萬雄獅一起站到了龍州城中央最大的校場上，密密麻麻，如螞蟻一般。但發布集結命令的主人，卻遲遲沒有現身。

胡天皺起眉頭，不得已下只能快馬來催。

到達總督府大廳天井的時候，卻見四周靜得讓人心慌。潔白的月光透過高牆射了進來，將高牆射出一片淺薄的陰影，談寶兒悄然佇立在月影交會的地方，一任滿庭夜風將他散亂的頭髮吹起，也吹亂了他的心。

「王爺，一百五十萬大軍已集結完畢！是否立時出發？」

談寶兒沒有說話，依舊站在月影之間。

「王爺，大軍已經集結完畢，隨時可以出發！」胡天又重複了一次。

談寶兒卻依舊沒有說話。他知道自己現在能做的只有兩件事，第一就是先去武神港，再去南疆，再去東海，這樣算下來，四路大軍齊集京城的時間就剛剛好。第二就是立刻乘九木神鳶返回京城，將若兒救出來，但這樣一來，四路軍隊出現在京城的時間都將要晚半月，到時魔人早已經控制了京城附近所有的城池，就好比一柄長矛，插到了神州的腹心。

天下與卿，孰輕孰重？

「王爺……」胡天還想再說什麼的時候，談寶兒卻猛然轉過頭來，「胡總督，你去廚房給我準備十斤……不，五十斤上好的熟牛肉！」

「啊，這個……是！」胡天再也想不到自己等了半天等到的軍令竟然是這個，雖然不明所以，卻也領命而去。

不時牛肉準備妥當，放到大廳裏，談寶兒揮手讓胡天離開，自己從乾坤寶盒裏拿出羿神筆，默默思索片刻，手指顫動，筆走龍蛇，在石地板上畫了起來。

片刻之後，一隻栩栩如生的三足龜的形狀已是躍然石上。隨即金光一閃，那三足龜從石中跳了出來，赫然正是羿神座下四大神尊之一的玄武神尊小三。

「哇塞！你個沒有義氣的混蛋，這麼久才想起老子啊！老子嘴裏都快淡出鳥來了！」小三一副流氓龜的樣子，一出現就跳到了桌子上，抱著那堆熟牛肉就啃了起來。

「你個死王八，還是這麼貪吃啊！」談寶兒愁眉盡掃，一下子去抓小三的龜殼，卻被後者輕巧地躲了開去。

「老子還不信抓不到你！」談寶兒笑罵一聲，展開御風弄影之術，朝小三撲了過去，後者兩足抱住牛肉，在大廳裏東躲西閃，說不出的敏捷。

一時間，滿屋都是風雨之聲。

自從上次在九靈山一別，至今已快半年，早已超過小三說的三月之內不許召喚牠的限期，但這段時間談寶兒事務繁多，波折不斷，如今他窮盡智慧也無法作出決斷，窮途末路之時才終於想起了這隻神龜，當即召喚過來。

一人一龜嬉鬧一陣，小三終於將那五十斤牛肉一次掃了個空，一個小肚子鼓得老高，彷彿一個腆著肚的大將軍，傲然站在桌子上，衝著氣喘吁吁的談寶兒道：

「不錯啊小鬼，幾個月沒見，竟然將羿神訣練到九霄之氣境界了，不錯不錯，本尊差點就被你抓到了！」

談寶兒很想將這得了便宜還賣乖的傢伙給剁成肉醬，賣到藥店去做龜苓膏，但想想自己沒有這個本事，就很無奈地放棄了這個美妙構想，只是惡狠狠地瞪著這王八，不斷喘氣。

「好了好了，不就是吃了你幾塊牛肉嗎，有必要這樣像看到殺父仇人一樣嗎？」小三龜頭大搖，「無事獻殷勤，非奸即盜，你有什麼事要我給你辦的，只管說，本尊能做到的，儘量幫你做就是！」

「那可太好了！」談寶兒大喜，隨即將自己和牠分手後的事說了一遍。

小三聽到謝輕眉取了流金鼎，天之裂痕出現，不由大怒道：

「哇塞！你個白癡！我讓你守好神州九鼎，你不聽我的。這下子出大問題了吧！」

「你給我的兩只鼎我都守好了啊，那個什麼流金鼎，我也不知道就在蓬萊啊！」談寶兒覺得很冤枉。

「這不是理由！你明明看到謝輕眉纏著你去了蓬萊，你難道就沒有一點想像力嗎？」小三氣得直吐氣泡，「老子要是你，早該想到了。你想想謝輕眉爲什麼千辛萬苦的要去沉風塔啊，那是因爲她們魔族的法力和九鼎的法力天生相剋，必須要借助舍利子這樣的浩然正氣才能接近九鼎，而舍利的正氣同樣是魔族的剋星，所以她才需要無法的佛力爲她化解舍利的正氣。這才一路千方百計設計，讓你們和她一起去東海。白癡啊白癡，你怎麼連這個都想不到啊！」

小三越說越氣，最後忍不住就要去打談寶兒的頭。

談寶兒想想自己還真是夠白癡的，一時很有些沮喪。

小三氣了一陣，終於問道：「現在都搞成這樣了，你才想到來找我，有什麼事？」

談寶兒怯怯道：「我要統率天下兵馬入京，但你也看到了，小三，若兒那麼可愛的小姑娘，又是我的親親老婆，你總不忍心眼睜睜地看著她死掉吧？」

「嗯，確實不能眼睜睜看這麼如小白花似的小丫頭死掉！」小三點點頭，「所以我會閉上眼睛的！」

「我靠，還兄弟呢！這樣耍我！看老子不抓你去燉王八湯！」談寶兒大怒，說時就要動手。

「別別別，哥哥和你開玩笑的！」小三慌忙求饒，「你想我怎麼做吧？」

「您老神通廣大，我想你即刻去一趟京城，等魔族破城之日，你將若兒救出來。當然了，如果有時間，順便將我的兩個便宜岳父和府裏的下人也給救出來好了！再有時間，將京城裏的美女，什麼四大美人之一的駱滄海啊什麼的都一一帶出來，如果再有時間，就將皇宮裏的珠寶美女也順便帶出來……」談寶兒厚顏無恥地說了一大堆。

小三直翻白眼：「你以爲本尊是垃圾車是吧？幫你將這些垃圾都搬出來？」

「嘿嘿，好像是多了那麼點，那就只救我的若兒和兩個岳父，小青，還有駱滄海，還有皇宮裏的美女，當然了，珠寶也可以帶些，多多益善……」

「閉嘴！」眼見談寶兒還要無恥個沒完沒了，小三慌忙打斷這賤人，「小子，我好像和你說過吧，我們四大神尊是不能直接參加你們世俗的戰爭的。我去大風城救人，難免會和魔族的人動手，這就違背羿神的訓誡了！」

「不會吧大哥？」談寶兒大怒，「吃肉就那麼爽快，讓你辦點事就推三推四的！早知道

老子直接找青龍幫忙好了！」

「你在東海見過青龍？」小三吃了一驚，隨即搖搖頭，「你找他也是一樣的答覆。不過小鬼，其實救你老婆的事你自己就能做到，為什麼要假手他人？」

「我自己就能做到？」談寶兒一驚。

「沒有錯！談容不是留了兩件寶物給你嗎？一件是羿神筆，另外一件就是裝羿神筆的乾坤寶盒！」

「乾坤寶盒？它能有什麼用？」談寶兒拿起乾坤寶盒，一臉的茫然。在他一直看來，這玩意也就是聾子的耳朵，作擺設用的，還能有什麼大用了。

「你以為隨便一件東西就能叫寶的啊？」小三對某人的智商顯然很鄙視，「能裝住羿神筆的，當然不會是凡品。知道什麼叫乾坤不？乾就是天，坤就是地，乾坤就是天地。這件寶物之所以叫乾坤寶盒，就是因為這小小的一個盒子，甚至能裝下天地。」

「裝下天地當然是誇張了，但這東西的裝載能力可是超強的！你看我先將這屋子裏的東西都裝進去。」小三一把將寶盒搶了過來，將羿神筆拿出來放到桌子上，嘰哩咕嚕地也不知道念了一句什麼咒語，伸手朝著大廳的四周指了指，於是大廳裏所有的傢俱和陳設都消失得乾乾淨淨，屋子比被強盜搶過還要乾淨。

「不會吧！」談寶兒驚喜交加，一把將乾坤寶盒拿過來，只見空蕩蕩的盒子裏多了一個幾不可見的黑點。

小三再念了個咒語，朝盒子一指，屋子裏的傢俱立刻又奇蹟般地出現在原來的位置上，盒子裏那個細小的黑點也隨之消失不見。

小三合上寶盒，道：「乾坤寶盒本是孔神的獨門法寶，裏面預裝了十萬大山，十萬河流，十萬風雨，你可以想一下裏面的空間有多大了吧……」

「啊！」談寶兒驚得傻眼了，「你是說……你是說……」

冷淡的月光，輕柔地灑落在龍州校場之上。

胡天搓著手，不時摸摸額上的頭盔，不輕不重地跺著腳。他並不知道這樣下去，自己還要等多久。

士兵們望著城市的南方翹首以待，那裏是總督府的方向，神州千千萬萬子民的偶像談容就在那裏。胡天並沒有將忽然集結他們的真實目的告訴他們，但所有的人心中的熱血都在沸騰。能跟著談容一起作戰，去任何地方，都是讓人充滿期待的。

「總督大人，要不要末將再去催催王爺？」耶律元見胡天眉宇間都黏著焦躁，不由主動

請纓前往。

「不用了！王爺似乎遇到什麼爲難的事了！」胡天嘆了口氣，心中默默地說，希望這孩子能闖過這一關吧。

談容三年前到龍州的時候，胡天還只是龍州的副總督，那個時候，談容也還是個青澀的孩子，眨眼間，這個孩子已經變成了大夏第一的英雄，但在胡天的內心裏，他始終只是個孩子而已。但讓他覺得奇怪的是，這次回來之後，這個孩子的行事風格似乎有了某種改變，但具體的是哪些改變，他一時卻又說不上來。

「啊！王爺他們過來了！」耶律元忽然叫了起來。

順著他手指的方向，胡天果然看見了談寶兒帶著楚遠蘭等人走了過來，從他輕鬆的表情來看，似乎已經找到了辦法。

胡天迎了上去。談寶兒朝他微笑著點點頭，徑直向那陳列在校場上的一百五十萬雄兵走了過去。士兵們頓時一片的歡騰。

談寶兒張開雙臂向下壓了壓，校場上立時鴉雀無聲。談寶兒運足功力道：

「各位兄弟想必還不知道，魔人已經在五日前包圍了大風城。」

「啊！」近一百五十萬人同時發出一聲驚呼。

談寶兒讓無法拿出聖旨，將聖旨展開：

「我這次來，就是要帶領大家前往大風拯救皇上和滿城的百姓，將魔人驅趕出神州！你們願意不願意跟我去？」

「願跟隨王爺，赴湯蹈火！」眾人一起大叫。

「那你們願意不願意信任我？」

「願意！」眾人聲音叫得更大了。

「很好！那現在我要你們去一個地方，到了那裏，你們不用驚慌，等到了京城，我會帶你們出來。」談寶兒說著話，伸手拿出乾坤寶盒。

眾人聽他說得振振有辭，正感動呢，卻忽然看見談寶兒說著說著拿出一個三尺長的盒子，一時搞不清楚他要弄什麼鬼，不由都是面面相覷。

楚遠蘭更是在一旁輕聲提點道：

「容哥哥，你本來是要拿金戈吧？」

「你向後看就知道了！」談寶兒微微一笑，念動一個咒語，隨即將乾坤寶盒張開，只見一蓬金光迸射而出，瞬間籠罩了整個校場。再過片刻，那金光瞬間回縮進盒子，再看時，剛才還整整齊齊站立在校場上的一百五十萬大軍已經消失得無影無蹤。

胡天和耶律元啊地失聲驚呼，指著談寶兒半天說不出話來。無法、楚遠蘭和秦觀雨也未曾見過如此奇景，也都是全無聲息。

好半晌，卻還是胡天最先反應過來，急急忙忙問道：

「王爺，你把這一百五十萬大軍都變到哪裡去了？」

談寶兒揚揚手中的寶盒，嘻嘻笑道：

「我把他們都收到這乾坤寶盒裏了。好了，你們都別發愣了，我們趕快上九木神鳶，得快些趕到武神港，去那邊借點兵。」

「等等王爺！你別開玩笑了，這一百五十萬大軍，怎麼可能都被你裝到這小小的一個盒子裏了？」胡天張臂攔住談寶兒的去路。

「都說是乾坤寶盒了，連乾坤都能裝下，何況這區區的百萬兵馬？你看好了！」談寶兒很火大，念動咒語，再次打開盒子，只見金光一閃，落到校場上，光芒再消失時候，那一百五十萬大軍就又已站到了校場中央，甚至連站隊的秩序都沒有變過。

「看清楚了吧？」談寶兒搖搖頭，再次念動咒語，金光驟閃，然後盒子再合上時，校場上的一百五十萬大軍又已消失不見。

「好了，走了！」談寶兒很不耐煩地搖搖頭，轉頭就走，因爲他覺得實在是沒有必要和這幫土包子解釋什麼，很顯然已經不記得自己在十分鐘之前看到小三將滿屋的傢俱裝進乾坤寶盒時也是一樣的表情。

眼見談寶兒玉樹臨風地走出十丈之外，眾人這才如夢初醒，緊步跟了上去。

一行人離了龍州城，到達城外。

清惠師太見談寶兒如此快就去而復返，覺得很有些奇怪，待聽秦觀雨轉述自己在校場所見之後，老尼姑接過乾坤寶盒看了又看，好半晌才嘆了口氣道：

「原來世上竟然還有這樣的寶物！可見是佛祖算定聖僧你有此一難，特地降下如此異寶，為你解憂。」

談寶兒本想說這寶物是老大給我的，原生產商也是孔神，和你們的佛祖可是沒有半點關係，最後想了想，卻發現原來就連清惠師太也早已看出，聚集四方兵馬需要時間這個問題，頓時很有些慚愧，便沒有了反駁的興致。

上了九木神鳶，清惠師太讓眾弟子發動念力，神鳶離地飛起，朝著西北方向另外一處重要基地武神港飛去。

武神港一直和龍州一樣，是神州西北的兩道門戶之一，是以歷代帝皇都在此地布置重兵，防止魔人從這裏突破。可以說，大夏最精銳的水師都集中到了這裏。兩次人魔戰爭之中，武神港也是遭遇戰役最多的地方之一，但這幾百年來，魔人雖然不斷攻打武神港，卻從來沒有能夠攻破過一次這裏，有人說這與武神獨孤天風的英靈保佑有關。

武神獨孤天風成名在雲臺三十六將之前，是第一批跟著聖帝的名將中最有名的一位。當初魔人曾經集結兵力三百萬，大船九千艘，強攻武神港，那一戰慘烈到了極處，但獨孤天風卻硬是憑藉一人之力將三百萬大軍阻攔了十日，而他死之後三日，遺體依舊屹立在武神港上，使得魔人寸步不敢上前，最終爲援軍的到達贏得了寶貴的時間。武神死後十年，魔人再不敢犯武神港。

這些傳說，談寶兒自然都是耳熟能詳，是以在前往武神港的路上，他對這裏充滿了期待，同樣的對於武神港今天的主帥，和秦雪、布天驕以及西域的鐵木，被共尊爲大夏當今四大名將之一的新武神柳公弦也是充滿了期待。

武神港是個巨大的港口，而碼頭從天空望下去，也是極其巨大的一塊平地，正好適合九木神鳶的降落。但是九木神鳶實在是個太大的傢伙了，等牠才一出現在碼頭上眾人的視野裏的時候，整個碼頭就頓時一陣的騷亂，和龍州的情形相似的是，立時便有大批的軍隊包圍在了神鳶的下部。

唯一有差別的是，因爲武神港經常要準備海戰，所以火器充足，這次這些軍隊手裏的箭不再是普通的箭，而是前面包裹了松油的火箭。

談寶兒並不知道建造九木神鳶的九種神木其實都有防火功能，見此忙朝下大叫道：「下面的軍士不要驚惶，談容奉旨來訪，不是敵人！」

「當真是談容將軍？在下柳公弦有禮！」人群中有人發出一聲歡呼，隨即就見一人如青煙一般拔地而起，朝著神鳶直衝過來。

「小弟正是談容！」談寶兒說著話，從神鳶上躍下，朝那人迎了過去。他終於明白爲何那麼多人想成名了，當名人的感覺就是好，走到哪裡只要亮出字號，都立馬能引來好處，這不，連柳公弦這樣的高人見了自己也得見禮呢。

兩個人瞬間飛到近距離。談寶兒終於看清這帝國四大名將之一，只見柳公弦雙鬢已白，一雙眼睛卻是炯炯有神，顯得神威凜凜。

柳公弦看到談寶兒很是激動，大笑道：「果然是英雄出少年，好好好！」說著話，豪爽地張開雙臂迎了上來。

談寶兒覺得人家這麼熱情，自己總不好顯得太生疏，於是也張開雙臂大笑著飛了過去，嘴裏還不忘客氣：「柳將軍真是寶刀未老啊，這麼大的年紀了也沒有高血壓腦溢血什麼的，飛這麼高都沒有事，哈哈……」

「談將軍真是會說笑！」柳公弦乾笑兩聲，本是張開的雙手猛然一合，形成雙拳互抱之勢，雙拳所向的方向正好是談寶兒所在的位置。

「容哥哥快閃開！」九木神鳶上的楚遠蘭忽然叫了起來。

談寶兒早已看出柳公弦笑容不對，但他卻沒有閃，眼見這雙拳合攏之後形成了一個古怪的咒印形狀，一道白光已是迎面打來，當即不及細想，一氣化千雷使出，無數道閃電立時狂飆而出。

「轟！」一聲巨響，閃電射出之後，立時撞到白色的咒印法力，咒印法力瞬間被反擊回去，落到柳公弦下半身上。

只聽「啊」地一聲慘叫，柳公弦整個下半身立時變了個模樣，兩條腿變得粗壯了三倍不止，上面生滿了白色的長毛，並且向上不斷蔓延。柳公弦臉色漲紅，雙掌下壓，好像是在運動真氣和白毛的蔓延之勢相抗。

談寶兒看得目瞪口呆，詫異道：「這是什麼魔法？」

秦觀雨的聲音響起道：「不好！這是他被自己的白猿咒反噬了，聖僧快點給他輸入真氣，將咒力壓下去！」

談寶兒搖搖頭，射出一道慢雹，那雹落到柳公弦胸口，頓時如雷霆一般炸開，「轟」地一下，那下半身的白毛瞬息間被震得乾乾淨淨，一雙猿猴腿也還原成人腿模樣，臉色也終於復原。

這時間，秦觀雨、楚遠蘭和無法等人都已到了談寶兒身邊。

無法嘆道：「柳將軍你這又是何苦？我老大可是當今第一高手，連楚接魚那樣狂妄的傢伙都不是他對手，你好端端地幹嘛要和他切磋呢？」

柳公弦的臉再次變紅，羞慚道：「老夫不是要和談將軍切磋，剛剛因是認爲他是假冒的。要知道我們前幾天才接到陛下的飛鴿傳書，說談將軍死而復生回到京城，還被封爲天威王，卻忽然出現在萬里之外的武神港，老夫不認爲他是假的才怪了！」

眾人這才恍然大悟，都是一陣好笑。好在柳公弦也是光明磊落之人，聽談寶兒解釋了一下九木神鳶的神奇之處後，也和眾人一起大笑，誤會終於洗刷乾淨。

這段插曲過去，當下眾人離開神鳶下到武神港。

柳公弦看到胡天跟隨在旁，詫異非常，一問談寶兒和胡天，兩人卻都說是國家機密，暫時不便洩漏。柳公弦滿頭霧水，將眾人迎進城池，當夜便又是一頓宴席。

席間談寶兒得到空閒，問柳公弦道：「柳將軍，你今天使的那個叫什麼白猿咒的很是拉

風，居然能將人變成白猿，是誰教你的啊？」

柳公弦詫異道：「談將軍你不知道嗎？天下咒術出天師，我本人就是天師教弟子啊。」

「是這樣的嗎？」談寶兒奇怪至極，「天師教的人發動咒語不是需要符紙什麼的嗎？怎麼你不需要？」

柳公弦道：「那只是外界的誤解。咒術練到極處，不需要符紙，只需要用空手畫符，一樣可以發揮大威力。」

「哦，原來如此！」談寶兒點點頭。他想起張若虛身爲天師教的教主肯定是可以空手畫符的，但每次出手卻都還是要用符紙裝模作樣，很顯然這老雜毛是在隱藏實力扮豬吃老虎，以後遇到他可是要小心點。

吃了一陣酒，談寶兒和胡天一起，將柳公弦叫到隱蔽之處，出示聖旨，說起大風城情況，柳公弦大驚失色。

柳公弦當即連夜去點取兵馬糧草，準備回師救駕。談寶兒眾人休息一夜，次日一大早就來到武神港口，柳公弦已將兵馬備好，一點取也是一百萬五十大軍。談寶兒念動咒語，也將這些人馬裝進乾坤寶盒一起帶走。

離開武神港之後，談寶兒手中已有了三百萬精兵，若是出奇兵已可和魔人一戰，但他深知這一戰事關神州興衰，半點馬虎不得，當即讓九木神鳶前往西域。

自從魔人北來之後，葛爾草原變成了前線，神州四大屬國現在只剩下三處，南疆、東海和西域。這三處地方，大夏都放了重兵，謹防屬國造反，而其中兵力最多的就是西域，這裏的軍隊數量足足有百萬以上。這是因爲西域實在是個複雜的地方。

西域自古爲少數民族聚居所在，民族多達一百三十六個之多，共有人口兩千萬，所以這裏的戰亂也是最多的。但朝廷放置重兵在此卻不僅僅是因爲這個原因，最重要的是這裏自古就是一個神秘莫測的地方。在廣袤無限的西域大地上，藏著各種各樣神秘的力量，而關於這些力量的種種神蹟也是流傳不休。

上次張若虛在亂雲山上求雨，用來祭天的，就是西域所特產的一種噴火的神鳥名字叫畢方。除此之外，西域還有各種各樣的神秘力量造就的神秘怪物和異人。

談寶兒從來沒有來過西域，但他現在關心的也不是這些神秘力量以及和他們相關的人物，他現在只想立刻到達樓蘭城，然後請出聖旨讓鐵木和自己一起出兵即可。

九木神鳶離開武神港之後，飛了約有一日，這一日終於飛進西域境內。

與龍州和武神港的一片荒蕪戈壁和藍天碧水不同，同在神州西邊的西域卻都是高山和叢林，從神鳶上向下望，大多時候只能看見綠油油的一片。

這樣充滿生氣的場面，讓談寶兒的心情也變得出奇的好，暫時忘記了遠在京城的若兒，一心只盼著早日到達西域的王城樓蘭城。

越向西域裏邊飛，高山卻越來越多。這些高山卻也奇怪，並不如南疆那般的連綿起伏，反是一座座突兀得很，好似在平地裏忽然長出的一根根巨大的竹筍，四周不見旁的襯托。

又飛了半日，漸漸深入西域，天近黃昏，談寶兒正坐在神鳶的頭部，思索自己見了劉景升之後該如何簡短直接地說服他讓自己帶走兵馬，忽然覺出九木神鳶猛然全身一顫，他自己坐立不穩，險些摔到地面去。

「不好！遇到天磁力了！大家用力向北！」清惠師太皺眉驚呼的同時，九木神鳶開始朝著地面墜落下去。

「是！」一眾寒山弟子慌忙答應，一起發動念力。高速飛行的九木神鳶頓時停頓下來，隨即頭部一個旋轉，已然由西向北。

談寶兒對此是莫名其妙，問秦觀雨道：

「觀雨師妹，什麼是天磁力，到底發生了什麼事？」

秦觀雨嘆道：「天磁力是大地之中的一種磁力，我們通常所見的磁鐵和磁石，都是來自這種力量。建造九木神鳶的九種神木裏有一種叫神鐵木，這種木頭最是容易受天磁力干擾，一旦進入有天磁力所在的區域，立刻就會被巨大的磁力吸引過去，所以遇到這樣的區域，九木神鳶就無法飛行。」

談寶兒等人這才恍然大悟。

九木神鳶向北飛了一陣，漸漸脫離磁力範圍，清惠師太讓眾人再次向西，但剛飛了幾丈，鳶身又是一陣劇烈搖晃。

清惠師太嘆了口氣，對談寶兒道：

「聖僧，西域果然多神怪，看起來整個這條線上都有天磁力，神鳶無法飛到樓蘭城。好在這裏距樓蘭城已不過一千三百里，以你的速度，一夜就能到了。依貧尼之見，不如像上次在東海一樣，讓神鳶在此等候，你們前往樓蘭城後，再到這裏來和我們會合。」

「看來只好如此了！」談寶兒點點頭，「那我這就去樓蘭城，你們在這附近找個隱蔽的地方停下神鳶等我。」

「容哥哥（**老大、聖僧**），我跟你去！」楚遠蘭、無法和秦觀雨同時叫道。

談寶兒擺擺手道：「此去樓蘭已經不遠，我一個人去速度快些，你們跟著我反而會拖慢行程，都乖乖地在神鳶上等我吧！」

「可是老大，你一個人去，萬一遇上什麼事，連個幫手都沒有啊！」無法急了。

「呵呵，你忘記有小三了嗎？」談寶兒拍拍酒囊飯袋笑了。在龍州的時候，談寶兒將小三召喚出來，這小烏龜說完乾坤寶盒的事後，本是想立刻回北溟的老窩繼續睡覺，但被談寶兒拿牛肉一引誘，小三只得「勉爲其難」地留下來，躲到酒囊飯袋裏幫他修理落日弓了。

談寶兒都這樣說了，無法和楚秦兩女就不好再說什麼了，畢竟自己再厲害，也不可能比神尊還厲害吧！

談寶兒轉頭再對胡天和柳公弦囑咐一番，當即展開御風弄影術，化身爲一陣清風，跳下九木神鳶，朝西邊的樓蘭城方向飛去。九木神鳶當即轉頭折向，在群山裏尋找到一處隱秘所在俯衝了下去。

御風弄影之術快捷上是沒有什麼問題，並且兼隱形功能，但卻也極其消耗真力，談寶兒飛了一陣，從萬丈高空落到地面時已是氣喘吁吁，不得已下只能改由凌波術配合御物術在森林間穿梭，卻也是一般的迅捷，所過之處飛鳥不驚。

西域高山雖然不連綿起伏，但森林卻是片片相連，若是人在樹林中是萬萬找不著方向的。好在談寶兒的凌波術保證了他可以在樹木之巔飛掠，再加上他深得無法的真傳，對用日光星斗辨位極有心得，倒並不擔心迷路。

飛了一陣，殘陽漸消，東邊升起一輪明月。

借著月光，談寶兒漸漸看清楚前方有一座巨大高山，挺拔矗立之態勢比之崑崙猶有過之，而連綿橫亙之處卻又不亞於南疆的九靈山，心知這絕對是西域第一名山的大荒山了。

談寶兒知道翻過大荒山後再走百里，就可以到達樓蘭城，但這座大山本身就連綿五百里，其中更多猛獸怪物，要過此山卻需要加倍小心。

進入大荒山之後，談寶兒便嚇了一跳，沿途所見盡是一些奇怪生物，有的是三隻眼睛，樣子像老虎卻全身白毛，有的蠅頭羊身卻全身長滿鱗甲，有的雖然是鳥，但翅膀瘦小反而雙腿巨長，跑起來像馬……。

這些怪物，有的談寶兒在老胡那裏聽過，有的在無法那裏聽過，卻都沒有見過，更多的卻都是聞所未聞，乍一見到之下直嚇得汗毛倒豎，但這些怪物大多性情溫順，並不主動襲擊人，偶爾有兇悍的，被他放出一道一氣化千雷就給放翻在地。

有了這樣的發現，要是放在以往，以談寶兒好奇的性格一定是要留下來關注研究一番，小試身手打點獵什麼的，但眼下他心懸京城，即便知道什麼奇珍異獸可以增加幾百年功力什麼的，也都不會停下來去追逐。

在山林間穿梭一陣，漸漸深入大荒山，由大荒東山走到了大荒北山，談寶兒忽然聽見左側方向出來一陣飛鳥振翅之聲，他不知又有什麼怪物現身，不願意在這些無聊的事上耗費時間，當即使出御風弄影術將自己變成風的形態閃到一邊。

片刻之後，林中嘰嘰喳喳的一片，各種顏色各種樣子的鳥從左側林中竄了出來，從談寶兒身邊飛了過去。

百鳥飛過之後，忽聽一陣好似雷鳴般的聲音由遠而近。談寶兒心想：該不會有什麼恐怖的猛獸吧，正思量間，那雷鳴般的巨響卻變成了成千上萬個聲響的混合，細聽之下，那所有的聲響都是野獸的叫聲——一種瀕臨絕境的恐怖叫聲，

伴隨著那恐怖的叫聲，大地好像地震似地顫抖起來，再過片刻，成千上萬頭怪獸從林中地面竄了出來。談寶兒本是要走，見此卻不由動了好奇之心，停在一棵大樹上靜觀其變。

群獸走盡，煙塵滾滾，忽見林內竄出一個衣衫襤褸的怪人來。這怪人披頭散髮看不清容貌，雙足赤裸在地，卻偏偏雪白無瑕，很是怪異。

談寶兒本以爲能弄得百鳥雞飛群獸亂奔的是一神奇怪獸，卻萬萬料不到這雞飛狗跳的最後，出現的卻是一個人，一時僵在當場！

那人現身之後，在原地愣了一下，隨即哈哈大笑起來，猛地發足向前一頓狂奔，邊跑邊

叫道：

「出來啊！出來！談容，你給老子出來！」

站在樹梢的談寶兒嚇了一大跳，心說最近怎麼老撞鬼了，上次施展御風弄影術在魔人帥帳前就被顯出原形，自己還沒有搞明白是怎麼回事，這次在這荒山野嶺的竟然也被這怪人看出來了嗎？

但等他低頭去看時，卻發現自己全身依舊處於風態，根本沒有任何被陣法或者法術逼出原形的狀態。他正糊塗不解，卻見那瘋瘋癲癲的怪人已張牙舞爪地去得遠了。

談寶兒從樹上落下，恢復原態，自語道：「這人聲音有些耳熟，倒好似在哪裡聽過一樣！」但等他細想之下，卻又想不起究竟在哪裡聽過此人的聲音。

他正想得入神，忽聽一聲失聲驚呼道：「你是誰？」他抬頭去看，眼前卻已多了一人。

等他看清楚眼前這人的容貌時候，卻也不由發出了一聲驚呼：「你是誰？」

前方樹林裏出現的這人，和談寶兒年齡相彷彿，一身的枯樹皮。但讓這人和談寶兒都同時失聲驚呼的是，這人的相貌和談寶兒，確切的說是和談容一模一樣——當一個人陡然看見自己面前出現一個和自己完全一模一樣的人時，不失聲大叫才是怪事。

談寶兒和這人各自叫了一聲之後，卻都再沒有說話，只是眼睛一眨不眨地看著對方。兩個人就這樣互相瞪著，卻不知過了多久。

「小魚兒，你在這待著做什麼，還不快去追你爹？」一個清脆的聲音響起，將沉寂的空氣打碎。談寶兒這才回過神來，卻見那發聲之人是個年約四旬的半老徐娘，容貌美極，但卻不知為何，這女人看起來很是眼熟，竟好似又在哪裡見過一樣。

然後那中年女人的眼光就落在了談寶兒的臉上，也是一臉驚愕：

「你……你……」

談寶兒看看這女人的臉，又看看那少年的臉，終於發現這兩人的臉極其相似，這樣看起來，這女人該是這少年的母親了。但是，為什麼這兩人的臉都和談容的臉如此相似？

一時間，場中三人都沒有言語，只是各自望著自己的對面。只不過談寶兒和那少年眼中滿是驚訝，而那女人的眼中除了驚訝之外更多的是慈愛。

也不知過了多久，中年女人忽然展顏一笑，柔聲問道：

「你就是談容吧？」

「你怎麼知道？」談寶兒詫異至極。他怎麼也想不到自己什麼時候變得如此有名，隨便深山裏一個婦人也能輕易叫出自己的名字。

「我怎麼知道？我當然知道，從你一出生開始我就知道！」中年女人輕輕一笑，慢慢朝談寶兒走了過來，伸手抓起了他的手，放在自己的掌心。

被如此一個陌生的女人陡然抓住手，奇怪的是，談寶兒竟然絲毫沒有掙扎，而是順從地任她握住，心中沒來由的一陣溫暖。

中年女人仔細看了談寶兒許久，才又道：

「果然沒有錯！容兒，你和魚兒真是生得一模一樣，難怪蓬萊派的人會將你當作魚兒。呵呵，又怎麼會不像呢，你們本來就是孿生兄弟啊！」

「什麼？」談寶兒和那少年同時失聲。

第五章　往事前塵

通過這女人的話，在這瞬息之間，談寶兒已經想到了眼前這少年正是昊天盟的少盟主楚小魚，而這女人正是他娘，但談容怎麼又和楚小魚是孿生兄弟了？

「我叫宛娘，確切的說，我就是你的娘！」中年女人看著談寶兒嘆了口氣，「我和你的養母是親姐妹。她和你的養父談文正結婚之後，五年無所出。那年她來看我，正好我臨盆，她幫我接生，我生了一對雙胞胎兄弟，我當時就將老大送給了他們繼承香火。這件事，就連你爹，還有你弟弟、妹妹，所有的人，我都沒有告訴。」

她說著話，眼光卻在談寶兒和楚小魚兩人臉上流轉，一臉的慈愛。談寶兒也終於明白過來，原來談容的父親竟然是楚接魚。這個玩笑開大了吧！但如果不是這樣，也無法解釋爲何談容的容貌和楚小魚一模一樣，引發如此多的誤會。

卻聽宛娘續道：「這些年來，我中間偷偷來看過你幾次，見他們對你視如己出，你養父家又是書香世家，勝過你親生父親混黑道太多，所以我就很放心地讓你和他們繼續生活。但我始終覺得虧欠你太多，就將羿神筆送給你，希望能對你有些補償。」

「啊！羿神筆是你給老……給我的？可是……可是……」談寶兒再也沒有想到這絕世神器竟然是談容他老娘給的，一時張口結舌再說不出話來。

宛娘微微一笑，伸手從懷裏摸出一張人皮面具，輕輕朝臉上一抹，立時容貌大改，變成了一個白髮蒼蒼的老者。她嘶啞著嗓音道：

「容兒你仔細看看？五年前你來容寶齋買筆的時候，給你羿神筆的人，所看到的人就是我這樣？」

談寶兒不是談容，自然沒有買過什麼筆，也不知道什麼容寶齋，聞言唯有傻傻點頭。

宛娘以為他震驚太過，也不以為意，笑道：

「這羿神筆是我偶然得自東海蓬萊，只是得到之後，卻一直無法參透其中秘密，我聽你姑母說你文采非凡，就想辦法將它送給你，我當時的意思是希望你有枝稱手的筆，有羿神的保佑，能讓你的文采更加發揚光大。卻沒有料到你竟然參透了神筆的秘密，還從中領悟到絕世法術，並以此揚威龍州，震驚天下，走上了今天的道路。」

談寶兒和楚小魚都是聽得傻傻的。

宛娘說到這裏卻又嘆了口氣：「我有兩個兒子，你弟弟小魚注定進入黑道，將來要接掌

昊天盟。你呢，我卻是希望你能好好讀書，將來中個狀元，在朝為個文官，你們倆一輩子沒有衝突，也一輩子都不會見面。沒有料到的是，你學會了神筆法術，而神筆法術又有那麼巨大的威力，你最後非但用你的法術傷過昊天盟的人，還為小魚被困蓬萊的囚牢，再之後，居然還將你爹打得瘋瘋癲癲，這其中的恩怨，實在是難說得很。」

談寶兒聽得全身直冒冷汗。他可是萬萬沒有料到楚接魚會是談容的親生老爸，楚小魚和楚小菊是他的親兄妹，自己要是當時在蓬萊失手將楚接魚打死，將來下了地府，可是再沒有臉見老大談容了。

宛娘感覺出談寶兒的不安，輕輕拍拍他的手背，笑道：

「傻小子，不要擔心，你爹他沒事，就只是神智不清，並沒有什麼危險，不然也不會從蓬萊山下來就跑到這大荒山來了，因為他還記得自己將你弟弟派到這裏來採藥了。」

談寶兒聽得惴惴不安，心想：都神智不清了還說沒事，老娘你安慰人的本事可實在是差勁得很。他記起上次月娘和他說過，楚小魚在大荒山為自己的母親找藥，後來好像回過昊天島一次，卻怎麼又到這裏來了？

他正想問，忽然覺得腳下土地又是一頓地動山搖，再過片刻，右側林中狂風一般捲出一個人來，衣衫襤褸披頭散髮，卻正是楚接魚去而復返。

「談容，哈哈，談容！老夫終於看到你了！」楚接魚看到談寶兒大喜過望，上前就來抓他胳膊，「來來來，快再布下陣來，看老夫給你破得乾乾淨淨！」

「接魚，你認錯人了！他不是談容，他是你的兒子大魚！」宛娘嚇了一跳，忙伸手將談寶兒拉開。

「胡說！他身上的真氣明明就是談容獨有的，宛娘你給我讓開，這是男人間的決鬥！」楚接魚伸手一抓，一股巨力帶出，宛娘身不由己地飛了出去。

「娘，你沒事吧？」楚小魚慌忙上前將宛娘扶住。

楚接魚對這一切視若無睹，只是眼光直勾勾地盯著談寶兒，不斷地搓著手，一臉興奮：「快快快，談容！快布下陣法來，讓老夫給你破掉，我就是天下第一了！」

談寶兒搖頭道：「你已經是天下第一了！」

「不對！我還沒有破你的陣，怎麼能叫天下第一？」楚接魚大怒，「不要多說，快快布陣！就布你在蓬萊瀛洲山上布的那個陣！」

談寶兒深知楚接魚武功境界已突破天人境達到了逆天境，已非人力所能對抗，但卻也未必能破得了張若虛的九九窮方陣，萬一要是破不了陣，加重老傢伙瘋瘋癲癲的程度，可就麻煩了。但要是不布陣，自己只怕會被他給殺死。饒是他素來多智，一時也被搞得進退爲難，無意

間餘光掃到宛娘和楚小魚，兩人卻都正朝他點頭。

談寶兒暗自一咬牙，笑道：

「好好，要我布陣不難。只不過，上次你在瀛洲所破的陣已經過時了，我最近研究天地宇宙的奧秘，已創出一個新陣。除非你能破了這個陣，從陣法裏走出來，那你就是真正的天下第一了！」

「真的？好好好，你快點布陣，老夫破給你看！」楚接魚欣喜若狂，抓耳撓腮地在原地跳來跳去。

「那你別動，我立時在你身周布陣。」

「好好，我不動，你來吧！」楚接魚立時乖寶寶一樣站定。

談寶兒慢慢走了過去，伸出兩根手指，在楚接魚身邊地面畫了起來。

一個圓圈畫完，談寶兒道：「我這陣法名叫九天十地誅神大陣，乃是集合古今陣法之大成，參透陰陽造化，獨創機杼而成，只要陣法發動，不管什麼人，哦，錯了，是不管什麼神進去，都再也跳不出來。你要是能跳出來，你就是天下第一了！」

「哈哈，真的這麼厲害？看老夫跳出來！」楚接魚大笑聲中朝外猛地一跳，身體頓時躥出十丈之外，輕輕巧巧就出了圈子。

「怎麼這麼容易?」楚接魚愕然。談寶兒卻不等他反應，大步上前，一把握住他的手，一臉喜悅道:「恭喜恭喜!楚接魚，你已經破了我的九天十地誅神大陣，你現在是當之無愧的天下第一了!」

「真的?我真的是天下第一了?」楚接魚望著自己的雙腳，又望望那個圈，愣了好半晌，忽然放聲大笑起來，「老子真的是天下第一了!」

楚小魚見此急道:「爹你沒事吧?」

「沒事，沒事，老子現在是天下第一了!哈哈!」楚接魚縱聲大笑，聲音所過之處，金石爲裂，滿林子的樹淅瀝嘩啦地倒了一大片，樹葉滿林子的亂飛。

宛娘和楚小魚想要靠近，卻被楚接魚逆天勁的勁力震出十丈之外，唯有談寶兒神情自若地站在楚接魚身旁，一臉的微笑。

楚接魚笑了許久，忽然覺得全身沒來由的一陣空虛，止住笑聲，雙眼由空靈轉爲有神，看見眼前的談寶兒，又看看遠處的宛娘和楚小魚兩人，過往種種如走馬燈似的在眼前一一閃過，猛然間大徹大悟，心中生出大智慧，朝談寶兒躬身謝道:

「多謝談將軍指點之恩!」

「客氣!你能跳出來是你自己的領悟，和我關係不大。」談寶兒拱拱手。

楚接魚搖頭，起身朝宛娘和楚小魚走了過去。

宛娘喜道：「接魚，你好了？」

楚接魚點頭道：「從來沒有這樣好過！」各伸一臂將兩人抱住，三人都是喜極而泣。

談寶兒看三人抱成一團，心中沒來由的一陣羨慕，眼淚悄無聲息地順著眼角滑落下來。他自覺丟臉，剛一轉頭去擦，卻聽宛娘叫道：

「容兒，你怎麼不過來給你爹磕頭！」

談寶兒「啊」了一聲，擦乾眼淚轉過頭來，卻全然不知如何是好。

楚接魚笑道：「他不是你的兒子！你也別叫他，他有自己的事要做！」

「啊！不是？」宛娘愕然。

楚小魚也是一臉詫異，唯有談寶兒心中一凜，知道楚接魚經過這次瘋而復醒，功力又進一步，已看穿談容施在自己身上的移形大法了。

楚接魚拱手笑道：「談將軍，老夫瘋癲了幾個月，島上的事要我處理，咱們今日就此別過吧。若蒙你看得起，將來有時間了，不妨來昊天盟做客，有些事大家都需要一個交代。」

談寶兒知道他看出自己的本來面目，那他的兒子談容的行蹤就只有自己才知道，這個交代卻是一定要的，當即點了點頭。

宛娘和楚小魚還待再說，卻被楚接魚一左一右挽起手腕帶得凌空飛起，三人沖霄而去。

談寶兒揮手致意，空中落下來楚接魚莫名其妙的一句話：

「談將軍，我已跳出了陣法，何時你自己又才能跳出去？」

望著三人身影慢慢消失在蒼茫夜色裏，談寶兒心中一陣黯然。楚接魚最後這句話說得好啊，他已經跳出了自己，我自己又什麼時候能跳出談容這個身分？我能爲楚接魚隨便畫一個圈，騙他是陣法，讓他跳出去，我難道還能爲自己畫一個圈嗎？

小三不知何時已從酒囊飯袋裏爬了出來，嘆道：

「小子，你自己要想清楚了。如果你現在告訴天下人說你不是談容，你會失去很多東西的！」

談寶兒苦笑道：「我怎麼會不知道？但有些事，終究還是要做的，醜媳婦早晚要見公婆，反正移形大法我早就能用了，只是一直不願意去練而已。不過眼下驅除魔人才是第一要務，等將魔人打退之後，老子就用移形大法恢復我原來的身分，找個無人的地方隱居去。」

「你不想當天下第一的大英雄了？」小三似笑非笑的問道。

「不當了！誰愛當誰當去！」談寶兒說出這句話的時候，全身說不出的輕鬆。這些日子的風波他早已受夠了。

「那你的若兒、蘭兒還有觀雨呢？你都放得下？」

「她們……她們啊……」談寶兒呆了一呆，「我對她們說清楚我的身分，他們願意跟我走的就跟我，不願意的就……只能算了。」

呵呵，你說得輕巧，當真說放就能放嗎？這句話小三沒有說出來，但談寶兒卻知道他所想，所以也只是重重嘆了口氣。

早春的深山，夜風還帶著深深的寒意。別了楚接魚三人之後，談寶兒讓小三再回酒囊飯袋裏去，自己展開身法，繼續向前。

過不得多時，爬到大荒山之頂，終於從大荒東山下到大荒西山。等他下了大荒山的時候，山頂一輪紅日已是噴薄欲出，爲整個大山都灑上了一層淡淡的紅霞。談寶兒置身其間，感受到四周的鳥語木香，身心說不出的平靜。

下了八百里大荒山，距離西域王都樓蘭城就已不遠。到天大亮的時候，天邊就出現了樓蘭城的影子。

樓蘭是一座古城，據說早在千年之前，這座城池就已存在。經過古西域各國的多年戰火洗禮，這座古城卻一直是傲然屹立，其中自然是少不了各種稀奇古怪的傳說。但等談寶兒慢慢靠近樓蘭城的時候，卻發現這座城池除開舊了點，和其他的大夏城池並沒有什麼區別。

本著能保密就保密的原則，談寶兒打算單獨去找西域守軍的主帥鐵木，所以到達城門口之前，他刻意換上一身破舊的便衣，將頭髮弄得稍微有點散亂，到城門的時候，也並沒有亮出信物表明身分讓士兵帶路。

因爲是西域的王都，城門口往來的多有中原的客商，是以談寶兒一身便衣，到達樓蘭城下的時候，並沒有引起守城士兵的特別注意，很是順利就進了城。

王都不愧是王都，此時雖然時候尚早，但街上已經是人聲鼎沸，車水馬龍的，說不出的熱鬧。各種各樣的西域風情，在這裏得到了盡情的展示。

談寶兒天性喜歡熱鬧，但卻不知爲何這次置身這裏，卻有些提不起勁來。他向人打聽清楚元帥府的位置，沿著街道信步走了過去。

「談容將軍！」正走間，忽聽身後有人在叫自己的名字，談寶兒吃了一驚，想不到這偏僻地方竟然也有人認識自己，回過頭去，卻見人群裏有一名老僧正朝自己合十微笑。

「你……你是……沉風寺的高僧！」談寶兒不太信佛，所以生平所能打交道的和尚幾根手指都能數過來，是以一眼就認出眼前這老和尚正是當日他和無法在圓江城沉風寺見到的神奇老和尚。

「阿彌陀佛，正是貧僧！」老僧微笑行禮，「老衲算定將軍你今日要到這裏，是以三天前就在此等候，好在您果然來了，萬幸萬幸！」

「大師你好，這可真是人生何處不相逢！」談寶兒搓搓手，一臉訕笑，「那個舍利的事，真是不好意思，我至今還沒有追回來，你看要不再寬限幾天？」

「此事不急。」老僧搖搖頭，「老衲找你是爲了另外一件大事，不知談將軍是否方便借一步說話？」

「這個當然沒有問題！」談寶兒一聽他不是來討舍利，心頓時放下一大半，但聽他說另外一件大事，心裏又有些七上八下。

兩人離開大街，尋到一家茶樓，找到一個安靜的雅間，泡上香茶。

談寶兒眼見這老僧落座之後，只是不斷喝茶，心道：「難道這老和尙在西域的沙漠裏困久了，找我只是要騙幾碗茶喝？」當即開口問道：「大師，你說找我有什麼大事，卻不知是什麼事情？」

老僧一捋雪白鬍鬚，說了一番讓談寶兒差點沒有吐血的話。

「老衲前日夜觀天相，算定你近日將有血光之災，爲配合我佛救苦救難的大慈悲精神，所以不遠萬里，來通知你一聲。」

老和尚說得一本正經，談寶兒卻有種想哭的衝動，這年頭怎麼是個人都能掐會算，好像自己所有的劫難不是作者安排的，而是早記載在他們家的老黃曆上，他心情一好就能翻到一樣。

但本著謙虛謹慎的作風，談寶兒還是一本正經地吃了一驚，才問道：

「大師，這事從何說起啊？可有什麼解除的方法？」

「這個方法當然是有的！」老和尚捻鬚裝深沉，很讓談寶兒懷疑他是個老神棍，「這樣吧，你出點銀子，老僧送你一件法寶，保證你平安度過。」

果然是要銀子！談寶兒更加懷疑這傢伙的目的，但想想這老和尚還是很有幾把刷子的，倒不好惹惱了他，當即虔誠道：「多謝大師幫忙，但不知道要多少銀子？」

「也沒有多少！五百萬兩勉強就夠了！」老和尚說得輕描淡寫，好像是天上飄過幾片雲空中落下幾滴雨一樣的平常。

我頂你個肺啊！談寶兒只想一掀桌子或者是拍案而起，一招佛山無影腳將他踢翻在地，然後讓他完整的領略一套江湖失傳已久的絕學「面目全非腳」，之後免費贈送一面夜市上三個銅錢買的八卦陰陽鏡讓他照一照，把自己嚇死升天見佛祖去。

冷靜啊冷靜，談寶兒！談寶兒壓抑住自己的衝動，努力擠出一副笑臉：

「大師，這個價錢上能不能再好好商量一下？」

老和尚擺擺手，語重心長道：

「談將軍啊，你也是見過世面的人了！這便宜沒好貨的道理你難道不知道嗎？五百萬兩貴是貴了點，但這貨真價實童叟無欺才是最重要的，對不對？再說，你人要是死了，要錢還有什麼用？施主啊，切記切記，金銀都是狗屎，生不帶來死不帶去的啊！」

談寶兒很想說，金銀都是狗屎，你難道是掏糞英雄拾荒模範，要五百萬那麼多？但他知道這老和尚深不可測，絕對是不能亂得罪的，忙苦苦哀求道：

「大師，你看我為官清如水明如鏡的，家無隔夜之糧，怎麼可能有那麼多積蓄？咱們再商量商量吧！」

老和尚似笑非笑道：「五百萬你嫌貴是吧？那這樣，這五百萬貧僧都不要了，我就要你今後每年收入的萬分之一。談將軍意下如何？」

「哈哈，這個好，這個好，沒有問題，大大的沒有問題！」談寶兒喜笑顏開，就算以後自己每年收入一千萬兩，那也只用給一千兩，五千年才能給到五百萬那麼多啊。

「口說無憑，簽了這張單據再說！」老和尚以迅雷不及掩耳之勢從懷裏摸出一張單據，還有一整套的筆墨紙硯，指點給談寶兒，「就是這裏簽名！」

「你原來早寫好了，在這等著我呢？」談寶兒聞到一股陰謀的味道，但轉念一想，你這是叫長期投資吧，但老子再厲害也不可能年賺五百萬兩的一萬倍吧？當即絲毫不猶豫地在那張單據上簽了名字。

「很好！」老和尚好似拿到了寶貝，小心翼翼地收進懷裏，然後從隨身攜帶的包袱裏摸出一件東西來扔給談寶兒。

談寶兒接過一看，頓時破口大罵：「老禿驢你有沒有搞錯？這頂帽子不像帽子，皇冠不像皇冠的破玩意竟然值五百萬兩？」

落在談寶兒手上的，確切來說是一頂帽子，但這帽子和普通帽子不同的是，因爲整個帽子的頂部已經爛得一塌糊塗，所以只剩下了一個圓環的布圈，往腦袋上一套，確實和皇冠有那麼幾分神似。

老和尚卻不生氣，反而笑道：「五百萬兩，已經算是便宜施主你了！要不是看你是救國英雄，你給我五千萬，我也是不肯賣給你的。」

「那你給我五千萬，我賣給你吧！」

「貨物售出，概不退換！」老和尚機警地朝後閃了閃，回頭看見談寶兒一副很受傷的表情，不禁有些心軟，於是安慰道，「施主你別不知好歹，你知道這頂冠叫什麼名字嗎？」

「什麼名字？」

「這叫華炎冠！」

「有什麼用？」

「沒有用！」

「……」談寶兒只差沒有暈倒。

「這冠雖然沒有用，但是和另外一件寶物配合到一起，就有驚天地泣鬼神的效果，起死回生的能耐！」

「這驚天動泣鬼神的就免了，這起死回生可能有點用，你說說！」

「這華炎冠和夏皇服，合稱華夏衣冠，分別是華夏兩朝開國皇帝的至寶。只要你將這兩件東西收拾齊了，那就能構成天下最完美的戰衣。」

「那夏皇服又在哪裡？總不會在當朝皇帝的身上吧？」談寶兒望著那華炎冠，怎麼也不相信這破破爛爛的布條有什麼神奇的力量。

「早在你身上了！」

「在我身上？」談寶兒愕然，但等他抬起頭來的時候，那老僧已憑空消失不見，四處張望，卻再也看不到人影。

難道所有的世外高人都這副德行，一轉眼就跑到房間外面去了？也不知道這老和尚到底是不是個專門拐賣婦女兒童的老騙子！談寶兒搖搖頭，卻還是將那所謂的華炎冠收在了酒囊飯袋裏。

草草吃了點早點，談寶兒付過賬，當即離開茶樓直奔鐵木的帥府。

鐵木的帥府高大宏偉，算是樓蘭城中的標誌之一，屬於很好找到的類型。談寶兒只花了一刻鐘不到，就已經出現在帥府的門口。

經過這些日子的風雨歷練，如今的談寶兒早已不是吳下阿蒙，再不是當日初入大風城時的土包子模樣，被戰火洗禮和多見的世面讓他看起來就有一種卓爾不群的超凡氣質，是以他才往帥府的門前一站，立時就有兩名侍衛走了過來：

「喂！收破爛的，今天這裏沒有人扔垃圾，走遠點！」

收破爛的？談寶兒幾乎沒有當場跳起來！心想：不可否認老子今天衣服是穿得破爛了一點，頭髮也沒有做造型，但老子堂堂天威王神威大將軍、手持金戈聖旨、戰神轉世的一代絕世高手、江湖人稱八百萬敵，你竟然敢說老子是收破爛的？

「小吳，你什麼眼神啊？就人家這氣質，怎麼可能是收破爛的！」旁邊另外一侍衛提出

了不同的看法，讓談寶兒覺得只想上前抱住這孩子就是一頓猛親，然後末了補上一句「生我者父母，知我者兄弟」。

「不是收破爛的，那是什麼啊？」先前那侍衛不服氣了。

「你看他腰間這個皮囊，塞得鼓鼓囊囊的，擺明了就是一江湖神醫啊，什麼大力金剛丸多的是，你不趕快買幾顆，回頭就沒有了……喂！神醫神醫你怎麼暈倒了？」

談寶兒一陣鬱悶，心想再被你們說下去，就憑這酒囊飯袋的造型和款式，老子不知道要變成丐幫的幾代長老呢，當即翻身而起，喝道：

「都給老子閉嘴了！快去給你們元帥通傳一聲，就說大風城談容來訪！」

「啊！您是談容將軍！」那兩侍衛被談寶兒神威一嚇，頓時一陣膽寒，當即便有一人忙不迭地跑了進去。

不久，便見那侍衛領著路，一名高大魁梧的壯漢龍行虎步地走了出來。大老遠的看見談寶兒，便是爽朗的哈哈大笑：「天威王大駕光臨，本帥府真是蓬華生輝，快裏邊請，裏邊請！」說時親熱地挽起談寶兒的手就將他朝裏邊領。

談寶兒訝異道：「鐵元帥，你既然知道我幾天前被封王的事，怎麼你不問問為何我現在不在京城，竟然這麼短的時間就出現在西域？你就不怕我是假的？」

那高大壯漢自然就是西域元帥鐵木，聞言大笑道：

「天威王說笑了！就你這少年英雄的氣質風采，又豈是別人能假冒得了的？至於你爲什麼會這麼快出現在這裏，那就不是本王所能知曉的了，只不過本王知道，但凡是大英雄豪傑，必定有不同尋常之處，這日行萬里的事總是常有的。」

談寶兒聽得鼻子微微有些發酸，心想：老子出京以來走了好幾個地方，總算是遇到講理的傢伙了，一時對這初次見面的壯漢心折不已。

鐵木的帥府不同於別的高官顯貴，沒有那種東繞西轉的設計，進了門不遠，就直接到了大廳，顯得很是光明正大。

談寶兒落座之後，兩人寒暄幾句，互相表達了一下傾慕之情，鐵木就直入正題：「天威王不遠萬里而來，滿臉風塵之色，不知道可是有什麼大事要和鐵某商議麼？」

「鐵元帥果然是智大如海，這麼高難度的事都被你一下子猜到了！」談寶兒對這大個子很有些佩服，當即也不再廢話，直接將事情說了一遍。

不等他將金戈和聖旨展示，鐵木聽得臉色大變，最後重重一拍桌子站了起來：「這還了得！這些魔人真是吃了熊心豹子膽了，竟然敢從天而降包圍大風城！王爺你放心，本帥這就去調集人馬，準備進京勤王！」說完大踏步出門而去。

哇塞！我這一路行來數你最爽快了，我還沒有發話你就知道該怎麼做了！談寶兒很是高興，覺得鐵木這傢伙很合自己的脾胃，回頭一定要深交一下。

談寶兒心知這百萬大軍的調動並非瞬息間可以做到，當即也就一邊喝茶一邊耐心等候。但這一等卻等到太陽快下山了，談寶兒茶葉換了好幾次，卻依舊沒有看到鐵木再次出現。

談寶兒讓帥府裏的下人去催了好幾次，都回報說元帥正在調集兵馬請王爺耐心等候，一時又是無聊又是窩火，心說：這麼長時間鴕鳥蛋也孵出來了，你個老鐵疙瘩還在忙個什麼動靜？

又等一陣，談寶兒實在是等不下去了，就對伺候他的下人道：

「你們元帥在搞什麼鬼？你現在就帶我去見他！」

「這個，元帥吩咐王爺您在此等候，你去找他不合適吧？」那下人支吾道。

談寶兒見他出語搪塞，更是火大，當即重重地拍案而起：

「你這個混蛋，我這是命令，不是請求！」

「哈哈哈，你這人果然是個冒牌貨！」忽聽一個大笑聲響起，伴隨著笑聲，鐵木從大廳後面的屏風裏轉了出來。陪在他身邊的還有一個著王服的老者。

「鐵元帥你搞什麼鬼？你的話我怎麼不大明白？」談寶兒很明顯搞不清楚鐵木明明從正

門出去，怎麼會從自己後面出現，難道這傢伙打仗打多了，瘋狂迷戀上捉迷藏。

「裝糊塗不要緊，你很快就明白了！」隨著那王服老者冷笑一聲，如雷般的腳步聲「嘩啦啦」地響了起來，上百名手持利劍長刀的甲兵從大廳的各個角落湧了進來，將大廳中央的談寶兒團團包圍。

「鐵元帥，你這是搞什麼鬼？難道你就帶這點人跟我進京？」談寶兒更加詫異。

「錯了！他們不是跟你走，而是來帶走你的！」鐵木冷著臉道。

「爲什麼啊？」談寶兒覺得自己真的快被這老鐵疙瘩給弄糊塗了。

「你還裝？你這個冒牌貨！本王實在是看不下去了！」王服老者很火大。

「冒牌貨？你……你們認爲我是假的談容？」這一驚非同小可，談寶兒直接傻眼，隨即卻覺得好笑至極，「你們憑什麼認爲我是假的？」

「這理由實在是太多太多了！」鐵木得意一笑，「第一，當然是因爲真的談容即便真的要來西域，也絕對應該在來西域的路上，而不是這麼快就出現在樓蘭城。」

「可是這個問題，你剛才自己不也說了嘛，大英雄大豪傑必定有不同尋常之處啊！」談寶兒聽得氣結。

「那不過是爲了穩住你！第二，真的談容文武雙全，書香世家出身，一定修養極好，不

像你這冒牌貨，在我們觀察你的這兩個多時辰裏，打飽嗝九次，翹二郎腿三十次，隨地吐痰八次。你還敢說你是談容？」

「誰規定讀書人就不能打嗝放屁吐痰了？」談寶兒鬱悶至極。

「不要狡辯！還有第三，真的談容乃是飽經戰火的大將軍，一定有著極好的耐性，不會像你，在我們觀察時間內，不耐煩的表情一共出現了三十次之多。」

「丫丫個呸的，你要是被一個人晾在那喝兩個時辰的苦茶，你也會不耐煩好不好？」談寶兒徹底無言，心想：看起來和這些白癡的傢伙是說不清了，只有顯示一點武力，他們才會相信了，但他剛要站起來，發現全身竟然沒了力氣！這一驚，卻是非同小可。

卻見那王服老者哈哈大笑道：「最重要的是這第四，真的談容一定睿智機警，不會在我們在茶裏下了無色無味軟筋散也不知道。」

「你都說無色無味了，老子怎麼會知道？」談寶兒氣苦。

鐵木道：「好吧！爲了讓你心服口服，我再問你，你說京城的天空破裂了，有八百萬魔人的軍隊從天而降是不是？大哥，你覺得像我這麼有理智的人怎麼會相信這麼無稽的事情？拜託你，下次要騙人也準備一點可信度高的藉口好不好！」

「問題是，這天上真的就有天之裂痕，這天就真的破了，你說我有什麼辦法？」談寶兒快哭了。

王服老者道：「好吧，好吧，那就算真的有天之裂痕這種荒誕的故事，那你是談容吧，你的落日神弓呢，給我們看看，只要你拿得出來，我們就都信你！」

談寶兒這次是徹底無話可說了，他本來很想說落日弓被老子給折騰壞了，現在正高薪聘請了羿神座下的玄武神尊在友情修理，但這話說出去不被當作瘋子才是怪事。但最重要的是，他發現自己現在是連舌頭都軟了，再也吐不出半個字來。

「嘿嘿，沒有話說了吧！在我英明神武的西域王面前，再狡猾的狐狸都會露出尾巴來！」王服老者一陣得意大笑。

原來這傢伙真的就是西域王劉景升。談寶兒腦中閃過這個念頭的時候不由嘆了口氣，心想：在你這傢伙的統治之下，西域三十多年沒有過叛變也算是創造了一個西域神話了。

西域王很明顯沒有顧忌到這個冒牌貨的想法，大笑一陣之後臉色一沉，喝道：

「將這膽敢假冒天威王的人給本王扔進天牢去！」

又是天牢，大夥兒有點創意行不行？談寶兒一陣氣苦，不過想想，進入天牢之後，好歹不會立刻掛掉，只要等藥效過了，總有翻身的機會，於是便又釋然。

「是！」百多名甲士答應一聲，衝上來七手八腳的就將談寶兒架起，朝大廳外走去。

出了大廳，眾甲士抬起談寶兒轉過一條迴廊，再走一陣，前方忽見一片碧藍大水，細看時卻是一個人工湖泊。

看到這個湖泊，談寶兒頓時有了不好的預感，心想：難道這天牢竟是個水牢嗎？

果然，眾甲士徑直走到湖泊邊上，也不問談大英雄願意不願意，手臂一用力，直接將談寶兒扔了下去。

「撲通！」談寶兒的身體和湖水來了個親密接觸，一股刺骨的冰寒頓時撲面而來，通過七竅鑽入身體，內腑立時冰透。

談寶兒嗆了一口水，連噴嚏的力氣都沒有，鼻中又癢又痛，一時叫苦不迭，不由暗罵道：「混蛋小三，再不幫忙，你老子今天就要將小命交代了！」

正想之間，沒入水下的身體卻忽然一陣溫暖由頭降下，直透全身，身體每一個毛孔都舒暢至極，那感覺好似有人在施展青龍訣一般，但談寶兒卻知道小三並不會青龍訣，一時詫異至極，忙睜開眼來，卻發現自己身上不知何時已多了一件閃閃發光的古怪長袍，一摸頭頂溫熱所在，竟好似戴了一頂帽子一般。

談寶兒這一摸之後，才發現自己竟已能動，不由又驚又奇。正自奇怪，卻聽一人道：「古怪古怪，這華夏衣冠究竟是什麼玩意做成的？竟然還有自動護主功能！」

談寶兒聽出聲音正是小三，忙轉過身去，果然發現小三正浮在水中瞅著自己身上的衣服發呆，當即念動青龍訣將水分開，伸手將頭頂帽子和身上衣服脫了下來，一看之下，卻發現那帽子正是之前沉風寺老僧送的華炎冠，而那件衣服卻是許久之前得到的無縫天衣，不由詫異道：

「難道這無縫天衣就是夏皇服？」

小三鄙視道：「除開無縫天衣，世上又有哪件衣服稱得上皇服？華炎冠，無縫天衣，可惜這兩件東西我也只是聽說過，沒有想到它們是合在一起用的，具體有什麼功用，我也不大清楚，看起來只有你自己去摸索了。」

談寶兒詫異道：「連你也不清楚？那麼那個老和尚是怎麼知道的？對了，之前他在的時候，你怎麼不出面問問他。」

「你以為我不想問？」小三很悶，「那老和尚身上有極大神通，我當時在酒囊飯袋裏很想出來，卻被他無形的法力給壓制住了，指頭都動不了一下！」

「不會吧！你可是四大神尊之一耶，世上還有什麼人能壓制得住你的？」談寶兒張大了嘴，一臉的不可思議。

「白癡啊你！你難道忘記我的法力大部分被羿神封印了嗎？」

「嘿嘿，這個我可真是忘記了！」談寶兒一陣乾笑，但心中卻是一凜，雖然說小三現在的法力只有鼎盛時期的十分之一，但能壓得他不能動彈，這老和尚的實力還真是恐怖啊。

小三對談寶兒搖搖頭，一臉無可奈何，這傢伙聰明起來比誰都精明，但很多時候又老犯低級錯誤，神尊大人對此是相當的習慣了。所以最後，小三只是說了一句：「好了，別想了，咱們先出去吧！呼，好久沒有吃牛肉了！」說完徑直鑽到酒囊飯袋中去。

談寶兒將華夏衣冠收起，使動青龍訣，視線頓時順著水流延伸出去，瞬息間將整個湖底看了個通透，然後他整個人忽然失聲驚叫起來。

第六章　菩提心經

「什麼東西讓你叫這麼大聲？」小三對談寶兒很鄙視，「不說你是八百萬魔軍裏闖出來過的人，好歹也是跟本神尊混的，怎麼還是像個沒有見過世面的鄉巴佬一樣一驚一乍的？」

但等小三看到西域王府天牢底的景象的時候，羿神座下的玄武神尊也是不由發出了一聲驚呼：「不應該是這樣的啊，這些東西不應該出現在這裏的啊！」

這個被稱爲天牢的人工湖泊的湖底，散布著一個個的巨大鐵籠，鐵籠裏有著成百上千頭兇猛的鱷魚，一隻隻張牙舞爪，似欲擇人而噬。被投入天牢的囚犯，每天對著這些鱷魚，只怕嚇都會被嚇死。

但這並不足以讓小三驚呼，真正讓牠失態的是，在清澈湖水的最深處，竟然懸浮著六只巨大的古鼎。這六只鼎全身包裹著一層淡淡的金光，看起來通透而不張揚。

「小三，這些東西怎麼看著有點眼熟？」談寶兒望著那六只古鼎，很有些不可置信，「我怎麼覺得他們的款式做工同吸風鼎和洪爐鼎完全一樣？」

「廢話！他們根本就是同一廠家生產的——不都是禹神大人親手打造的上古九鼎嗎？」小三邊說邊展開身法朝那六只鼎游了過去，談寶兒慌忙跟上。

湖中鱷魚似乎識得厲害，見兩人靠近，竟然主動閃到一旁，一副生怕這兩個小個頭的傢伙要將自己生吞活剝了一樣。

等一人一龜游到六只古鼎身前的時候，小三重重地吸了口氣，道：

「小子，這六只鼎居然真的都是九鼎！這可奇怪了，當年禹神將九鼎分別散布在九州，前面三只的出土位置都沒有錯，怎麼最後這六只一起集中到西域來了？而且還如此詭異地出現在這個天牢的牢底？」

談寶兒想了想，嘿嘿笑道：「小三，該不會是你將這六只鼎弄到這裏，故意要給我個驚喜吧？大家兄弟，這又何必呢？」

「你白癡啊！」小三很有些無奈，「這鼎放置的位置我也就知道那前面三只，後面的六只就只有禹神自己才知道了。再說，我給你這麼多鼎做什麼？我愛心氾濫啊？莫名其妙！」

「說得也是！」談寶兒搖搖頭，看起來小三也確實沒有必要非得將剩下的幾只鼎都聚集在一起，但這六只鼎很詭異地出現在這個地方，確實讓人懷疑。

「行了！雖然不知道這六只鼎為何會出現在這，但卻也不能將它們留在這。你將它們收起來吧，這只是青木鼎，收取的咒語是……，這只是千龍鼎，咒語是……」小三搖搖頭，陸續將這六只鼎的來歷和收取咒語一一告訴了談寶兒。

談寶兒喜不自禁，一邊收取這六只鼎，一邊樂得嘴都合不上來：

「這下可好了，這個青木鼎有木系神力，可以用來做燒烤，這個千龍鼎能彙聚水之神力，可以用來煮海鮮，玄黃鼎有土之神力，可以用來做叫化雞，這個來熬湯，這個可以用來燒炭烤火，這個可以用來泡溫水浴……哈哈，發了發了！」

小三好歹是和談寶兒相處過一段時間，才沒有當場昏倒，但眼見這流氓竟然將上古神器隨便就編排了這些工作，也已經氣得上氣不接下氣，手指著談寶兒再說不出話來，心中不無惡毒地想：羿神大人這次選擇繼承人的時候，一定是剛剛和神后做完那事，隨手亂指才點到這個無恥噁心的賤人吧。

過了片刻，談寶兒已隨手將六個神鼎收取完成，加上他原本就有的吸風鼎和洪爐鼎，他現在已經擁有了神州九鼎中的八只，流亡在外的那只流金鼎上次被謝輕眉從蓬萊取走了。

小三道：「好了，我們先離開這裏，趕快去辦正事吧！」說完自動鑽進酒囊飯袋去繼續喝酒吃肉醉生夢死。

談寶兒滿腔喜悅，一邊幻想著如何利用這八只神鼎和若兒她們Happy，一邊展開青龍訣，

朝湖水之外游去。

出了天牢，談寶兒施展開御風弄影術，順利躲過湖邊的把守侍衛，落到一處人少的角落，看見這裏只有兩名侍衛，當即現出原形。

那兩名侍衛陡然發現面前多了一人，正要驚呼，卻忽然發現談寶兒眼睛一亮，頓時失去知覺，等他們再醒來時候，已全然忘記剛才究竟發生了什麼事，時間好像從來沒有停頓過一樣。此時談寶兒卻已然前往西域統帥鐵木所在的房間去了。

酒囊飯袋裏，小三邊啃牛肉邊感慨道：

「你這小子還真是有些驚人的天賦，沒有想到你的一法萬相術非但已可以隨意控制他人思維，讓那兩個侍衛說出鐵木的住所，甚至還可以清洗記憶了。」

「嘿嘿，這還不是神尊您教導得好嘛！沒有您的誨人不倦的諄諄教導，小弟我哪裡有今日的成就？」談寶兒難得地謙虛了一回，卻立時被小三看出了破綻：

「好了小子，別拍我馬屁了，有什麼話就直說！」

「啊哈，真是生我者父母，知我者小三！」談寶兒一陣乾笑，「我只是想順便問一下，你將我的落日神弓修好了沒有？」

「還沒有！奶奶個熊，我是小瞧這落日弓了，原來這弓弦竟然是龍筋經過天火淬煉而成，最要命的是，這弓胎也不是金屬，而是白虎之骨。這些材料我可一樣都沒有。」小三一副很悶的樣子。牠本來在談寶兒面前的形象一直是無所不知，無所不能的，忽然有這麼一次發現自己不行，實在是很傷自尊的事。

「那怎麼辦？這可是小弟的成名兵刃！以後縱橫天下泡妞吃飯就可全靠它了，你不會讓我將彎弓放電這個招牌動作都丟掉吧？」

小三道：「龍筋青龍就有，天火朱雀有，白虎之骨呢，當然是白虎身上。回頭有空了，我把朱雀和白虎的畫像給你，你用畫龍召喚術將他們搞過來，向他們借！至於他們肯不肯給你，這就要看你自己面子夠不夠了！」

「哈哈！老子是羿神筆傳人，他們不給我面子，好歹也是要給羿神面子的吧？」談寶兒笑得很自信也很詭異。

小三忍不住打了個顫，心裏爲那三位和牠一樣是神尊級別的同僚默哀了三分鐘，最後道：「算了，青龍和白虎還好說，朱雀這傢伙卻是百年難得見到一次，你召喚她，她也未必肯來！本神尊受累，親自去南邊給你跑一趟吧！」

「哈哈！那可多謝你了小三！」談寶兒喜出望外，正想說幾句感謝的話，卻發現眼前光

影一閃，小三已從酒囊飯袋裏消失不見。

末了也不知從哪裡丟下來一句話：「本尊去去就來，記得準備好牛肉和美酒！」

這小烏龜，就知道吃喝！腐敗啊腐敗！談寶兒搖搖頭。

正想的時候，前方已出現一片樓閣，談寶兒認清楚那樓上三個大字叫做是「漏雨樓」，他自然不知道「漏盡三更桃花雨」這樣的雅句，見此自然大是鄙夷：

「媽的，還堂堂一個元帥呢，房頂漏雨了都不修理一下，還厚顏無恥地將這寫在門口，擺明了是想別人給他送銀子嘛。貪污貪到這種境界，失敗！」

到得樓前，談寶兒展開御風弄影術，身體化爲一陣清風，飛上二樓，尋到唯一亮著燈的房間，透過窗戶縫無聲無息地溜了進去。

屋子裏只有一張桌子，上面擺滿酒菜。桌子邊坐了兩個人，正好是西域王劉景升和元帥鐵木，兩個人都是紅光滿面。談寶兒很懷疑這兩個白癡，是否正因爲抓住了假冒談容的奸細而興奮得難以自制。

這個時候，正輪到劉景升說話：

「元帥啊，我總覺得有點不對勁！你說，要是那小子真的是談容，那他說的肯定就都是真的，京城這會兒正被八百萬魔人包圍，這可怎麼辦？」

鐵木吃了一口菜，擺手道：「王爺，你肯定是玄幻小說看多了，才會相信那小子的胡言亂語。這天空怎麼可能裂開一條縫？再說了，他要真是飽經戰陣縱橫江湖的戰神談容，怎麼可能輕易就被我的茶給藥翻在地呢？」

「可是這老虎都有打盹的時候，你還不允許人家疏忽大意一回？要是我們真的一時不小心，將這大夏國的第一神將給殺死了，那京城可就真的淪陷了！」

「王爺您就放寬心吧！你想想，就連門口的衛兵都認爲這小子是收破爛的，那小子怎麼可能是談容？打死我，我也不信他是談容！」鐵木擺擺手裏的筷子，很有些不屑。

只是他話音剛落的時候，房間裏猛然響起一個人的聲音：「那老子倒要試試！」聲音未落，空氣裏忽然電光絢爛，無數道金色的閃電在瞬息間射到了鐵木的胸前。

鐵木大驚失色，知道躲避已是不及，忙運起生平絕學金鐘罩鐵布衫神功，立時整個身體變得金燦燦的好像鍍了一層厚厚的黃金。

但那閃電轟到鐵木胸前的時候，那層黃金好像立刻降價成了廉價的黃銅，瞬間被轟得支離破碎。鐵木如遭雷擊，狂噴一口鮮血，瞬間倒飛了出去，撞到樓牆上，引得整座樓都劇烈的搖晃起來。

「啊！金色閃電，談容將軍！」劉景升失聲大叫。

然後談寶兒的身形就出現在了兩人的視線之中。

談寶兒搓搓手，笑嘻嘻地朝鐵木走去：

「鐵元帥，你剛剛說打死我也不信我就是談容，現在又怎麼說？」

「鐵元帥只是一時糊塗，還請談將軍手下留情啊！」劉景升眼見談寶兒搓手，以爲他又要發動一氣化千雷，忙勸道。

談寶兒卻不說話，只是笑嘻嘻地看著鐵木。

鐵木臉漲得通紅，眼見談寶兒雖然一副似笑非笑的模樣，但眼中卻是充滿殺機，心膽都是一寒，忽地急中生智，叫道：

「這個，打死了當然是不信的，但要是沒有被打死，肯定就信了。」

談寶兒顯然沒有想到這耿直的漢子竟然也會說出這樣無賴的一句話來，愣了愣，隨即哈哈大笑道：「好好好！看起來爲了讓你相信我是談容，本王竟是不能殺你了！」

「天威王恕罪！」劉景升和鐵木大喜。

「好了，起來吧！」談寶兒擺擺手，「本王雖然身爲欽差，有先斬後奏之權，你也是罪大滔天，但現在國家正是用人之際，本王就准許你戴罪立功！這是皇上頒布的聖旨和聖帝的金戈！你們拿去看看！」說時將金戈聖旨摸出，朝桌子上一扔。

劉景升和鐵木慌忙跪迎，然後依足禮數接過觀賞，看了一遍聖旨，確然是永仁親筆並加蓋玉璽，一時都是冷汗直冒。

鐵木將聖旨還給談寶兒，兀自心有餘悸，道：

「天威王要是一早出示聖旨，下官也不會誤會了！」

談寶兒一瞪眼：「那麼，照你的意思，是老子的錯囉？」

「不敢不敢，下官只是說自己剛才太衝動太武斷了！」鐵木嚇了一跳。

談寶兒看將這老小子也嚇得差不多了，才道：

「好了，別五段六段的了，你以爲練柔道呢？趕快去調集部隊，咱們連夜趕赴京城！」

「是！」鐵木再不敢怠慢，一抹額頭上的冷汗，屁顛屁顛地跑了出門去。

西域雖然比不得西北前線的熱鬧，但這裏久處民族紛亂之地，軍隊訓練卻也有素，僅僅過了約莫兩個時辰不到，百萬大軍已經集結完畢。

談寶兒吃喝完畢，走上操場，又是一番訓話，然後念動咒語，金光一閃，就將這百萬大軍也收到了乾坤寶盒裏，之後又演示性的將這隊人馬收放幾次。

一旁的鐵木和劉景升久處西域這樣的偏僻地帶，幾曾見識過乾坤寶盒這樣的高級貨，眼見百萬大軍就這樣在盒子裏進進出出，一時直驚得舌頭都縮不回去，心說高人就是高人，隨身

攜帶個盒子都是這樣神奇。

軍情緊急，談寶兒也就沒有興趣給這兩個勤學好問的好孩子講解乾坤寶盒的功能原理，讓他們安排好大軍離開後西域的軍政要事後，直接將兩人也裝進盒子去，和裏面的四百萬軍隊培養他們的斷臂情緣，自己則展開御風弄影術離開了樓蘭城。

出了樓蘭城後，一路順風順水，花了半天時間，過了大荒山之後，進入了天磁力區域。談寶兒尋到一處隱蔽地方，在四周布下一個防禦陣法，當即將精神集中起來，八道念力波束頓時順著八個方向探射出去。

八道念力波離開大地之後，立時各自如天女散花一般散了開去，分成無數細小的念力波動，再過片刻，這些細小的念力波動化得更加細小，瞬息之間，這四周的大地上竟已有了成千上萬的念力波束，籠罩了方圓百里的地界。

百里之內，所有生靈的精神波動，盡上談寶兒的心頭。談寶兒這是第一次施展《御物天書》上的千里連心術，他完全沒有料到這門法術除開可以長距離聯絡之外，還能夠有這種偵察的效果，不由暗自後悔沒有早點修煉。

再過片刻，念力波動擴展到千里之外，但卻依舊沒有發現九木神鳶上眾人。談寶兒不由有些焦躁。他識字有限，《御物天書》上的文字雖然早已被自動翻譯成了大夏文字，但許多字不認識，很多本該學會的法術卻都沒有學會，而這門千里連心術是由秦觀雨親自傳授給他的。他很懷疑這丫頭是不是傳授的時候遺漏了什麼。

這門千里連心術號稱可以連線千里，但通常情形下能將念力傳出百里就非常不錯了，像談寶兒這樣真能傳到千里的，古往今來也僅有寒山創派祖師寒山神尼而已。所以談寶兒知道寒山眾尼肯定不會距離此地千里之外才停下九木神鳶，但現在自己的念力已經出了千里依然沒有找到這些人，就有些奇怪了。

談寶兒正在焦躁不安，忽然發現自己向北的念力遇到一股強大的精神波動，慌忙集中這邊的念力糾纏了上去。

兩道念力一碰撞，發現是同源屬性，當即融合到一起，立時地，談寶兒腦中出現了秦觀雨驚喜的笑容和她喜出望外的聲音：

「談大哥，你現在哪裡？」

談寶兒集中念力道：「我在大荒山腳。你們在哪裡？」

「啊！你在大荒山那麼遠！」秦觀雨吃了一驚，不過隨即這種震驚變成了驚慌，「我們在大荒山北邊一千五百里的樣子，本來早該啓程來接你的了，但出了點事，你快點過來……」

念力的傳送到這裏立時戛然而止，同時談寶兒腦中秦觀雨的音容笑貌也隨即消失不見。

「該不是出了什麼事吧？」談寶兒皺起了眉頭。

他聽秦觀雨說過，千里連心術主要消耗發起連心的人功力，而被連心的人消耗的功力是極少的，如果連心中斷，一種可能就是連心的念力受到干擾，再有一種就是連線的雙方中的一方或者兩方出了問題。

現在談寶兒這主動連心的人沒有念力中斷，而且念力掃描也發現四周沒有別的念力干擾，這還連心失敗，那就只能說明秦觀雨那邊出了問題！

但是，以寒山八百弟子的實力，就算是厲九齡那樣的高人，也是沒有能力傷害到她們的。那究竟是誰有這樣的本事讓他們集體出了問題？

難道是楚接魚！一念至此，談寶兒頓時被自己嚇了一大跳。沒有錯，楚接魚正在這邊，也唯有他這樣處於逆天境之上境界的人才有可能將寒山眾尼全部幹掉。

一想到這裏，談寶兒再不敢耽擱，將凌波術和御物術展至極限，身體好像一道流光一般，逕自投向北方。

該死的，楚接魚楚大爺，你可千萬手下留情，別做出什麼傷天害理的事，不然老子不管你是順天還是逆天，都要將你打得永不超生！

談寶兒一邊近似祈禱的想著，一邊不斷嘗試用千里連心術繼續聯絡秦觀雨，但始終沒有什麼結果。

在九木神鳶上的時候，談寶兒覺得一千里的路實在是太近了，但等他自己親自腳踏實地的趕路的時候，才知道這千里的距離實在是要人的老命。他不過狂奔出三百里，就有些氣喘吁吁了。再等他到八百里的時候，就徹底的快躺下了，千里連心術也根本無法施展了。

談寶兒並不知道施展千里連心術是極其消耗功力的，就連創派的寒山神尼也絕不敢如此長時間的施展。他只是覺得之前翻大荒山的時候也沒有這麼累，現在平地上奔跑反而累得夠嗆，真不知是什麼道理。

等他奔到一千里的時候，全身就徹底沒有勁了，身體好像要散架了一樣，說不出的難受。

看來得歇一歇了！這樣想的時候，談寶兒的身體已經很自覺地和地面來了一次親密接觸，以一個傳說中五體投地的姿態表達他對大地母親的虔誠。

「不行！蘭兒他們不知道發生了什麼事，我可得快些趕過去！」休息了片刻之後，談寶兒決定要起身。

但這世上最舒服愜意的事之一，就是在疲累之後能有個地方躺一躺。他這一躺下之後，微微一動，就覺得全身真的再也找不出一絲力氣，更別說站起來趕路。

這真是要命！現在楚遠蘭和無法等人遠在幾百里之外，全然不知道發生了什麼事，矛盾的是，自己的身體竟然因爲功力透支，根本和他的意志背道而馳。最氣憤的是，小三這傢伙偏偏去南邊找四大神尊裏的朱雀了，連個幫手都沒有。

他正心急如焚的時候，忽然發現體內一股熱氣蠢蠢欲動。談寶兒感覺這熱氣的律動，似乎正是當日自己在八百萬魔人軍中時忽然在體內亂竄的奇氣。

這股氣息似是與生俱來，一直潛伏在體內，只是在體內真氣枯竭之時才悄然冒了出來。談寶兒正自奇怪，那氣息瞬間便透遍全身經脈，身體頓時充滿了無窮的力量。

「啊！」談寶兒一聲大吼，從地上跳了起來，雙足一發力，身體化作清風，頓時如電光一般射了出去，速度比之用九霄之氣施展御風弄影還要快捷百倍不止。

談寶兒又喜又驚，喜的是這氣息是如此的凌厲，比之使用九霄之氣還要厲害百倍，驚的卻是這氣息來歷古怪，每次都只在真氣枯竭之時出現，不知它從何處來，有多少儲存，又什麼時候消失。

他不知這是福是禍，患得患失間，奇氣已經帶他瞬息間飛出百里之外。

談寶兒只覺得這奇氣不但可以當真氣用，似乎還能轉化成念力，此時自覺頭腦清晰精神旺盛，當即展開千里連心之術。

意念掃描過去，比之剛才用九霄之氣又清晰百倍，頓時發現遠在三百里外有幾股念力在互相拼鬥。這些念力皆熟悉，但談寶兒掃描之後卻頓時大吃了一驚。

一股博大中帶著慈悲，順著念力掃描過去，發現念力的主人正是寒山的秦觀雨。一道清冽中帶著優雅，卻正是楚遠蘭。兩女的念力合在一處，正與另外兩道念力鬥到一處，但兩女的念力卻明顯比另外一方的念力弱了好幾倍，處於絕對的下風。

讓談寶兒吃驚的卻是，與兩女為敵的這兩道念力他也熟悉無比，其中一道氣勢恢弘，卻有著一種讓人不可抗拒的威嚴，顯然正是無法！而與無法一起的念力則是寒冷皎潔，給人的感覺就好像是天上明月一般，正是魔族聖女謝輕眉。

到底發生了什麼事，無法這小子發什麼神經，竟然和謝輕眉一起對付蘭兒和觀雨？談寶兒想不明白，不由心急如焚。

他這一著急，不知為何體內那奇氣竟似運轉加急，使得他御風弄影的速度陡然間變得更加迅捷，因為速度太快，所過之處連灰塵都來不及揚起。

這三百里路，在談寶兒看來，竟只是眨了一下眼的時間，他就已到達。談寶兒知道這不是幻覺，但這樣奇怪的速度，卻已經超出了他的認識，一時心中的疑問只如滔天巨浪。

只是這些疑問並沒有時間讓他去一一解答。等他到達九木神鳶上的時候，楚遠蘭和秦觀雨已經被無法和謝輕眉聯手的壓力鎮得動彈不得，而清惠等寒山眾尼卻如泥人一樣軟躺在地上，一個個都是重重地喘氣，臉色蒼白，顯然早已沒有了什麼力氣。

談寶兒正要顯出原形，釋出念力將謝輕眉和無法的念力給壓回去，這時候，卻見謝輕眉見此長長地吸了口氣，將本身念力收回，衝著楚遠蘭和秦觀雨嫣然笑道：

「楚姑娘，秦姑娘，兩位都是天仙一般的可人兒，別說是談將軍，我見猶憐，奴家是很不捨得讓兩位香消玉殞的，但兩位要是再這樣堅持不肯投降，就算談將軍將來怪罪於我，奴家也是不惜辣手摧花的！」

謝輕眉雖然撤去念力，但楚秦兩女的壓力似乎並沒有減弱多少，依舊是臉色蒼白，香汗淋漓。

楚遠蘭聞言厲聲道：「謝輕眉，你休想！我大夏只有戰死的人，可沒有投降的狗。」

秦觀雨雖沒有說話，臉上卻是一片堅定神色。

謝輕眉嘆了口氣，欲待再勸，卻聽無法喝道：「聖女，何必與她們這麼多廢話？爲免夜長夢多，讓我用菩提心經送她們上路好了！」他話音才落，身上陡然迸發出一股強悍到了極處的念力，在瞬息間籠罩了全場。

談寶兒和無法在一起這麼久，從來沒有見過他有如此強大的念力波動，大駭之下慌忙現出原形，發出奇氣形成的念力波動罩在楚秦兩女的身前。

「轟！」一聲驚天動地的巨響，兩股念力交鋒引起劇烈的爆炸。楚秦兩女雖然沒事，但爆炸形成的衝擊波在瞬間蔓延開去，將神鳶上的清惠等人紛紛震得倒飛出去，落到地面上去。

在念力相撞的一剎那，談寶兒清晰地感覺到一尊怒目圓睜的黑色金剛形象在自己腦中出現。那黑色金剛震得他腦子一陣劇痛，差點沒有讓他暈倒在地。

但無法卻更不好受，談寶兒的念力形成的保護罩就好似一座巨大的高山，他的黑色金剛就像一個莽漢一樣衝了上去，頓時撞了個頭破血流。這表現到現實的結果就是，無法慘叫一聲，七竅流血，整個人倒飛出去，落到九木神鳶之下，頓時昏死過去。

「談容！」「談大哥！」「容哥哥！」神鳶之上的謝輕眉、秦觀雨和楚遠蘭同時叫了起來。

談寶兒料不到自己的念力竟然一強至此，一時也和三女一樣呆住了。

最先反應過來的卻是謝輕眉。她失神片刻之後，忽然指著談寶兒哈哈大笑，然後大聲道：「好，好，好！」她連說了三個好字之後，忽然朝神鳶之下的無法飛去。

「哪裡走？」談寶兒反應過來，腳步一踏追了上去。

他才一動，便聽謝輕眉銀鈴般的笑聲道：「談公子可是捨不得奴家麼？」眼前碧光閃爍，三座高大山峰已是並排撞了過來，卻是當日在如歸樓中施展過的千山浮波之陣。

「還來這招？」談寶兒一聲冷哼，身體原地一轉，凌波術一踏，整個人如一道電光般輕易繞過那三座山峰，追到謝輕眉身後。

謝輕眉本是倒飛落下，眼見談寶兒速度如此之快，也是大吃一驚，心念一轉，手中頓時多了一只巨鼎，手一揚，鼎口頓時對準了談寶兒，一蓬金光已是從鼎口飛了出來。

「是有金屬就能發揮無窮威力的流金鼎麼？我身上可沒有什麼金屬，你這鼎可是沒有任何作用了！」談寶兒嘿嘿一笑，身體陡然消失不見。

謝輕眉大吃一驚，正自驚惶，卻忽然覺得手中一輕，低頭看時，談寶兒那張討厭的臉已是近在咫尺，而她辛辛苦苦從蓬萊尋來的流金鼎已到了這人手中。

談寶兒使動御風弄影術，時而化作風態，時而恢復人形，在謝輕眉四周忽隱忽現，卻不出手，

謝輕眉幾曾見過如此神奇的法術，心知這對頭要取自己性命易如反掌，如今不過是貓捉老鼠的調戲而已。她明眸一轉，趁談寶兒一次現身之時，不退反進，猛地將紅唇朝前一湊，做勢朝談寶兒嘴唇吻了下去。

談寶兒不料她有此豪放動作，一時不明她有何詭計，微一愕然，慌忙朝旁一閃，等側過身去，卻發現謝輕眉的身形竟已到了眼前，香吻依舊朝他臉上落來，不由大驚，心中暗罵：「你個三八，仗著蘭兒在老子不敢親你就這麼囂張？」當即展開凌波術閃了開去。

但他身體才一動，卻發現眼前四面八方都是謝輕眉的影子，心叫糟糕，忙將一氣化千雷使出，閃電過後，上百個謝輕眉立時消失不見。

但等他再回過神來時候，月白的大地上，謝輕眉和無法早已消失得無影無蹤，空氣中唯有一個妖媚的笑聲在回蕩：

「談容！你不要去大風城，不然你會後悔的！」

「老子不去才會後悔！」談寶兒暗罵一聲，展開千里連心之術，念力掃描過去，千里之內卻再無精神力波動，他這才想起魔族的法術並非全是精神力才能推動，一時恨恨不已。

他心中雖擔心無法的安危，但此時楚遠蘭和寒山派眾人全都受傷，唯有放棄追蹤。回頭察看眾人傷勢，發現眾人傷勢都極是沉重，但最厲害的卻不是來自念力的攻擊，而是除了楚遠蘭和秦觀雨外，所有的人身上都中了一種可怕的毒，使得她們的念力大幅度的降低。

談寶兒取出神靈散，讓秦觀雨分給寒山眾人解毒，自己找到楚遠蘭，向她詢問到底發生了什麼事。

「是無法！」楚遠蘭搖搖頭，臉上至今猶有不信神色，「你走之後，我們在距離天磁力區域不遠的地方停了下來。一直都很正常，但今天下午的時候，寒山派所有人都發現自己忽然沒有了力氣，唯有我和觀雨沒有事。這時候，謝輕眉不知道從哪裡冒出來，無法和她一起向我們發動攻擊。之後的事情，你都看到了。」

談寶兒聽得一頭霧水，不由道：「那蘭妹，她們是怎麼中毒的？」

楚遠蘭沉思片刻，道：

「我認爲是昨天晚上或者今天的飯裏被人下了毒，但也有可能是謝輕眉下的。」

「一定是謝輕眉！」談寶兒一拍腦袋，「該死的！我想起來了！你還記得不，九木神鳶出大風城的時候，我們不是受到鷹族魔人的瘋狂攻擊嗎？我就奇怪了，爲什麼明明知道是白白送死，這幫魔人還會做這樣的事。」

「對啊……啊！我也明白了！容哥哥你是說，當時他們攻擊我們，就是爲了掩護謝輕眉趁亂爬上九木神鳶來。」

「沒有錯！九木神鳶這麼大，要藏一個人是非常容易的事。」談寶兒嘆了口氣，「這些天，這妖女一直躲在神鳶上，伺機尋找機會對付我們。只怕她是聽到我走了，才開始投毒，因爲她知道我身上有解百毒的神靈散。」

「我想也是這樣。」楚遠蘭點點頭，「只是無法又是怎麼回事？他好好的，怎麼忽然幫謝輕眉，而且全身法力變成了魔氣？」

談寶兒想了想，重重一拍掌，道：「這事只怕是我的錯！上次在沉風塔的時候，無法被天蠶附體，之後謝輕眉騙我說她已經將蠶毒吸出來了，現在看來，這妖女只怕僅僅是將蠶毒暫時壓了下去。這次她隨便一催，天蠶魔性爆發，無法自然就有了魔性。」

楚遠蘭見他眉宇間滿是自責神色，忙安慰道：

「容哥哥你別太自責，這妖女詭計多端，你爲人太過仁厚，容易中她計策也是正常的。她是魔族聖女，肯定會返回大風城參戰。我們趕快啓程，回到大風城等他們就是。」

談寶兒聽到她說自己仁厚，臉皮也不由紅了一下，聞言忙道：「也只好如此了！」

這時候，忽聽秦觀雨急道：「聖僧你快過來看一下！」

「發生什麼事了？」談寶兒聽她聲音急促，慌忙趕了過去。

他和楚遠蘭說話的時候，秦觀雨已幫寒山眾人解了毒，神靈散百試百靈，自然是藥到病除，一干寒山弟子已大多上了九木神鳶，這時候正和秦觀雨圍在神鳶的尾部，一群人都是面帶憂色，看到談寶兒過來，忙閃到一旁，讓開中間的道路。

談寶兒走過來，一眼便見九木神鳶的尾部爛了一個大大的洞，洞裏有大大的一團黑色粉

末，卻也不知道是什麼材料。

見談寶兒眼光望向自己，秦觀雨道：

「聖僧，這是構造九木神鳶的九種神木之一的黑天木，不知道怎麼全變成了粉末了！」

談寶兒看她神色緊張，心裏頓時有了不好的預感，皺眉道：

「這事情很嚴重嗎？」

秦觀雨頷首道：「九木神鳶之所以能翺翔蒼穹，除了我派弟子的念力外，就是這九種神木都具有神奇的仙家力量，互相作用，形成一股青雲之氣，使得神鳶能飛騰起來。現在黑天木不知被什麼力量破壞成這樣，九種神力失去其一，再無法形成青雲之氣。」

「這……這是不是說，我們回不去大風城了？」談寶兒大吃一驚。

秦觀雨點了點頭，又搖了搖頭，道：「這黑天木產於東海蓬萊，我們這裏可沒有能替換的。唯一能夠想的辦法就是，我們集合全派的念力，將這些粉末重新凝聚成木塊。只是破壞容易構造難，最快只怕也要十五天之後才能弄好……」

說到這裏，秦觀雨再沒有說下去，而場中其餘人也都意識到這意味著什麼，是以場中一片的沉默。

十五天！現在已經過了六天，十五天之後，魔人已經攻破大風城，將永仁帝的頭當夜壺了吧！談寶兒不無悲涼地想道。老子身上帶著四百萬兵馬，卻也沒有回天之力了！謝輕眉啊謝輕眉，你還真不是一般的狠毒，毒害善良的尼姑和拐帶良家和尚也就罷了，居然還怕不保險，直接將九木神鳶的九木斷去一木！

現場一片沉寂裏，忽然傳來一個聲音，然後所有人都是大吃一驚。這個聲音本來也沒有什麼，但它出現得很不及時，是出現在所有人都沉默的時候，最人神共憤的是，在這個人人悲痛的時候，這個聲音竟然是一個飽嗝的聲音！

聲音的來源無巧不巧的正好是談寶兒的酒囊飯袋，在那裏，一隻三條腿的小烏龜正很無辜地看著眾人。

眾人之中，只有楚遠蘭和秦觀雨見過小三，但即便是她們兩人也不知道小三會說話，都是徹底看傻了。

談寶兒看見小三，不由哈哈大笑，一把將這王八抓住，大聲道：

「好兄弟，講義氣！你來得正好，在我最需要你的時候，你總是能及時出現！」

「撲通！」寒山眾尼姑倒下一片。她們再也想不到世上竟然有這樣豪放的男人，逮住一隻王八竟然就叫兄弟，而且語氣是那麼自然和親熱。

但談寶兒這個豪放男壓根沒有將世俗的眼光放在心上，而是立刻又大聲叫道：

「好兄弟！快告訴我怎樣才能在不乘坐九木神鳶的情況下，最快走到大風城！」

「你在地上寫『大風城』這三個字，畫個圈，然後一腳踏上去就到了！」小三的回答直接讓現場又躺下一大片。

寒山群尼再也沒有想到這三足烏龜竟然真的能說話，而且最要命的是，牠說話也是如此的吊兒郎噹，並且龜頭的神態，明顯是像極了談寶兒平時嬉皮笑臉的時候。

談寶兒對這樣的冷笑話並不是十分在意，回頭對寒山眾人笑道：

「給大家介紹一下，這位就是羿神座下四大神尊之一的玄武神尊！」

玄武？還神尊？眾人是徹底傻眼了。像神尊這樣的東西，一直都是出現在神話傳說裏的，沒有料到現在竟然活生生的出現在眼前，這個刺激可是大了。

僅僅過了一秒鐘，一群大中小老尼姑，紛紛如脫韁的野馬離弦的利箭，朝著小三撲了過來。

「神尊大人，給我簽個名吧！」

「玄武神尊，你好帥哦！」

「神尊大人，請賜我無敵法術！」

「我很仰慕您的，神尊！」

「可不可以介紹羿神大人給偶認識一下？」

……

一幫女人麻雀一樣的嘰嘰喳喳，熱情差點沒有將活了幾千歲的玄武神尊給融化掉。談寶兒看不過去了，忙叫道：

「一幫娘們，都給老子住嘴了！現在是國家存亡之際，你們要追星，回頭趕走魔人慶功的時候再搞行不？都閃開點！別耽誤老子辦正事！」

眾尼姑從來沒有見過聖僧發怒，回頭見他寒著臉，都是慌不迭地閃到一邊，閉上嘴裝矜持，擺出一副浪女回頭請求原諒的低調姿態。

小三見此很滿意。這臭小子雖然平時沒個正經，但一到關鍵時候，還是能以大局爲重的嘛，羿神大神沒有看錯人啊！

然後眾人就見談寶兒衝到了小三面前，從酒囊飯袋裏掏出一大堆白紙和一枝朱砂紅筆，點頭哈腰一臉諂笑道：

「小三，好兄弟，幫我把這堆紙都簽上你的大名吧！哈哈，回頭我拿到大風城去，一張賣一萬，不，十萬兩！哈哈，發了，哇哈哈……」

眾尼姑面面相覷，隨即姐妹們一起大怒：「打死這無恥賤人！」

「哎呀，我是看場面太緊張，來活絡一下氣氛，我不是有意的……啊，別打臉……」談大英雄一陣慘叫，被一頓免費批發的粉拳打得屁滾尿流！

場面一度失控，等尼姑們怒氣消除的時候，可憐的談寶兒已是遍體鱗傷奄奄一息，雖然滿臉灰塵和悔恨的淚水混到一處，卻無人為此掬一把同情之淚。

紛紛擾擾地鬧了一陣之後，大夥安靜下來。談寶兒問道：

「小三兄弟，你看吧，現在九木神鳶壞了，你有什麼辦法將它修好嗎？」

這個問題才是最關鍵的。眾尼姑也都安靜下來，目不轉睛地望著小三。

小三搔搔頭道：「這個，木工活我不是很擅長，白虎其實比較內行，只是這廝有狐臭，我很討厭他的，聯絡上他們後，就讓他五天之後和青龍朱雀一起去大風城等候，現在卻不知道在哪裡遊蕩呢。問題麻煩了！」

眾人聽得一陣心寒，都想這次難道大風城死定了？

談寶兒想了想，忽然哈哈大笑道：「這事其實沒有什麼難的啊！我不能去大風城，但小三你來去東海南疆都這樣短的時間，你可以帶著乾坤寶盒去大風城的嘛！」

「對啊對啊，神尊大人你可以去的啊！只要你到了那兒，將士兵們放出來，大風城就有救了！」眾人都是反應過來，一陣歡呼雀躍。

不想小三卻苦著臉道：「我將乾坤寶盒帶到大風城自然不是問題，但我現在已經打不開它了。上次你啓動了它的攜帶功能後，它就完全認你爲主了。換言之，現在天上地下除開羿神，就只有你自己才能使用它了！」

楚遠蘭詫異道：「那……你是神尊，難道你就沒有別的辦法嗎？」

「神尊的法力也是有限的啊，很多事並不是想做就能做到的！」小三搖搖頭。

連神尊都沒有辦法了，所有人都是一陣絕望。

談寶兒也是一愣，一時之間，巨大的悲痛將他緊緊纏繞，眼前彷彿看見大風城破，神州百姓的鮮血染紅了魔人猙獰的刀。

奇蹟一樣的，這一刻，他心中竟然並沒有刻意地想到若兒。

「還有一個辦法！」小三忽然說道。

所有的人都是精神一振，紛紛再次將離散的眼光集中到牠身上。

「千里獨步，縮地成寸！」小三輕輕吐出八個字，震得眾人心情一陣激蕩，「這門法術，顧名思義，就是練成之後，能將十里百里的路程縮短到只有一寸那麼短，千里的距離只需要走一步就可以到。這當然是誇張的說法，但練成之後，從這裏到京城也不過半個時辰的路吧！」

「不會吧？這麼神奇！那不是比九木神鳶還要快個千兒八百倍的？」談寶兒大吃一驚，隨即想起一事，「小三，你這麼快的時間去了神州的三個極向，找到了朱雀他們，是不是就是用這種法術？」

「這是眾神才能擁有的法術！」小三點了點頭，「所以現在唯一的問題就是，雖然你的九霄之氣已經很有火候，我不知道這種法術你能不能在很短的時間內練成。」

「不管這個，既然是現在唯一的辦法，那就試試吧！」談寶兒無奈道。

小三點點頭，將談寶兒拉到一邊，當即講解起這門法術的原理來：「大地之上，有無數河流，大地之下，也有無數看不見的河流。可以說，水是無處不在的。」

談寶兒點點頭，這一點在上次看到《河圖洛書》的時候，無法就已和他講過。

「這些看得見或者看不見的水流之間，都有著彼此的聯繫。縮地成寸的原理，就是將人的真氣和這些水流的靈氣融合在一起，那麼但凡有水的地方，我們就可以借助水流的彼此聯繫，輕易地將自己轉移過去。我之前將《河圖洛書》交給你，就是爲了讓你記熟神州水流的位置，希望有一天傳授你這門法術，但沒有想到這一天來得這麼的快。」小三說到這裏嘆了口氣，開始講解如何將真氣和水流的靈氣融合，如何利用水流的聯繫。

談寶兒默想一陣《河圖洛書》上的天下水脈，很快找到腳下不遠處就有一道地下水流，當即走了過去，將真氣散布到地表，慢慢滲透到水流中去，嘗試著和水流裏的靈氣慢慢接觸。

僅僅過了一刻，談寶兒驚奇地發現地下的水流在自己的心中無比清晰起來，每一滴水的流向就像自己的十根手指一樣，熟悉得無與倫比。在這一刻，在地底流動的水流就好像是在自己血管中流動的血液一樣，變成了自己身體的一部分。

隨著水流，談寶兒的視野在一瞬息之間到達了千里之外。這種感覺完全不同於用青龍術所看到的，而是一種直接地存在，就好像自己已經在千里之外了一樣，千里之外所有的一切都好像變成了自己身體的血肉。

「千里獨步，縮地成寸！」談寶兒低低念出這八字咒語的時候，他一步跨出，然後整個人忽然化成了水流的一部分，腳步落下來時，身體已經重新復原，落在了千里之外的一片荒漠之上。

「哈哈！老子還真是個天才，竟然一學就會了！」談寶兒喜不自禁，站在荒漠上縱聲大笑。

小三適時地出現在他身邊，摸著頭一臉的不可置信：

「你這小子未免太變態了吧！我還擔心你學不會呢，竟然一學就會了，真是古怪！」

談寶兒很臭屁的得意一笑，但心中忽然想起自己剛才從大荒山趕過來的時候，三百里的距離曾一步到位，可惜那股生氣現在已不知道跑哪裡去了，不然或者根本不用和水流取得聯繫，借助水的力量，只要意念一到，身體就已到達任何想去的地方了吧。

那股生氣究竟是什麼東西？他正想的時候，卻聽小三問道：

「小子，你剛才穿越水流的時候，有沒有什麼發現？」

發現？談寶兒想了想，道：「我發現這些水流之間的聯繫似乎不僅僅是一種自然的聯繫，好像，好像這些水之外，還有一種力量在強行的改變它們的軌跡，讓它們順著這力量的方向前進，是不是？」

「哈哈！你這臭小子果然聰明，連這個都被你發現了！」小三滿意大笑，「你說得沒有錯。其實這《河圖洛書》上所記載的天下水流，本身就是一個大陣！昔年禹神奉羿神之命治水，採用了疏導之法，在地上地下廣修河道。河道修建之時，禹神忽發奇想，要是能利用這天下水脈的力量，形成一種陣法，那這個陣法的威力將是何等恐怖？有了這一遍布神州的陣法，那魔人一旦進犯神州，後世子孫就可以利用這一陣法對其進行攻擊。當初治水其實只需要半年時間，他卻足足花了十年時光，就是因爲要布成這個水脈大陣。」

「真的假的？」談寶兒聽得目瞪口呆。

第七章　四大神尊

「當然是真的。這水脈大陣，可是歷代羿神筆傳人的終極法術之一。知道當年的無方神相蕭圓不？這傢伙就是神筆傳人之一。魔族入侵的那次，他發動水脈大陣，引動天火，輕而易舉就將魔人入侵神州的三十萬大軍燒了個精光。」

「等等！都說是水脈大陣，怎麼會引來天火？」談寶兒不解。

「你個白癡！難道沒有聽說過物極必反的道理？陰極陽生，水的極端自然就是火。再說五行相生，只要五行中任何一種力量達到了顛峰，就可按照相生的原理依次轉化成其餘四種力量。掌握了水脈大陣，你就等於掌握了五行的力量。」

「哈哈，太好了！」談寶兒迫不及待，當即讓小三教他如何轉水脈爲火脈，又如何由火脈變成土脈。不時五行周轉，五種力量在水脈中輪迴使用。

談寶兒大喜如狂，他驚奇地發現借用水脈大陣的威力，自己只需要使用極少的真氣就能達到極大的威力。他將大陣運轉一陣，忽發奇想，猛地將水脈之力轉化爲土脈之力，朝著荒漠上一指點，立時就有無數土元素從大地四處彙聚過來。

僅僅過了一瞬間，這處荒漠上已經多了一座百丈高的蒼茫大山。

小三忙叫道：「臭小子不要亂來！隨便移山塡海會引起生靈塗炭，要遭眾神譴責的，趕快將山撤掉！」

「哦好！」談寶兒嚇了一跳，忙運轉陣法，將那大山撤銷掉，荒漠上頓時又恢復了千里無人煙。

談寶兒喜不自禁，知道自己能運轉這神州水脈大陣後，天下只怕再沒有什麼人是自己的對手了。他忽然記起一事，問道：

「小三，上次無法曾和我說過，和這《河圖洛書》齊名的還有一幅圖，就是羿神的老婆廣寒仙子手中那幅記載了所有天上星座位置的《星河璀璨譜》，兩圖共稱爲天文地理界的至寶！如今這記載了天下水脈的《河圖洛書》其實是一個陣法圖，那麼那幅《星河璀璨譜》，是不是同樣也是一幅陣法圖？」

小三詫異地望了望他，道：「你這小子不要聰明得太過分了吧！沒有錯，那幅《星河璀璨譜》的確記載的是天上星辰的位置，和各星辰之間的引力聯繫，利用這些力量，確然是可以組成一個陣法的。只是可惜啊，自從廣寒仙子失蹤之後，就連羿神也不知道那圖去了哪裡！不過你也不用在意，你有了《河圖洛書》，這世上已經沒有什麼人是你的對手了。」

談寶兒想想也是，便也釋然。再連續地利用水脈大陣的威力，進行了各種各樣的試驗之後，一人一龜返回到九木神鳶所在的位置。

楚遠蘭和寒山諸人聽談寶兒說自己已練成獨步千里的縮地成寸之法，大喜之餘，因爲分離在即，大家卻都是不無傷感。寒山眾弟子平時研習佛法，深知花有枯榮人有離合之理，倒也罷了，唯有秦觀雨和楚遠蘭最是難過，眾弟子都是識趣離開，將三人留在神鳶之上。

談寶兒看兩女神情，笑了笑，對楚遠蘭道：「蘭兒，你先等下，我有件事要先和觀雨說說。」楚遠蘭微笑點頭，大方地走到一邊。

當現場只剩下兩人之後，談寶兒和秦觀雨對望一眼，隨即相視一笑。談寶兒將《御物天書》拿出，道：「觀雨，大哥我這一去，也不知道還能不能回來。這本《御物天書》就暫時交給你保管，如果我終於不能回來，這本書你就交還給清惠師太吧！」

秦觀雨臉上笑容慢慢凝固，隨即悄然褪去。她接過天書，澀聲道：

「你說有事和我說，就是這件事嗎？沒有別的話和我說嗎？」

「好像沒有……」談寶兒搖搖頭，隨即卻又道：「等等，好像還有句重要至極的話沒有說！但是觀雨，我怕我說了，你會生氣，我們朋友都做不成！」

「什麼話?你儘管說，我不會生氣的！」秦觀雨眸中亮光微不可見的一閃。

「真的不會生氣嗎？」談寶兒很有些不確定。

「當然，當然！不管怎樣，你永遠是我的談大哥啊！」秦觀雨堅定地說。

「你們回京城之前，記得在陽州的龍福錢莊給我買三萬兩的人壽保險，記得要最高保額的，受益人就填蘭妹吧！」

「就這個……」秦觀雨呆住，「這個我有什麼好生氣的?」

「我們關係那麼好，受益人沒有填你，你不會生氣嗎?」談寶兒一臉詫異。

「我……我當然不會生氣！」秦觀雨最後看了談寶兒一眼，微微一笑，「聖僧你放心吧，我會幫你做好的！」說完轉身快步離去，再不回頭。

談寶兒輕輕嘆了口氣，搖搖頭，去一邊找楚遠蘭。

楚遠蘭走了上來，緊緊握著談寶兒的手，依依不捨道：「容哥哥，你即將再次去面對魔人的八百萬大軍，我這個未婚妻卻不在你身邊支持你，真是對不住！」

談寶兒看了看眼前這梨花帶雨的美少女，咬咬牙，忽正色道：

「楚姑娘，有件事我一直藏在心底，本打算等這次魔人退卻後再和你說，但這次我去京城，生死未卜，存亡在天，現在不說怕以後未必有機會說了。其實我不是談容！」

「啊！」楚遠蘭詫異至極，握住談寶兒的手不由一緊，強笑道：「容哥哥，你胡說什麼？」

「我不是胡說！」談寶兒搖搖頭，將手從楚遠蘭手心抽離開來，雙手朝臉上一陣揉搓，一陣金色光華自指縫裏漏了出來，等他再將雙手放下來時，一張臉已經恢復到當初臥龍鎮上的談寶兒本來面目。

「怎麼會這樣？」乍逢奇變，饒是鎮定大氣如楚遠蘭卻也不由失聲驚呼，倒退了好幾步，「你……你的臉？」

「這叫移形大法！」談寶兒嘆了口氣，「我叫談寶兒，本是龍州臥龍鎮上一個孤兒，義父家裏有個客棧，我在裏邊幫忙，去年龍州大戰之後，談容將軍騎黑墨而來……」

他語調平緩，不徐不急，慢慢將自己如何遇上談容，為他臨終所託奔赴京城退婚，如何又陰差陽錯地被關進天牢，之後又如何去南疆走東海，一路所發生的事細細說了一遍。

等他說到談容中毒身死，之後身體化爲飛灰散落葛爾草原，楚遠蘭已是淚如雨下，等他全部說完，楚遠蘭則是泣不成聲，含糊道：

「都是假的，我不信……不信……」

談寶兒最後長嘆一聲，道：「最開始的時候，我一直想找機會和你說我不是談容，但一

直沒有機會。等到南疆之後，你跟我說青桑之約，我知道老大在你心中有著極重的地位，如果你知道他的死訊會非常難過，所以不敢說。到後來，我也漸漸喜歡你，決定替老大好好照顧你一輩子。但這些天，我忽然明白過來，老大始終是老大，我是我，我不可能一直用這個身分活下去，也不可能代替他照顧你。京城大戰結束之後，如果我還活著，我會將一切都稟明皇上。」

眼見楚遠蘭一臉淚痕，楚楚可憐的樣子，談寶兒心中一痛，再不敢多看一眼，猛地轉身，道：「楚姑娘，我們就此別過，希望……能有再見之日！」

說完這句，真氣滲入大地，溝通地下水脈，一步跨出，身體憑空消失不見，等再出現時已在千里之外的荒漠上。

站在荒漠上，談寶兒正要再次發動水脈大陣，小三從酒囊飯袋裏探出個腦袋，喝道：

「不要動！」

「怎麼了？」

「小子，我可是告訴你，施展水脈大陣，可是用本身真氣溝通神州水脈，一旦中途分神，絕對是走火入魔，萬劫不復！」

「我知道了！你放心吧！」談寶兒點點頭。

小三看看他，搖搖頭，又鑽進酒囊飯袋裏去了。

談寶兒深深地吸了一口氣，心情慢慢平靜下來，真氣再次沉入地下水脈，視野和感覺順著大地上或明或暗的水脈，剎那之間滲透到了整個神州大地，在這一刻，九萬萬里神州山河上所發生的一切事，只要是和水有關的，都在他腦海裏清晰無比地顯現出來。

在一秒鐘後，談寶兒的思維已準確地找到一條從腳下的荒原到達神州中心大風城的脈絡，他再不遲疑，一步跨出，人已在千里之外，再一步跨出，便已出了西域範圍，不時踏入橫貫東西的天河之中。

之後順著天河水脈向東，瞬息萬里，到圓江港兩條大水交匯之處，再順蒼瀾江而去由南而北，溯流而上，幾分鐘之後，已是從神州西域到達中心的大風城外。

談寶兒落到大風城外的時候，天邊最後一絲太陽的餘暉正好落下山去，本是被籠罩在一片血樣的紅色中的大風城，立時陷入了淡淡的黑暗裏。從談寶兒現在所站的蒼瀾江水裏遠遠看去，這座歷經千百年風雨的雄偉城池挺拔中微微有些疲態。

八百萬魔人大軍，黑白相間的顏色，依舊將整個大風城團團圍住，連起來只怕有百里之長的聯營看起來像一個豬圈，讓人暈眩。唯一和離開時候有區別的是，大風城上空再沒有大風

烏和黑手印的拼鬥，估計是這會兒正休戰。

大風城，老子又回來了！談寶兒心中默默念了這麼一句話，雙手朝臉上一搓，被移形大法恢復的本來面目重新又變成了談容的樣子。

小三從酒囊飯袋裏探出一個龜頭，四處瞅了瞅，嘟囔道：

「怎麼朱雀他們三個混蛋還沒有到呢？」

談寶兒詫異道：「你個死烏龜，你不是說他們要五天之後才到的嗎？」

「你還真是個白癡啊！」小三白了他一眼，「你都能利用水脈大陣瞬息千里，他們難道還需要更多的時間？我是算計著你乘坐九木神鳶的時間才那樣說的，其實我早叫他們到這裏等著我了。但我貫通水脈，卻都沒有發現他們在這附近啊！」

談寶兒知道這些神尊什麼的高人都是很有些脾氣的，當即笑了笑，懶得和他計較，暗將千里連心術展開，念力向四面八方，不時覆蓋了大風城周圍千里之地，只是大風城城內和其四周那連綿百里的魔軍軍營裏，雙方好像都布置了一種防禦陣法，念力一碰到這兩層陣法就好像遇到兩層堅硬的外殼，再難有寸進。

值得慶幸的是，談寶兒卻在江的對岸一棵老槐樹下發現了青龍、白虎和朱雀這三大神尊的存在。

談寶兒指著三人所在的方向，詫異道：「小三，他們不是就在對岸嗎？你怎麼會沒有發現？」

「嘿嘿，既然有你在，本尊就不用白白浪費法力搜尋了啊！就在那個方向嗎？那我們過去吧！」小三奸詐地一笑，跳出酒囊飯袋來，朝江岸上飛去。談寶兒這才知道自己中了這王八的算計，只有搖頭苦笑。

小三落上岸後，身上忽然冒出一團青色的火焰。談寶兒見此大吃一驚：

「小三你這是搞什麼？全身都是高溫火焰，難道你知道兄弟我還沒有吃飯，打算將自己燒烤熟了給我做晚餐？大家兄弟，你這麼客氣，我怎麼好意思？」

小三白了他一眼，卻沒有說話，這時候，那團烈火猛地向上一躥，騰起一人高，而小三的身體在一瞬間全數融入烈火之中。下一刻青色火焰熄滅，神龜小三已經消失不見，出現在談寶兒面前的是一個俊朗的年輕人。

談寶兒愣了愣，「啊」地一聲衝了上去，誇張大叫道：

「你是誰？你把我那功能齊全物美價廉的小三弄哪裡去了？」

「行啊，你個白癡！這時候還有心情和本尊開玩笑，老子還以爲你被那兩個女人給折騰得想早死早超生了呢！」小三說著話，一把將談寶兒的手甩了開去，末了問道，「我這樣子帥不帥？」

談寶兒仔細打量了一下，笑道：「還可以啦，雖然比我和我老大都差了十萬八千里。不過神尊大人，你是去見老朋友，又不是去相親，你有必要搞得人模狗樣的嗎？」

小三沒好氣道：「你以爲老子想啊？朱雀這娘們最是喜歡帥哥，白虎這娘們喜歡強壯的男人，每次見她們都得化成人形，不然不理睬我，煩也煩死了！」

「朱雀和白虎怎麼會是女的？」談寶兒吃了一驚。

「怎麼就不會是女的？」小三搖搖頭，「這兩娘們都兇得很，你想想吧，一隻是母老虎，另外一個全身是火，不兇才怪了！總之你見了她們，小心說話，自求多福。」

談寶兒聽得一陣心驚肉跳，心說這兩個老女人活了幾千歲，女妖精一樣的人物，脾氣又這麼古怪，打定主意一會兒能不說話就最好不要說話了。

兩人整頓收拾一番儀表，向著青龍三人所在的位置飛了過去。

片刻後，到得老槐樹跟前，就和其餘三大神尊面對面零距離了。

老槐樹下有一張桌子，三人正坐在桌子上，青龍和其中一個女人正在下棋。

青龍還是老樣子，一個瀟灑的中年人樣子，只不過是換了一身長袍，長髮不羈，顯得更加的儒雅風流，此時正舉棋不定。

坐他對面的女子一襲紗裙，看起來紅勝煙霞。看容貌，只有十八歲左右，披肩長髮，挽了一個髮髻，配合著一張絕美的瓜子臉，顯得清麗絕俗。

紅裙美女旁邊的女子著雪白輕紗，秀眉淡掃，眸如清水，正一動不動地看著紅裙美女，眉尖微蹙。

這樣的三個人坐在這樣一個地方下棋，即便是談寶兒，要不是之前認識青龍，又經過小三提示，只怕是再也不會想到他們就是羿神座下的三大神尊，足以和閻神和孔神這些變態相提並論的人物。

「哈哈，青龍兄，兩位美女，這麼早就到了啊！讓你們久等，真是抱歉啊！」小三打著哈哈，帶著談寶兒走了上去。

三人聽到聲音，紛紛抬起頭，朝這邊望來。

青龍放下手中棋子，笑道：「我也是剛到，不過朱雀和白虎兩位美女可是來了一會兒了，這次咱們四尊聚會你是主人，居然來遲，這只怕有些說不過去吧！」

「我可不是主人，主人是這位！」小三說著將身旁的談寶兒朝前推了一推。

談寶兒朝三人拱拱手：「青龍大人好！兩位美女好！小弟談寶兒，見過三位。」

「你就是談寶兒啊，面上這具皮囊倒還不錯，只是你本來的樣子可沒有這個帥啊！」紅

裙美女搖搖頭。

談寶兒本來的樣子雖然也還算英俊，但比之談容卻是差了那麼一點，這些日子已經習慣了談容的模樣，一聽紅裙美女這麼一說，心裏微微有些悵然。

小三見此道：「我說朱雀妹子，這小子可是當代羿神筆的傳人，你就算不給我面子，也不能不給羿神面子吧？」

朱雀不服道：「這個帥就是帥，不帥就不帥，我是實話實說，就算羿神在此，也不能把我怎麼樣吧？」

一旁著白衣的白虎笑道：「朱雀妹妹，你就別雞蛋裏挑骨頭了，這個小夥子還是不錯的了。儀表堂堂，一表人才的！羿神大人真是好眼光！」說著將目光落到談寶兒身上：「談寶兒，你讓小三將我們找來，有什麼大事要商量嗎？」

「小三沒有和你們說嗎？」談寶兒愕然，側頭去看小三。

小三乾笑道：「這個因爲時間緊迫，沒有來得及說，你親自和他們說也一樣。」

談寶兒不明白這傢伙葫蘆裏賣什麼藥，搖搖頭，衝三人道：

「是這樣的，小弟上次不小心將落日弓給搞壞掉了。聽小三說，這弓弦需要龍筋經過天火淬煉而成，弓胎是白虎之骨，當今世上只有三位才有這三樣東西，所以今天是請三位來幫忙的！」

「你說的是真的，你今天找我們來就是要這三樣東西？」青龍猛地站了起來。

一旁的朱雀怒道：「他自己都說了，青龍大哥你還問他做什麼?受死吧臭小子！」

談寶兒但覺眼前紅影一閃，一團烈火已是撲面而來，手掌一揚，一個分水之陣打出，他和烈火之間頓時多了一道水幕，但這道水幕才一撞到那烈火，「嗤」地一聲，連煙都沒有冒，整個在瞬間被燒了個乾乾淨淨。

「蠢材，這是她的九味真火，普通的水是擋不住的，用一氣化千雷！」小三在一旁叫了起來。

談寶兒不及細想，手指顫動，十幾道閃電自指尖射出，瞬間形成一個巨大的藍色光電球。

電光球和火團撞到一處，綻放開來，如火樹銀花一般絢爛，落了一地。

「原來是學會了九霄之氣，難怪如此囂張！」朱雀微微一驚，隨即手指一揚，一道血紅色烈火成劍形朝談寶兒再次攻了過去。

遠遠隔了丈許距離，談寶兒就已覺出熱氣炙人，知道憑藉本身功力已是抵擋不住，當即真氣透入大地，借到水脈靈氣，返回自身，再用一氣化千雷心法，凝聚成一把三丈長的無色電劍，朝那烈火之劍迎了上去。

「轟！」都不是實物的巨劍相交，談寶兒身體微微一震，但朱雀卻是暴退了三步，手裏的烈火劍也被震得煙消雲散。

「朱雀妹子，我們來幫你！」一旁白虎和青龍見此大驚，手中各自凝出一道金色劍光和湛藍色劍光朝談寶兒殺了過來。

三人將談寶兒團團圍住，從三個方向攻了上來。談寶兒見此豪氣勃發，身體一晃，化成三頭六臂，借來大地水脈，利用水脈大陣的力量，和三位神尊鬥到一處。

一時間只見劍氣縱橫，電光飛舞，好不熱鬧。

談寶兒初時還懾於神尊的威名，出手時束手束腳，但鬥了片刻，發現自己和這三人比拼並不落下風，而一氣化千雷更是有著無窮的變數，一旦按照劍法施展開來，竟是滴水不漏，以自己爲中心形成了一個丈許方圓的圓球，三位神尊不管是用何種手段，自己只要一道一氣化千雷過去，立時就能化爲無形。

鬥了一陣，談寶兒看出三人一個破綻，劍氣如長河滔天一般洶湧過去，三人想要躲時卻已不及，同時被刺中手中光劍，各自被反震退出好幾步，再不上前。

「太要賴了！明明打不過我們，居然被他借水脈之力給打敗了！」朱雀恨恨將手中光劍朝地上一砸，地上頓時被燒出一個大坑。

「不用說，玄武，一定是你將《河圖洛書》給他，還教他水脈大陣的！」白虎瞪著小三。

「嘿嘿，這個，我也是身不由己啊！」小三一陣乾笑，「這小子也不知道從哪裡知道羿神筆可以封印我們，拿這個來威脅我，我也沒有法子！再有就是九鼎都在他身上，算是禹神弟子了吧，學會用禹神留下的水脈大陣也是理所當然的啊！」

「九鼎都在他身上了？」朱雀三人吃了一驚。

小三對談寶兒道：「拿給他們看看！」

談寶兒不敢怠慢，念動咒語，將九鼎依次從酒囊飯袋裏取出。朱雀三人見到，都是長長嘆了口氣，隨即一陣默然。談寶兒不明所以，只能耐心等候。

過了一陣，還是白虎先開口道：「罷了！不管怎樣，我們三人聯手都不能打過你，你要什麼我們也只有給你了！」說時全身一陣白光閃爍，隨即身體化成一隻白毛老虎形狀。

下一刻，虎背一弓，一道耀眼的長條白光從背上突出，墜落在地，細看時卻是一塊長長的脊椎骨。白虎自己的身體再次恢復人形，一張臉上滿是疲態。

小三張手一吸，將虎骨收到手中，笑道：「呵呵，白虎妹子都將白虎之骨貢獻出來了，青龍兄，朱雀妹子，你們還吝嗇個什麼？」

青龍搖搖頭，卻也沒有說什麼，伸左手手指在右手手腕處輕輕一劃，一點紅光迸射，隨即左手手指朝外虛虛一引，一條青色的光繩自傷口處飛了出來。

朱雀道：「罷了！」猛地一張嘴，一團血紅色的烈火從口中噴出，正中空中那條青色光繩，將光繩徹底包圍住，熊熊燃燒。

過不多時，焰火熄滅，那光繩上光芒收斂，青色變成了青紅色，繩長也變得只有七尺長短。小三念動咒語，從酒囊飯袋裏召出落日弓，將白虎之骨朝弓胎上一拍，白骨融入弓胎，不見痕跡。再將那光繩拉到弓弦旁邊，一左一右一引，光繩黏上兩端，立時繃直。

落日弓終於重新修補完畢。小三將弓遞給談寶兒：

「你試試！」

「好！」談寶兒接過落日弓，發現弓的外表和以前並沒有什麼兩樣，但弓的重量又沉了許多，握在手中，隱隱有力量好似要破弓迸射出來。他試著將弓弦拉開，尚未注入法力，已隱隱有風雷之聲從弓身呼嘯而出。

四大神尊都是神情凝重，眼睛一眨不眨地盯著他。

談寶兒定定心神，將一道一氣化千雷注入弓身，隨即一鬆弓弦。立時便有一道刺眼的七彩光華離弦而出，射入地面，消失不見。

「啊！」四大神尊同時一聲驚呼，跑到光華消失之處，地面只是多了一個手指大小的小洞，但這小洞卻深不見底，四人各自運轉法力去探測，良久不見回應。

也不知過了多久，四人才站起，望向談寶兒時，都是一臉的驚色。

小三嘆道：「沒有想到這弓經過我們四大神尊合力改造後，竟然已能射入地心，看起來只要你運轉水脈之力，一箭已真能射下太陽來了。」

「真的？」談寶兒大喜。

「自然是真的！難道本尊還騙你不成？」小三搖搖頭，「好了，我們能為你做的事就到此為止了，這神州能否守住，就看你自己的了。你好自為之，我們要走了！除非山無稜，江水為竭，冬雷陣陣夏雨雪，天地合，才能再次召喚我們！」

談寶兒聽得一陣惡寒，笑罵道：「沒見過你這麼誇張的！不知道的還以為老子和你有什麼關係呢！沒事就快滾吧，後面的事老子自己就能擺平了！」通曉了《河圖洛書》的秘密，手握著重生後的落日弓，他的信心前所未有的高漲。

「你這小子！」四大神尊一起發笑，然後各自身影一閃，憑空消失不見。但談寶兒的千里連心術卻已知道四人從四個方向瞬間到了千里之外。下一刻，四人徹底從談寶兒意念範圍消

失不見。

談寶兒將落日弓收拾起來，展開御風弄影術，渡過蒼瀾江，落到大風城外。他計算了一下視野的距離，當即飛出距離魔人軍營十里之外的樂遊原上，取出乾坤寶盒。

清冷的月光照在新發芽的春草上，映射出淡淡的光暈，彷佛一顆顆美麗的珍珠，將這個京郊的夜晚裝扮得像一個可人的小姑娘。

「這最後一戰，就從此開始吧！」談寶兒合十默默祝禱一句，念動咒語，打開乾坤寶盒，一揮手，寶盒裏裝得密密麻麻的黑點立時從盒子裏飛了出來，落到地上，卻是士兵和馬匹。

他一手拂過去時，四百萬大軍已經全數站列在了樂遊原上，形成三個巨大方塊，整整齊齊，有條不紊。

隨即便見胡天一揮旗幟，龍州軍一起屈膝行禮，齊聲道：

「參見天威王！」

這邊聲音才落下，另外一邊的武神港軍和樓蘭軍也分別在柳公弦和鐵木的指揮下一起行禮，「參見天威王」的聲音此起彼伏，聲浪席捲過去，直欲將整個草原都要震得跳了起來。

談寶兒滿意地看了看眼前的一切，心中一股豪情熾烈地燃燒起來。早在葛爾草原的時候，他就夢想著有那麼一天，自己也能率領像火潮鐵騎一樣的雄獅和魔人大戰，今天終於做到了，而且集中的幾乎是全神州的兵馬，對戰全魔陸的軍隊，古往今來，除開聖帝之外，再沒有一個英雄豪傑能有這樣的榮幸。

今日一戰，無論勝敗，已是此生無憾！

「王爺，我們這就向魔人發動進攻吧！正好打他們個措手不及！」胡天三人從軍隊裏走了出來，一起向談寶兒行禮請戰，都是鬥志昂揚，一臉的興奮。

談寶兒望著大風城的方向，搖頭道：「現在還不是時候，我叫你們出來，只是讓你們熟悉一下戰場！不過你們放心，戰機很快就要到來，你們先在這耐心等候一下吧！」

「是！」胡天三人一起答應。聽說過談容的無數傳奇，又親身見識過乾坤寶盒的神奇之後，所有的人對這少年都有了一種崇拜，對其言聽計從，不敢有絲毫的懷疑。

於是四百多萬人散布開來。談寶兒將千里連心術展開，一面監視附近是否有魔人的探子，一面卻在「看」大風城上是否有大風鳥和黑手印互相攻擊，那樣的話，他就可以趁機發動進攻，打魔人一個措手不及。

等了約莫半個時辰，大風城上依舊沒有任何動靜。

無聊之下，談寶兒忽然想起自己身上還有五百多萬顆孽海果，當即將胡天三人叫了過來，拿出四百萬顆，正色道：

「這是本王得自神界的神果，凡人只要服用一顆，就能增加十年的功力。你們拿去，給士兵們每人吃一顆，記得了，千萬不要多吃，不然會死人的！」

胡天三人都是將信將疑，世上怎麼會有這樣神奇的果子？但眼見談寶兒一臉凝重，卻不敢有絲毫懷疑，當即領命而去，將果子分發給眾士兵。

談寶兒當即借助水脈大陣的力量，在樂遊原上布下一個覆蓋百里範圍的保護陣法。眾士兵們在陣法之內，開心服用孽海果。

果子服下去之後，四百萬人開始運功調息，身上都散發出淡淡的雲氣，一眼望去，整個樂遊原上雲蒸霞蔚，說不出的壯觀。

過了一刻之後，四百萬人都調息完畢，每一個人都覺得身體裏充滿了力量，功力比以往提高最少有一倍，多的甚至達到了十倍，一時都是興奮到了極處，看談寶兒的眼光更如見天神，對其崇拜又加深了。

四百萬人同時提高了十年功力，這種戰力，是相當可怕的吧！談寶兒心中冷冷一笑。這一次，人魔兩族歷史的書寫權，終於落到老子手上了。

忽然，大風城的上空出現了一隻巨大的黑手印，而幾乎是同一時間，神鳥大風也已出現在黑手印的旁邊，一手一鳥，鬥在一處。

「大家準備！」談寶兒猛地站了起來。

興奮的四百萬大軍也立時停止了興奮的動作，按照各自的隊列整齊排列起來。雖然這四百萬人是來自神州的三個地方，其實際領導者也不是談寶兒，但在這一刻，所有的人都是以談寶兒爲心中的神，他任何一個命令，都將得到最好的實現，這種感覺就是如臂使指，所有的人好像都和談寶兒融爲了一體。

「上！」沒有什麼豪言壯語，沒有什麼名傳千古的激烈演說，談寶兒只是重重地揮了揮手，喊出了這個最簡單的音符，但他有力揮手的姿勢，卻在很多年後依舊被後人津津樂道，引領著後世前進的方向。

甚至在千年之後，一尊談寶兒的巨大塑像，依舊聳立在大風城外，默默見證著這位傳奇人物的一生。

但此時的談寶兒卻並沒有想到這些，等他的手重重落下的一剎那，他已飛身上了一匹雲騎，帶領著身後四百萬雲騎部隊，像白色的海潮一般，朝大風城湧了過去。

大軍奔行約莫一刻鐘，前方終於看見大風城的影子，但橫亙在大軍和大風城中間的，卻是連綿不絕的魔人軍營。

此刻的大風城四面城池卻已亂成一團，借著黑手印牽制大風鳥的時間，魔人八百萬大軍已向大風城發起了全面總攻。城頭城下，片刻間便已殺得血流成河，慘不忍睹。

談寶兒一馬當先，眼見前方已是魔人空空蕩蕩的軍營，也不遲疑，取出洪爐鼎，念動咒語，將鼎一揚，一團烈火從鼎口飛出，瞬間化整爲零，如煙花一般炸開，飛入軍營之中，所過之處，烈火滔天而起。

等到四百萬大軍都穿過之後，魔人的軍營已化成了一片火海。兇猛的烈焰映紅了半個夜空，魔人怎麼也沒有想到身後會殺出敵軍，在瞬間燒掉自己的軍營，立時軍心大亂。

「王爺這一著高明啊！既燒了魔人的大本營，又斷了我軍的退路，將士們都存了必死之心背水一戰了！」跟隨在談寶兒身邊的胡天一臉崇拜道。

談寶又懂得什麼背水一戰還是背火一戰的了，只不過是覺得應該燒掉魔人的軍營夠解恨而已，聞言只是淡淡一笑。但這淡淡一笑落到胡天等人眼裏，卻是覺得這少年智慧如海，高深莫測，一時更添敬仰。

片刻之間，人族大軍前鋒和東門前的魔人大軍接觸到一起，兩個大陸上最強橫的力量，終於進行了最直接的對話。

兩股力量才一接觸，魔人軍隊就如爛豆腐一樣被人族切入了進去，因爲走在人族軍隊最前方的正是談寶兒、

談寶兒此時已經化身爲三頭六臂的狀態，手中分別持有落日弓、裂天鏡和九鼎中的吸風、洪爐和千龍三鼎，所過之處，閃電奔流，光華縱橫，而狂風和烈火呼嘯而過，所有的魔人士兵碰著即亡，挨著即死。

談寶兒所過之處，手下全無一合之將，魔人軍隊一觸即潰，瞬間就被蜂擁而上的人族大軍打得落花流水。

只是能出現在神州的魔人都是精銳中的精銳，雖敗不亂，談寶兒雖然勇武過人，但一時三會兒卻也難以殺到東門之下，與城內守軍會合。

但對於談寶兒而言，眼下這種縱橫八百萬魔軍的無敵狀態才讓他最爽，兒時的夢想在這一刻得到實現，在這一刻，談容的生命好像與自己同在，在關注著自己的一舉一動，並在千軍萬馬間欣然微笑。

正廝殺得過癮，忽見前方魔軍人潮湧動，迅疾從左右分開，白森森的骷髏軍團裏忽然射

出一團血色火雲，朝著談寶兒猛撲上來。

「找死！」談寶兒大喝一聲，落日弓弓弦一響，一片絢爛的藍色閃電已是離弦飛出，離弦之後，這數十條閃電瞬間彙聚一起，形成一條電龍，朝那火雲捲了過去。

「鏗！」火雲和藍電相撞，卻發出了一聲金鐵交鳴的聲響。藍電瞬間被重新震散成千百條細小的閃電，散入魔軍之中，立時便有上百的骷髏族士兵被擊碎成粉。而那火雲卻也在瞬間被打散，顯出真身。

火雲之中卻是一隻四足生雲的火麒麟，麒麟之上坐了一名身著白色長袍老者，一眼望去，鬚眉皆白，卻是說不出的神威凜凜。

「魔神！」看清楚火麒麟上的人之後，所有的魔族士兵一起歡呼起來，同時各自朝後退開十丈而去。

人族軍隊見此就要撲上，卻被談寶兒揮手止住：「你們也先退下！」四百萬人的大軍，當即停頓下來，朝後退了開去。

於是兩軍各自退開十丈，整齊排開，中間只剩下腳下騎著雲騎的談寶兒和騎著火麒麟的白衣老者。

感受到火麒麟身上傳來的騰騰熱氣，談寶兒腳下的雲騎向後就要退，談寶兒的眉頭不可覺察地動了動，一股真氣瞬間透入馬身，這才將馬堪堪穩住。

對面老者見此呵呵一笑，道：

「談將軍少年英雄，名揚兩陸，胯下坐騎卻太不爭氣，真是讓人嘆惋。老夫本待要和你好好一戰，這樣卻未免勝之不武了！不如你回去換匹好馬，咱們再戰不遲！」

談寶兒哈哈大笑：「久聞魔神是魔族三大高手之一，今日能與你一戰，是談容的榮幸，豈能因爲這區區一匹馬而影響？」說時身體忽然從馬上飛下。

飛到一丈，忽地凌空回頭，手掌輕輕一推，那雲騎立時四蹄離空，朝後飛退，足足飛出三丈之外，落到地面時四腿沒入地面至根，再也動彈不得。

滿場皆驚，幾百萬人鴉雀無聲。

談寶兒身體一晃，收去三頭六臂，回復原形，雙手持弓拱手行禮，朗聲道：

「今日談容就以手中神弓，領教魔神高招！」

「請！」魔神肅然一拱手，雙手虛虛一抓，手裏已多了一杆丈八蛇矛，揮手一拍胯下火麒麟的屁股，麒麟頓時四足生出火雲，兇猛一個縱躍朝著談寶兒撲了上來。

「將軍小心！」人族士兵眼見這麒麟迅捷如電，都是失聲驚呼。

但讓眾人震驚的卻還在後面。麒麟飛出之後，魔神卻猛地從麒麟身上躍起，人矛合一，以更快麒麟十倍之速朝談寶兒刺了過來。

但下一刻，魔神的身體在接近談寶兒身前三尺的距離時，強行給頓住，空氣中清晰地看見兩人的身影——這快得無與倫比的一矛，竟硬生生被談寶兒一隻手抓住！

時空彷彿在這一瞬間凝住。人群停止了呼吸。

在一瞬間之後，一團火雲似的麒麟卻已撲到談寶兒的面前。眾人彷彿已經看見那團火雲已將談寶兒眉髮點燃，一時都爲之失色。

「滾！」談寶兒一聲大喝，火雲立時爲之一頓，隨即如遭重擊，整個身體倒飛而出，闖入魔人軍隊陣營，去勢難止，硬生生飛出十丈之外，沿途士兵撞到的立時變成了白骨粉末和香香的烤肉。

「再滾！」談寶兒再次大喝，未曾抓住長矛的右手忽地一揚，落日神弓化作一道絢麗的彩虹，打在魔神的腰部。

「啊！」一聲慘叫！鮮血紛飛，骨肉亂濺。魔神只覺得全身劇痛無比，在飛出去的剎那回頭看去，腰以下部位赫然還留在原地！自己整個身子被攔腰打成兩段！這個念頭在腦中一轉，魔神再也叫不出第二聲，已然一命嗚呼。

全場依舊鴉雀無聲。

魔陸三大高手之一的魔神，竟然被談容一招硬生生給劈成了兩截，身首異處。

「都給我滾！」眾人驚愕之中，談寶兒再次大喝。

這一聲喝出，功力化作聲浪狂噴而出，十丈開外當首的魔人被聲浪擊中，均如遭巨浪一般，不由自主朝後倒退。其餘人被他神威所懾，此時終於想起害怕來，頓時如潮水一般朝後崩潰逃去。

「兄弟們上啊！」人族大軍順勢推了過去。魔人立時亂成一團窩草，再也無法抵擋。主攻大風城東門的兩百萬魔人，就這樣被談寶兒三聲斷喝徹底擊潰。

一時間，只見白骨粉碎，血肉模糊。天空的鷹族發現情況，彙報魔皇，只是大風城龐大無比，四門之間距離頗遠，除開鷹族之外，支援的軍隊一時三刻卻是無法到達。

城頭人族大軍見此都是歡聲雷動，人人熱淚盈眶，堅守十日之後，援軍終於到達，都有一種守得雲開見月明的感覺。只要援軍和城內軍隊一會合，魔人即便再有兩倍兵力，也不得不選擇退兵，而天之裂痕已重新封印，一旦退出大風城，必然陷入神州百姓人人爲兵的汪洋大海之中，結果只能是全軍覆沒。

卻在此時，千軍萬馬之中，忽聽一人冷喝道：「想要進城，先問問佛爺答應不！」隨著聲音響起，一道十丈長短的碧光從空中橫劈下來。

當頭的人族軍隊不及反應，已被那碧光砍中，一排過去，幾十人被劈成兩半，屍體倒下之後，血肉竟已被吸得乾淨，迅疾冒出白煙，化爲雪白的骷髏！

人族士兵大驚，忙不迭後退，但地上那些骷髏卻在此時忽然活了過來，猛地從地上飛了起來，齊齊撲向人族軍隊。就近的士兵躲閃不及，頓時又躺下一片。

好容易將這批骷髏兵砍死時，眾人這才看清楚在前方大風城下，此時已站了一個雪白僧袍的少年和尚。這和尚手裏是一把十丈長的碧色光劍，一眼看去，好似握著一條碧色長龍，在夜色裏顯得猙獰而神秘。

第八章　捨身之利

「都給我上！」在定了定神之後，新武神柳公弦大喝一聲，一馬當先，率領著衝在最前面的武神港軍撲了上去。

「哼，有佛爺在一日，你們就別想前進半步！」那和尚一聲大喝，手中碧劍一甩，用力橫掃出去。

「啊啊！」一片慘叫之聲，衝在最前面的人族軍隊不及反應，已被碧芒攔腰斬斷，肝腸內臟掉了一地，景況慘不忍睹。

柳公弦見機得早，在碧芒臨體之前將隨身佩刀護在胸前，但那碧芒好似有遠古神魔的無上法力，一撞到佩刀，立時將佩刀劈成粉碎，瞬間洞穿他護體法罡，巨力不止，將他硬生生劈飛摔出百丈之遠。

「一群廢物！」少年和尚哈哈大笑，將碧光一拉，從城下飛起，衝入已是心膽俱寒的人族軍隊陣營，如虎入羊群，碧光過處，所向披靡，十丈之內人馬俱裂。

瞬息之間，人族軍隊已是躺下一片，隨即都化身成骷髏，從地上爬起，和自己的同袍作戰，此消彼長之下，先前被擊潰的魔族士兵此時喘息過來，立時發動反擊，人族軍隊的推進之勢立時被阻擋住。

那和尚殺得正酣，前方卻又有人叫道：「無法，快住手！」話音未落，一道藍色閃電已是當頭劈來，無法一聲冷哼，碧芒一動，擋在閃電之上。

「嗤！」一聲輕響，閃電和碧芒撞到一處，隨即竟被撞飛出去，落入人群炸開，立時又是幾十人斃命。

談寶兒大吃一驚，身法展動，從人群裏飛出，叫道：

「所有人族士兵給我退下！」

眾人如蒙大赦，慌不迭退了下去，那邊魔族士兵欲待再追，卻被無法叫道：

「你們也都給我退下！」

「是，國師！」一干魔族士兵恭敬回禮，整齊劃一地退了下去。只是此時都是士氣高揚，與剛才魔神被談寶兒一招斬斷時已是不可同時而語。

兩軍陣前，又只剩下了兩個人，只是這次和談寶兒站在一起的，不再是魔族三大高手之一的魔神，而是他曾經共患難同生死的好兄弟，人族禪林寺最有前途的新秀，自稱佛祖傳人的無法。

兩個人互望了一眼，談寶兒問道：

「無法，你什麼時候又變成魔族的國師了？」

「我早就是了，只是你不知道而已！」無法冷冷一笑，「從沉風塔出來，去蓬萊的路上，我就已經徹底覺醒過來！」

「什麼覺醒？」談寶兒眉頭大皺。

「你還不明白嗎？」無法搖搖頭，「我能告訴你的是，天蠶在我身體裏只是起了一個催化的作用，催化我真實身分的甦醒，讓我被封印的力量恢復，我才能使用這把碧潮劍，我自己的武器！」

「碧潮劍是你的武器？你……你是……」談寶兒大驚失色，心中想起上次在東海龍宮時青龍所說的那個人的名字，卻怎麼也說不出口來。

「不錯！我就是上古魔族大神刑天轉世！」無法揚聲大笑。

場上人族士兵大多茫然，而知道這個名字的，卻和所有的魔族士兵一樣驚得目瞪口呆，再也說不出一句話來。

上古之時，魔族最古老的大神並不止地位最高的天魔一位，還有蚩尤、共工和刑天，只

是在後來的群魔內戰中，這三人都先後敗北，刑天更是被天魔攔腰斬斷而死。這段典故，人族知道的極少，但魔族中知道的人卻極多，是以聽到無法自稱是刑天轉世，一個個都是驚得無以復加。

「不，不可能的……不可能的！」談寶兒如遭雷擊。在還沒有見到無法之前，他曾經以為無法的臨時叛變，是因為體內天蠶魔毒發作，這才亂了本性，被謝輕眉所驅使，他萬萬沒有想到無法居然是刑天轉世。

「有什麼不可能的？」無法一聲冷笑，「你也不想想，從大荒山到大風城，是多遠的距離？如果我不是刑天，憑什麼能在這麼短的時間就到達這裏？」

對啊！談寶兒愣住了。他自己是利用了禹神留下的水脈大陣，借助天下水脈之力施展了縮地成寸之術才能在瞬息之間到達大風城下，無法也輕易到達這裏，可不是應該具有同樣恐怖的力量才可能做到的嗎？

無法看他不語，卻嘆了口氣，道：

「老大，不管我前生是誰，今生可只有你一個好兄弟。當時在大荒山下的時候，我的法力已經完全甦醒，我不是殺不了你，而是不想殺你，所以才隱藏實力，和聖女選擇離開，希望在你趕回大風城前，將這裏攻下。沒有想到你居然也實力大增，和我差不多同時到了這裏。今日你我兄弟，看起來難免有一戰了！」

長夜的風，吹來其餘三門的廝殺聲，攪得談寶兒的心一團亂麻。今時今日的他，手握禹神的水脈大陣和經過四大神尊不惜自傷身體改造而成的落日弓，並不懼怕任何人，但要命的是現在他的對手是無法。這一仗，卻是不得不打的。

談寶兒最後重重吸了口氣，道：「你沒有勸我投降，足見你看得起我！那這就動手吧！」說時化身三頭六臂，落日弓、裂天鏡和九鼎之三也已同時落到了手上。

「好！」無法一聲大喝，整個身體上忽然冒出了無數雙手，除了持碧潮劍的那隻手之外，其餘的手在一瞬間結成了各種各樣的法印。

談寶兒記得無法曾經和自己說過，這種身化千手的法術乃是禪林寺不傳絕學之一的觀音千手術，能在短時間內讓一個人有成千上萬隻手，可以施展各種各樣不同的法術，只是之前他是一直沒有練成，卻不料今日魔身甦醒之後已然能用。

一個刑天轉世已是恐怖至極，再加上這人此時身兼人魔兩族之長，這樣的對手，卻還有誰能抵擋？

但時間沒有讓談寶兒有思索的機會，無法化身千手之後，當先便是碧潮劍凌空劈落，而手中千種法印各自結成水火風雷之態，朝他疾射了過來。

「來得好！」談寶兒大喝一聲，聚集天下水脈神力，落日弓離弦，射出一道七彩色的閃電，撞到碧潮劍，而其餘四隻手裏，裂天鏡不斷晃動，射出裂天分地的恐怖光芒，與吸風鼎、千龍鼎和洪爐鼎一起，撞到無法的法印。

「轟隆隆！」巨響連連，各種各樣的法力撞到一處，立時引起驚天動地的聲響，碧潮劍和經過改裝後的落日弓神力相若，而無法的刑天法力，和談寶兒的水脈神力也是接近，本來無法有千手之力，但完全發揮出威力的裂天鏡實是驚人至極，但凡被鏡光所照到的地方，所有的法力均被消除掉，兩個人竟是勢均力敵。

一時間，各種各樣的法術在空中亂飛，兩人法力碰撞所產生的巨大衝擊波，讓人魔兩族軍隊都是不由自主地朝後退，一個個心膽俱寒，臉色慘白。

只是他們退得雖快，無法和談寶兒兩人的法力蔓延卻是更快。無法的是上古魔神刑天的巨大法力，而談寶兒則更是引動天下水脈的天地神力，兩者都是曠古奇力，一旦真的對決上，十里甚至是百里內都會被籠罩住。

兩人又鬥一陣，法力蔓延過處，四百萬人族大軍已朝後退了十里，魔族軍隊的情況則是淒慘許多，他們退到大風城下後就再也無路可退，好在城牆之上的人族守軍也被法力蔓延所累，只有趴下去抵擋，根本沒有時間管他們，才讓他們躲掉一劫。

空中的黑手印和大風鳥見到這樣的威勢，也知道自己抵擋不住這兩個變態的威力，識趣的各自收斂，結束了戰鬥。大風城其餘三門的人一開始還打得激烈，到後來也察覺不對，魔皇想下令撤軍時，卻已經來不及，被牢牢地困在了大風城四門外。

一時間，方圓百里之內，幾乎所有人魔兩族的人都被這兩人法力所籠罩，能動彈的只有魔族的魔皇和厲九齡以及人族的雲臺三十六將，但這些人卻沒有一個有能力改變眼前的局面——神仙打仗，凡人不遭殃已算萬幸，無論如何也是插不上一腳的。

被後世稱爲雙神之戰的這場劇鬥，直打得飛沙走石，日月無光，天地一片的昏沉，分不清楚晝夜，只是事後才有人通過沙漏計算出這場仗足足打了三天三夜。

打到後來，兩個人先前還有些生澀的招式都已是爐火純青，再無破綻，只是無法的法力卻慢慢跟不上來，在他體內沉寂了幾千年的刑天力量一旦甦醒過來，難得遇到對手，自是威猛無比，但再強的法力也有慢慢衰弱的時候。

與他不同，談寶兒的法力卻是來自橫貫天地的水脈大陣，他們所戰鬥的大風城外，正好就是神州兩條大水——天河和蒼瀾江的彙聚之處，水之神力取之不盡用之不竭，拼到後來，談寶兒是對借助水脈之力越發熟練，越戰越勇。

此消彼長下，無法終於慢慢落了下風，碧潮劍的劍芒也開始收斂，從十丈慢慢變成了九

丈、七丈，最後只有三丈長短，千手也慢慢收成八百，最後只剩下了三百。

終於，談寶兒落日弓射出一道強烈絢爛的虹彩，正中碧潮劍的劍身，無法連人帶劍被震出十丈之外，重重摔在地上，痛得齜牙咧嘴。

「老子還以爲你回復了魔神之身，就再也不怕痛了呢！」談寶兒卻不追擊，停住落日弓，哈哈大笑，「無法，投降如何？」

「你個白癡！佛爺看得起你，你卻如此看不起佛爺！」無法大怒，一抹嘴角的鮮血站了起來，曲指一彈長劍，剛被一箭射回原形的碧潮劍頓時光華大盛，劍上碧芒吞吐，好似一條要破劍飛去出的蛟龍一般。

「兄弟，有事好商量，大家買賣不成仁義在，何必動刀動槍的呢？」談寶兒滿臉堆笑的表情全然不是名動天下的大英雄，反而像極了在街口討飯吃的偶像藝人。

但無法顯然沒有辦法接受這種苦口婆心，臉上反而顯出更加堅決神情，朗聲喝道：

「閉嘴！誰和你做什麼買賣了？我打不過你，但你也別侮辱我！老衲今天和你拼了！」

你這小禿驢才多大，也敢自稱老衲了？談寶兒啼笑皆非，正要辯駁，卻發現無法的臉瞬間變得猙獰起來，光頭上長出枯草似的綠色亂髮，兩鬢間忽然有一對角慢慢伸展開來，同時全身布衣變成了一身皮甲，綠油油的，好似穿山甲的外皮一樣。

「不會吧，老衲，你怎麼忽然變成這副模樣？」談寶兒瞠目結舌之際，忽見滿場的魔人都忽然屈膝跪在了地上，衝著無法就是叩拜，臉上神色肅穆中透著敬仰，有人更是喃喃自語：「天啊！刑天大神顯出真身了！」

「真身？蒸身還差不多，被蒸過了大概就是這德行吧？」談寶兒表面冷笑，心中卻是一凜，隱然有了不好的預感，暗自調集水脈靈氣，以備萬一。但饒是如此，他內心中依舊是有不好的預感，好像立刻就要發生什麼自己無法控制的大事一樣。

無法頭上的角越長越大，越長越長，不一會變成兩條大辮子一樣，從脖子兩邊垂了下來，細細看去，有結有節，和山羊角相似，但卻綠油油的，說不出的詭異。

等那角不再生長，無法默然一聲大喝：「九天十地，唯我碧潮！」隨即雙手握住碧潮劍的劍柄，高舉過頭，重重朝地上插了下去。

「嘩啦！」眾人腳下的大地立時搖晃起來，巨大的震動讓人魔兩族的大軍都站立不穩，一時人仰馬翻，摔倒在地上。

談寶兒眉頭大皺，想要阻止無法的動作時，後者的雙手卻已經離開了碧潮劍，而碧潮劍卻如泥牛入海一樣，齊柄沒入大地之中，消失不見。

談寶兒心中不好的預感越發強烈，但完全不知道究竟要發生什麼，想要阻止，卻完全無

從做起，有生以來第一次心中湧起無力感。卻在此時，腳下的地面震動越發劇烈，談寶兒覺出腳步虛浮，慌忙運動神力，凌空飛退。

他才一退，他和無法之前那十丈距離的土地迅猛地淪陷了下去，形成一道十丈寬深不見底的深淵，那深淵在一瞬息間蔓延開去，整個大風城的四周，距離城池二十丈外的地面全部裂了下去，形成一個十丈距離寬的環帶。人魔兩族的許多士兵不及反應，都掉下深淵，再不見起來。

「上窮碧落下黃泉，碧海潮生，起！」無法大叫，雙手如舉巨鼎一般扛過頭頂，眾人耳裏立時聽到陣陣海潮之聲。等大地恢復平靜，眾人回過神來的時候，剛形成的深淵裏已多了一淵的碧水。

碧水翻騰不定，好似被煮翻一般，上面冒出陣陣的碧綠色煙氣，但接近深淵不及撤離的人魔兩族士兵，碰到那碧煙，都在瞬息之間被變成了冰雕，隨即全身碧色煙氣越積越多，最後變成了深碧色的石頭，再也見不到本來形狀。

不會吧，這麼誇張？所有的人族都是瞠目結舌，一時全然說不出話來。

但魔族軍隊之中，卻有人熱淚滿臉地狂呼起來：

「是碧海！傳說中的死亡碧海再次重現人間！」

這時候，剛剛還在地上坐著翻滾運動的胡天、鐵木和柳公弦三人齊齊衝到了談寶兒身邊，望著眼前深淵，都是臉色慘綠，一起失聲道：

「魔族的死亡碧海竟然是真的！」

「死亡碧海？」談寶兒愣了一愣。他對魔族的瞭解，僅僅限於魔人有八個族，至於其他天魔有幾個小老婆之類的八卦他是完全不知道的，更別說什麼碧海了。

柳公弦道：「王爺難道不知道嗎？在魔族之中，一直有個傳說，據說當年諸魔神爭霸之時，刑天和天魔這兩大魔神曾各自帶領大軍進行過多次最激烈的戰鬥，有一次，天魔率領大軍用一個極其厲害的陣法將刑天和他的少股部隊困在了一個絕壁之前，刑天就將手上佩劍化為一片碧海，間隔在了他和天魔之間。十日十夜之中，即便以天魔之能，也沒有跨過碧綠色的海潮半步，刑天終於等到了自己的援軍，最後打退了天魔的這次進攻。」

「有這樣的事？」談寶兒聽得嘴都合不攏了，「那這是不是意味著咱們在十天之內也無法通過眼前這片碧水……啊！」說到這裏，他猛然驚醒：

「不好，魔族的大軍……」

「啊！」柳公弦三人也在同一時間反應過來，相顧失色，隨即都是一屁股重重坐到地上。

剛才一場大戰，談寶兒和無法的恐怖實力直接讓所有的人都被壓在原地三天三夜不能動彈，而進攻正酣的魔族軍隊本來都在大風城下，無法這招碧海生潮直接就將談寶兒和前來救援的四百萬人族大軍和魔族大軍完全的隔開了。現在的情況是，除開東門之外，大風城其餘三面依舊是被魔人重重包圍，東門倒是只有無法和一隊殘缺不全的骷髏族士兵，但碧海對面的談寶兒和四百萬大軍卻只能隔著碧海望著他們乾瞪眼。

談寶兒的心也在瞬間跌落到了谷底。自己冒死突圍，奔走神州東西南北，歷經千辛萬苦，終於求來救兵四百萬，等用乾坤寶盒將兵馬裝到了大風城下，卻眼睜睜地看著對面的魔人即將攻進大風城卻無能爲力。

自己這萬里馳援，所求的竟然是這樣一個結果嗎？他捏緊了拳頭，望著對面的無法，骨節暴豆子一樣的脆響。

這個時候，無法卻好似全身虛脫，一屁股坐了下去，身體在瞬間恢復原貌。然後，這個年輕的和尚咧嘴朝談寶兒嘿嘿一笑，一臉無賴道：

「老大就是老大，即便我轉回了魔神的身分，依然是打不過你。但是，這片碧海卻能阻止你進入大風城，我的目的達到，咱們兄弟也不傷和氣，早想到就早用這招了！」

談寶兒聽得又是好氣又是好笑，這小子口口聲聲說早先沒有想到，其實從一開始就已經打定主意要用出碧海，只是有些不服氣自己什麼時候都比他強那麼一點，想和自己認真打一場而已。

好笑和好氣之外，談寶兒心中也有些感動，不管身分怎麼變，無法始終是無法，不管怎麼變，在他心裏，自己永遠是他的老大。有這一點，即便自己兄弟今天沙場相見你死我活，那也已足夠。

只是，這一場亂局，卻怎麼收場？如果京城淪陷，大風城中，幾百萬的百姓，大夏朝的精英，還有若兒……卻又何去何從？

一想到這裏，談寶兒剛剛愉快的心情，立刻變得沉重且無奈起來。

這個時候，碧海彼岸的魔人紛紛反應過來，厲九齡哈哈大笑，收拾軍隊，重新祭起黑手印，大風城中的永仁帝卻也無奈重新召喚出大風鳥，雲臺三十六將再次施開全力，阻擋著魔人軍隊的進攻。

一切好像又回到了原來。唯一不同的是，魔人的數量剩下了只有六百萬，在碧海的彼岸，已多了接近四百萬悲傷絕望的看客。

「不！老子不信這海就過不去！」西域總元帥鐵木蓦然一聲大喝。談寶兒覺出身邊有風，等他反應過來慌忙去抓，卻已然遲了，定睛看時，鐵木巨大的身軀已經飛到了碧海的上

空。

「快回……」談寶兒大叫，嘴張得老大，但一個「來」字最後卻終於沒有說出口。因爲這時候，在碧海上方的鐵木整個人忽然變成了一陣碧綠色的煙霧，隨風消逝而去，連一縷身上的衣服條也沒有留下。

現場所有的人族都睜大了眼睛，一臉的不可置信。堂堂大夏西域元帥，就這樣莫名其妙的煙消雲散，屍骨無存了？

本來還準備著步鐵木後塵的柳公弦和胡天見此，也都是倒吸一口涼氣，全然不知道該如何是好，只能將眼光集中到談寶兒臉上——普天之下，若說還有人可能通過這片死亡碧海，唯一的可能也就是這位戰神轉世的大英雄了。

但這時候，大英雄也是眉關緊鎖，一籌莫展。如果眼前的碧海真的是連天魔都無法通過，自己又憑什麼過去？

談寶兒目光放遠，大風城的上方，黑手印和大風鳥纏鬥正酣，但大風鳥顯然已露疲態，落敗已是不遠，城下魔人攻城正兇，城頭雖有雲臺三十六將拼命防守，但他們再強也只有三十六人，沒有當年追隨他們的百萬大軍，這些人又憑什麼能抵擋得住城下六百萬魔人精銳？

這個時候，談寶兒的眼睛亮了一亮，因爲在東門的城上出現了一個女子的身影。

「若兒！」他叫了一聲，卻不敢用力，因爲他深怕聲音太大了，會讓自己忍不住衝過去。

但這細微到幾乎不可察覺的一聲，遠在城頭的若兒卻好似聽見了，她的目光朝這方望了過來，然後衝著談寶兒微微一笑。

這是怎樣的一笑呢？好像當日在葛爾草原上，美麗的紅衣少女舉著燎原槍在狼群中縱橫睥睨時，也曾在阿紅的背上這樣回眸一笑過；好像在莫克族的歡宴上，自己心儀的姑娘將自己推到眾人面前跳舞時，也曾這樣促狹的笑過；好像在南疆的風雪中、在蓬萊的雲海裏、在大風城的每一個角落，自己的妻子都曾經這樣笑過……

眼前這僅僅十丈的碧濤，所隔斷的，卻是今生的最愛。

夜色越發的濃烈，但大風城頭的四周卻亮如白晝。只是這照徹千萬人的輝煌燈火，在若兒這淡淡一笑面前，竟是黯然失色。

若兒一身戎裝，佇立在城頭，夜色燈火將她的臉頰襯托得嬌媚無比，爲這淒冷的肅殺之夜平添了幾分明媚。在衝著碧海對面的談寶兒笑了一笑之後，她的眼光便再沒有在自己的男人身上停留，只是指揮著士兵們抵擋著東門下的魔軍，指揮若定，一舉一動，無不是蓋世名將之

風。

望著那少女英姿颯爽的笑容，談寶兒的心裏說不出的溫暖，在這一刻，他前所未有的明白，不管今夜之後生死如何，自己和她，再也不會分開了。

今生有你，死又何妨？當心中出現這八個字的時候，談寶兒一撩袍袖，凌波之術展動，身影一閃，已到了碧海邊上。

「談大哥，你等一下！」忽有人大聲叫道。

「觀雨？你怎麼會在這裏？」談寶兒回頭過來，當看見剛才叫住自己的居然是秦觀雨的時候，詫異至極。

九木神鳶被謝輕眉和無法聯手破壞，大荒山中沒有神木，神鳶修不好，秦觀雨和寒山眾人此刻自然該在大荒山下才對，怎麼竟會出現在這裏？

秦觀雨依然是當日寒山初見時的淡雅模樣，微微一笑道：

「我得一位佛門高僧之助，瞬間移位萬里。別說了，我有件東西給你，高僧說，只要你按照他教你的咒語，將這東西扔進碧海就可以填平碧海了！」

「什麼高僧？什麼東西？」談寶兒愕然至極，伸手接過秦觀雨遞過來的東西，定睛一看，卻是一串紅色的珊瑚佛珠，好像在哪裡見過一樣。

「這不是青龍給的血舍利嗎？」談寶兒猛然想了起來。

「沒有錯，就是血舍利！」秦觀雨淡淡一笑，但不知爲何，談寶兒見到這熟悉的笑容裏似乎還有著別的一點什麼，但究竟是什麼，他又說不上來。

該不會這丫頭心裏還放不下我吧？這個念頭在談寶兒腦子裏轉了轉，隨即被他拋棄掉了，因爲他忽然想到那個高僧是誰了。能被稱爲高僧的，自然是有點年紀的，而他所認識的老和尚只有無法的師父枯月和沉風寺的老僧，教過自己咒語的，就只有沉風寺的這個了。那套咒語好像是叫六字真言咒，傳給自己，正是當初老和尚爲了自己克制無法體內的天蠶魔毒，難道那咒語真還有別的用途嗎？

這個時候，只怕也就死馬當作活馬醫了吧！談寶兒搖搖頭，伸手一揚舍利，就要朝碧海中扔，卻被秦觀雨叫住：

「慢！」

「怎麼了？」

「沒……沒事！」秦觀雨欲言又止，最後卻終於搖搖頭，吐出幾個柔不可聞的字，「一會兒你要小心點！」

「嗯！」談寶兒點點頭，心中卻想：女人果然都是婆婆媽媽的，不管漂亮不漂亮都一樣，唯一例外的只有我的若兒。

他將那串佛珠在手裏轉了轉，隨即大喝道：「唵、嘛、呢、叭、咪、吽！」伸手將佛珠朝碧海裏扔了過去。

「什麼！」對岸一直在盤膝閉目的無法身體晃了晃，忽然睜開了眼睛。所有的人都瞪大了眼珠，臉上都寫著四個字：不可思議。

好像是向滾燙的油鍋裏扔進了一瓢水，那本來翻騰著的碧濤在瞬間被徹底煮沸，各自騰起丈許高的浪濤，熱氣順著汩汩聲從磨盤大小的氣泡裏飛了出來。

但這只是極短的時間，碧濤翻滾一陣之後，彷佛忽然失去活力的野獸，萎頓了下來。碧濤變成了一碗平靜的死水，再過片刻，碧水的顏色慢慢變成了血紅色，並慢慢凝結成了冰，到最後，整個碧海都變成了血紅色的堅冰。

「哈哈！這個血舍利居然真的有效！」談寶兒大喜，激動之下回頭抱住秦觀雨大叫，但他忽然發現後者的身體冷得可怕，要命的是居然沒有一點力氣，在他懷裏軟綿綿的，好像一條毛毛蟲。

等他發現不對，去看秦觀雨的時候，秦觀雨的臉色已是慘白如粉，氣若游絲，奄奄一息了，「觀雨，觀雨，你可別嚇你大哥，你怎麼了，你怎麼了？」談寶兒手足冰冷，全身涼透。

「我很好！」秦觀雨牽動嘴角，露出一絲笑容，「舍利，舍利，就是要有捨才有利，這血舍利要血才能發揮威力，剛才你念動咒語的時候，舍利就吸走了我身上大部分的血……不過我沒事的，你不要擔心！」

「你個傻丫頭，你身上大部分的血都被吸走了，你還說沒有事？」談寶兒覺得鼻子一酸，想要忍住，但幾滴英雄淚還是不爭氣地滴落下來，砸到秦觀雨潔白的臉龐上，流出幾道淺淺的溝壑。

秦觀雨強笑道：「談大哥，你不要傷心。地藏王菩薩說過，我不入地獄誰入地獄？我們出家人，本就該如此的。況且我一條命，能換回萬千神州百姓的命，用你的話說，豈不是大大的賺了嗎？」

「你這個……傻丫頭！」談寶兒淚如雨下。他從來討厭那些哭哭啼啼的人，特別當這哭的人還是男人的時候，最會被他鄙視，他從來沒有想到有一天，自己也會淪落成這樣的一個人。但這一刻，他卻再也忍耐不住。男兒有淚不輕彈，只因未到傷心處。

又或者，從青龍的手裏接過血舍利的時候，秦觀雨就已注定有今日的一劫。但這冥冥之中如果真的有天意，又為何如此的殘忍？難道老大說的，天意如刀，造化弄人，說的就是今天這樣的情形嗎？

談寶兒無聲淚落。

天地之間，不知何時竟下起了鵝毛大雪，飄飄揚揚，撒滿了整個大風城的四周。城頭上的大風鳥早已筋疲力盡，不知去了何處。人族的大軍卻已在沒有談寶兒下令的情況下，自發地衝過那已經凝結成血冰的碧海，殺進了大風城中，迅速匯入其餘的三門，抵擋魔人的進攻。

天地之間，唯有談寶兒一個人，站在碧海邊上，懷中抱著秦觀雨冷如冰塊的身體，心中一片的空白。

無法耗盡功力，終於布成這死亡碧海，此後真氣渙散，再無能力去阻止人族軍隊，所能做的只是在人海裏自保而已。等到四百萬人族援軍進入大風城之後，整個城池立時變得堅硬如鐵，大風城雖然再無大風鳥之助，魔人再多也再難動搖城牆分毫，頓時士氣低落。

魔人首領魔皇見此慌忙下旨撤退，但這時候，談寶兒已抱著秦觀雨到了大風城下。

秦觀雨用近似呻吟的聲音在他耳邊道：

「談大哥，快撤去血舍利！」

談寶兒於是又念道：「唵、嘛、呢、叭、咪、吽！」鮮紅的舍利，立時從碧海中跳了出來，落到他手中。而整個碧海，也在一瞬間重新恢復了碧綠如玉的顏色，海水再次滔滔奔騰起來。撤退到碧海邊上的魔人士兵不是變成了冰雕，就是化作了碧煙消失不見。

魔皇大急，叫道：「國師，國師，快收去碧海！」

無法從人群中冒了出來，苦笑道：「這死亡碧海一旦布下，需要十日方能消除，即便是我，現在也是沒有辦法將它收取了！」

「那……那怎麼辦？」魔皇大驚失色，「難道朕的八百萬大軍就要全部葬送在這裏？」

「確切的說是六百萬！」無法乾咳一聲，「東門的兩百萬已經死光了。不過皇上可以放心，我們目前在人數上還是有優勢的，只要我們在城外堅守，人族也不會硬衝。只要我們頂過十日，就可以離開這裏了。」

「看起來也只好如此了！」魔皇果斷地點頭，當即下令全軍在碧海邊駐紮了下來。

好在魔人飲食週期比較長，飽餐一頓之後，十天半月不吃飯也是常有的事，糧草方面並不用緊張，唯一值得擔心的是碧海的水冰寒刺骨，士兵們不敢靠近，在這裏駐紮要非常的小心才行。

若兒知道困獸猶鬥的道理，當即也不敢將這些敵人逼入絕境，命令人族士兵窮寇莫追，只是在城頭小心防守，謹防魔人反撲。

於是，千百年來，一個前所未有的情形出現了。在神州大夏的國都大風城外，圍繞著一

條十丈寬的碧綠色長河，長河和大風城之間這百丈左右的距離裏，密密麻麻地駐紮著六百萬魔人大軍，而在大風城中，卻也有四百萬人族大軍在和他們上下相望。

談寶兒收回血舍利之後，立時將它交還到秦觀雨的手上，只是握著血舍利的秦觀雨臉色依舊蒼白，氣若游絲。談寶兒不斷將真氣輸入她體內，但卻似於事無補。

「將觀雨姐姐抱入凌煙閣吧！」不知何時，若兒已站在了他身前。談寶兒抬起頭，望著若兒，後者朝他微微一笑。所有的一切，卻都在不言中。

於是談寶兒什麼也沒有說，站起身來，雙手抱起秦觀雨，跟著若兒飛進大風城裏。進入大風城之後，兩個人徑直朝凌煙閣飛去，一路之上，卻是誰也沒有說話。

到了凌煙閣下，兩人卻被兩名守衛攔住：

「公主殿下，凌煙閣禁地，任何人不得擅闖！請不要爲難我們！」

談寶兒立時眉頭大皺，正要行動，卻被若兒一手拉住。若兒伸手從懷裏摸出一塊四四方方的碧玉，衝著兩侍衛揚了一揚：

「這是傳國玉璽。父皇早已將京中大小事務交予我處理，不論何處，我到即是他到。」

「參見皇上！」兩名侍衛慌忙下跪，隨即起身，「公主裏邊請！」

若兒再不和他們廢話，領著急匆匆的談寶兒推門進了凌煙閣。

凌煙閣是一座木質的樓閣，由下而上，筆直挺立，高度和雲臺相若，大約有二十丈，被分成了大約有十層的樣子。

談寶兒一踏入凌煙閣，立時就看見放在樓閣裏的七十二賢的畫像，從第一層一直到第九層，每一層都放了或三個或五個開國名臣的生前肖像，越向上層，裏面肖像人物的名氣和功勳便越顯著。

但等到第十層的時候，本該放置天機軍師莫邪和無方神相蕭圓的地方卻空空如也，只是用朱紅色的筆寫了兩個名字，並不見任何畫像。

與前面九層所不同的是，整個第十層都是空空蕩蕩的，只是在正中央擺了一張大石供桌。供桌看起來流光溢彩，但非金非玉，卻不知是何物造就。但這一點並不重要，因爲談寶兒一上樓閣，便被放在桌子正中央上唯一的物品所吸引。

在供桌之上，平平穩穩地放著一支閃閃發光的小箭。看其形狀，正是前些日子，談寶兒在皇宮中看到張浪展示過，最後又被張若虛還回到這樓閣中的閉月箭。

若兒上到樓來，徑直走到供桌前，也不知道張嘴念了幾句什麼咒語，一伸手將那小箭拾起，箭上光華立時消失不見，談寶兒再看時，發現這支箭竟然是最普通的竹子所製成，不由大是詫異。

「將觀雨姐姐放到桌子上吧！」若兒說道，眉宇間滿是緊張和憂愁。

談寶兒依言照做。

若兒定定神，望著談寶兒的眼睛道：

「老公，像觀雨姐姐這樣的情況，就算羿神重生，只怕也未必有辦法醫治。目前我們唯一能做的，就是依靠這支閉月神箭了！」

「啊？」談寶兒一頓茫然，「如果連羿神都沒有辦法，這閉月神箭又有什麼辦法了？難道它比羿神還厲害啊？」上次他聽張浪的壁腳的時候，聽見後者將這閉月神箭吹得天花亂墜，卻是始終沒見他演示過，也不知道這東西究竟有什麼用處。

「怎麼說呢，從某種角度來說，這支箭或者無法和羿神，甚至是和你對抗。但它的作用，卻絕對比你們加起來還管用！」若兒笑笑，忽然手一揚，猛地將手中閉月箭朝秦觀雨的眉頭狠狠扎了過去。

「啊！」談寶兒大吃一驚，情不自禁下就要伸手去救，但這個念頭才一轉，手指微微顫抖了一下就硬生生地頓住了。

如果連若兒都不能信任，這個世上又還有什麼人是自己可以相信的呢？

閉月箭不偏不倚地正中秦觀雨的眉心，插進去了一半不止。若兒縮回了手，然後就見那半截箭忽然化作一蓬淡淡的月白色光華，將秦觀雨籠罩住，她整個身體看起來好似被鍍上了一層淡淡的光膜。

光膜中的秦觀雨臉色終於紅潤起來，配合著外面的光輝，神聖而典雅。

若兒輕輕鬆了口氣，對談寶兒展顏一笑：「還好本公主聰明絕頂，這咒語小時候聽國師說過一次，至今都沒有忘記。不然臨陣去找他，只怕就來不及了。」

談寶兒笑道：「若兒公主自然是天下第一聰明的女人。只是公主殿下，我覺得觀雨現在的情形好像很奇特，但究竟是哪裡奇特，我卻又說不上來。」

「是不是她的呼吸已經停止，但生機卻沒有斷絕？」

「對對，就是這樣！」

若兒笑道：「你還不明白嗎？閉月，閉月，鎖閉歲月。這閉月神箭的用處就在於，能鎖定一個範圍內的時間。無論外在歲月怎麼流轉，這閉月神箭所籠罩的範圍內，時間卻已經在這一刻停住。」

「鎖閉歲月？時間停住！」談寶兒如聞天書。

「對！被這閉月箭所籠罩著的人，他的時間就停住了，與他相關的一切生命活動，就在這一刻停頓下來，即使再過十年，我取出閉月箭，觀雨姐姐也是現在的模樣。我沒有辦法治好她，但卻可以讓她不死。十年，一百年，我們總能找到辦法治好她，是不？」

談寶兒一顆心終於放了下來，笑道：

「公主說的，自然是不會有錯的。不過這閉月箭這麼的神奇，要是用在敵人身上，豈不是可以將所有的敵人的時間都封鎖起來，我想怎麼樣就怎麼樣？」

「不錯，所以這閉月箭是天下第一等救死扶傷的寶物，也是天下第一等的殺人利器！不過老公，你讀那麼多書，莫非不知道紅顏彈指老，剎那芳華？有了這寶物啊，嘻嘻，所有的女人就都可以永保青春了。」

談寶兒聽得很無語，心想：所有的女人果然都是一個德行，不管你是貧民百姓女，還是公主帝皇家，於是笑道：

「我聽你好像不是在給我介紹這閉月箭，倒好似在賣廣告呢！所有的女人就都可以永保青春了……哈哈！」

若兒見他開始有說有笑，知道他已經放下心事，便也不和這傢伙計較，很有氣度地淡淡一笑而過。

談寶兒雖然不明白血舍利究竟是一種什麼佛門法寶，但從秦觀雨的對話中，他已經知道這東西耗費了她身體裏絕大部分的氣血，目前自己確實沒有救助她的方法，能將她放在閉月箭的保護裏，讓她的生命狀態停頓在這一刻，回頭等大風城敵軍退卻，再去找小三問問救助之法也就是了。

最重要的事已放下，兩人心中都是一片喜樂，說不出的歡喜。在凌煙閣中又說了一陣甜言蜜語，若兒道：

「老公，現在魔人被困在城外，一時三刻也不會有什麼變數，今日難得上這凌煙閣，不如我帶你四處逛逛吧？」

談寶兒心想：這凌煙閣從下到上就這麼幾層，我可不都是看完了嗎？但想想也是無事，便點了點頭。

當下若兒拉著他下到第一樓，從下向上，兩人重新再走一次。這一次，若兒詳細解說閣中畫像和陳設，談寶兒聽得嘆息不已，因爲許多他看起來很簡單很尋常的東西，竟然都是一件了不得的法寶，一路聽下來，倒好似這凌煙閣竟是個藏寶庫一樣。

兩人遊逛一陣，最後終於回到凌煙閣的頂層。若兒道：

「這第十層本該是放置天機軍師莫邪和無方神相蕭圓的畫像所在，只是當年他兩人主動向聖帝提出不要留像於後世，聖帝也沒有辦法，於是就讓這裏空著，以示敬重。」

談寶兒聽得心裏疑惑，暗想這兩人莫非都長得很對不起觀眾，深怕嚇壞後世的仰慕者，才不敢留下畫像嗎？

兩人在樓閣上流連一陣，若兒道：「老公，這閉月箭不可離開凌煙閣，咱們就先將觀雨姐姐留在這裏，等打退魔人之後，再想法醫治她吧！」

談寶兒雖然不捨，但心知只能如此，而自己法力可及千里之外，秦觀雨是在自己身邊還是在凌煙閣中都是一樣，便點頭答應。

兩人下了凌煙閣，手挽著手，朝皇宮飛去。

第九章　抗魔達人

等兩人到達皇宮的時候，宮裏早已集中了整個大夏朝的精英，包括雲臺三十六將。聽到太監傳訊說兩人到來，永仁帝親自出來，將兩人迎進正大光明殿。

「哈哈，容卿啊，朕就知道你不會讓朕失望！果然果然，很好很好！」永仁帝當著滿朝文武的面，拍著談寶兒的肩膀，高興說道。

談寶兒看他臉上雖然在笑，但頭髮更加花白，眉宇間滿是疲倦，想來這十天時光，他也過得不太好吧。說什麼帝皇之尊，君臨天下，面臨這樣的絕境，也和尋常百姓一樣的不輕鬆，或者更加大的壓力吧。

想到這裏，談寶兒心裏有點發酸，誠摯道：「皇上你也很好！」

永仁帝愣了一下，隨即明白過來，呵呵笑了笑，也不再說什麼。男人之間，有時候很多事本是不用說出來的。

又和若兒說了幾句話，永仁帝放開兩人的手，自己回到龍椅上，對著滿朝文武道：

「如今魔人雖然破了朕的大風鳥，但厲九齡的黑手印也已消耗乾淨，魔神又被容卿斬殺，看起來是魔人包圍了我們，但實際上是我們包圍了魔人，局面一片大好。下一步，咱們該怎麼辦，朕想聽聽你們的意見。」

所有人的眼光便都又集中到了談寶兒身上。

永仁帝見此哈哈大笑：「看起來容卿你是眾望所歸啊，你說說我們眼下該怎麼辦？」

談寶兒最討厭的就是開這種戰略會議，他自己狗屁不通，這個時候是不可能貢獻出什麼好的意見的，但身為大夏第一的大英雄，戰神轉世的他，實在是所有人的精神支柱，每次有什麼事都必須他首先發言。

這次談寶兒卻學了個乖，手指從雲臺三十六將身上掃過，笑道：

「皇上，在座的有雲臺三十六位名將前輩在，我一個後生晚輩有什麼意見好發表的？」

這話一說出來，卻沒有人說什麼了。這些日子，永仁帝要每日對抗黑手印，皇城內所有事務都交給了若兒處理，但對於戰爭防務這些，她一個小丫頭所知有限，關鍵起作用的就是這雲臺三十六將的英魂。但因為懾於這三十六人的特殊地位，能叫得動他們的只有若兒，其餘的人，即便是永仁帝的賬也是不買的，誰也不敢去惹他們，更別說是諮詢意見了。

若兒笑了笑，對三十六人道：「既然是這樣，那你們就說說自己的想法吧！」

雲臺三十六將互相望了望，最後眼光還是都落到了最帥最有才的邪王陳鶩羽身上。

陳鶩羽眼見推脫不掉，於是大方道：

「啓稟主人，如今談將軍帶領四百萬大軍入城，加上東門的完勝，我們的兵力和他們已經是不相上下，所差的只是一個時機。一個決戰的時機。魔人後路被碧潮所斷，如果不出意外，少則三日，多則五日，必定軍心大亂，到時候咱們一舉出城決戰，可獲全勝。到時候再趁勢順水北上，占領魔陸，也是輕而易舉的事。」

邪王陳鶩羽昔年乃是聖帝身邊第一名帥，他所說的話，自然沒有什麼人會反對。事實上，唯一有資格反對的談寶兒並不具備反對的能力，所以這件事就這樣定了下來。

於是永仁帝當即拍板定下，讓全城嚴守，靜待戰機的出現。決議定下，聖旨一下，讓文武大臣盡皆散去，永仁帝只將若兒和談寶兒兩人宣到自己的寢宮裏。

接下來自然是少不了一番問答。對於如何將四百萬大軍在十日之內運抵京城等等匪夷所思的大事，談寶兒自是要一一解答清楚，而永仁帝和若兒再次聽得是目瞪口呆，大叫神奇。

末了，永仁帝感慨道：「容卿你際遇之奇，當真是千年罕見。也許正是因為上天知道國家多難，才降下你這樣的曠世奇才，解民之倒懸國之危難！」

談寶兒搞不清楚什麼是民之倒懸，心說又不是烤全羊，誰將你的民都倒掛起來了，但他知道這解國之危難卻是句大大的好話，當即謙虛道：

「這還是皇上英明神武，洪福齊天，微臣不過沾點福氣才成這樣的微末功勞。」

「英明神武倒不見得，洪福齊天卻是有的。」永仁帝笑了笑，忽正色道，「容卿，趁著若兒在，朕有件事想和你商量。」

「什麼事？」談寶兒看他說得鄭重，不由打起十二分精神。

「朕想近日將皇位禪讓給你！」

「什麼！」永仁帝說得雲淡風清，好似吃飯打屁一樣的稀鬆尋常，但落在談寶兒耳裏卻不啻一個炸雷，好歹他是在百萬軍馬中縱橫睥睨的人物，才沒有當場跳起來，饒是如此，也是驚得臉色大變，目瞪口呆。

「老公你驚訝個什麼嘛！這還不是順理成章的事嗎？」若兒撇撇嘴，「父皇其實早有禪讓皇位的想法了。我上次不是和你說過嗎？父皇有九位皇子，但沒有一個是成器的，將江山交給他們，等於是害了國家，也是害了他們，與其這樣，還不如將皇位傳給一個可以依託天下的明君。」

「可以依託天下的明君？你不是在說我吧？」談寶兒心想老子字都認不全，打仗只怕還不如小關，能當個鳥的明君了。

「你參軍以來，從來沒有一敗，還不算是英明嗎？又有單槍匹馬多次闖魔人百萬以上大軍軍營的紀錄，勇氣可謂古來第一。加上你世家出身，文采斐然，可謂是文武雙全，又得到楚尚書的支持，若兒和三十六將的支持，天下百姓都崇拜你。我不讓位給你，還能給誰？」永仁帝說到後來滿臉得意，捻鬚微笑。

談寶兒聽得一陣暈眩，飄飄然的，好像在雲霄一樣。事實上，永仁帝所說的，除開文采和家世，其餘的都可以和談寶兒扯上關係。什麼時候自己竟名副其實的變成了一個大英雄了。只是他內心卻知道自己絕對做不了什麼皇帝，於是搖頭道：

「皇上，臣有自知之明，這個事你還是另外找人吧！」

「普天之下，還有比你更合適的嗎？」永仁帝很不解。他搞不明白，這世上還有人對皇位一點也不在乎的，對於唾手可得的東西一點反應都沒有。

「怎麼會沒有？」談寶兒微微一笑，「臣擅長的不過是戰場廝殺，對於治理國家卻是什麼都不懂。但有一個人，卻對這非常的擅長。您在召喚大風鳥和黑手印對抗的這些日子裏，不是有一個人替你打理京中政務井井有條的嗎？讓她做皇帝不是很好嗎？」

「若兒？」

「我？」

永仁帝和若兒同時叫了起來。

隨即永仁帝就搖了搖頭：「不成不成，神州還沒有女人做皇帝的先例！」

談寶兒笑道：「沒有先例，我們正好開創歷史。這皇帝一位，本就該能者居之，男人和女人又有什麼區別？禪讓都可以，爲什麼不能讓女人當皇帝？歷史上沒有，只是沒有這樣的機會而已。而且女人天生心慈，對百姓更加寬仁。所以，只要皇上您點頭，朝中大臣就不會有人反對，再加上有我這個老公支持她，這個皇位也就坐下了。陛下你以爲如何？」

「好！」永仁帝哈哈大笑，「容兒，你不愧是當世第一的大英雄，見地也和常人大大的不一樣。很好，很好，等到魔人一退，朕就將皇位傳給若兒。」

「父皇，這可萬萬不行，我做不來的！」若兒臉頰發紅，她從來沒有想過自己也會有機會坐上皇位，成爲神州歷史上第一位女皇帝。

「乖女兒，有你夫君輔佐你，有什麼做不來的？你總不忍心看到朕百年之後，這天下沒有皇帝，亂成一團吧？這事就這麼定了！」

若兒還想再說什麼，卻被談寶兒搶先道：「老婆，那話怎麼說的，當人不讓，既然這個人該你當，你就不要讓了嘛！」

若兒本也是個有擔待的女子，從不扭捏，微微一沉吟，點頭答應下來。

於是，神州歷史上第一位女皇，就在這三人的一席話後決定了下來。但讓這三人都沒有想到的是，自若兒以後，這女皇一位一直延續了七代四百年，才又有一位男性皇帝出現，而在此之後，神州歷史上的女皇和男皇也是交替出現，蔚爲奇觀。

在定下神州歷史上第一位女皇的傳承之後，談寶兒就在宮中住了下來，靜靜等候這場人魔最後決戰的戰機出現。

大風城內固然是草木皆兵，人人緊張，大風城外的魔人部隊卻也是嚴陣以待，時刻不敢放鬆警惕。偏偏那陳驚羽又是個善於用兵之人，不時做出要大舉進攻的態勢，引得魔人時刻提防，處處小心，連睡覺都不得安穩。

如此過了兩日。

這日中午，談寶兒正在宮中陪著若兒畫畫，他別的不行，這書畫上卻是極有天分，觸一通十，加上神筆之效，引得小丫頭崇拜至極，眼中滿是紅星星。

正在郎情妾意的時候，忽見小關慌慌張張地跑了進來道：

「不好了統領，張天師硬闖凌煙閣，兄弟們攔不住，你快去看看吧！」

「什麼？」談寶兒大吃一驚，凌煙閣中可是有著正處於閉月箭守護的秦觀雨，要是被張若虛給破壞了，那還了得。

他不及細想，身體瞬間化作風態，朝凌煙閣方向吹了過去，同時千里連心術施展開來，念力將整個京城所有景物一起盡都映照上心來。

凌煙閣中，張若虛果然正舞動符紙和金翎軍士兵鬥到一處。

早在兩天之前，爲了秦觀雨的安全，談寶兒就特別調集了大批小關的金翎軍去駐守，沒有自己的命令，任何人不許上去。這本是未雨綢繆的舉動，卻沒有料到竟然派上用場——只是張若虛這老雜毛日子過得好好的，幹嘛想不開非要硬闖上去？

張若虛果然是有幾把刷子，因爲等滿腹疑竇的談寶兒到達凌煙閣下的時候，他已經將三千的金翎軍全數放躺下，雖然老雜毛自己也有些氣喘吁吁，臉紅耳赤，但也算是了得。

「站住！不許上去！」談寶兒一聲大喝。

張若虛聽到叫聲，回頭瞥了一眼，見到顯出原形的談寶兒，直接臉色大變，慌不迭朝閣裏闖了進去。談寶兒心說你奶奶個熊，你還叫不聽了，看老子抓住不打你老小子的屁股！慌忙追了過去。

只是他的御風弄影迅捷非常，但張若虛今天好像吃了過期的春藥一樣，威猛非常，速度比他竟然只快不慢。

談寶兒又驚又火，眼見張若虛已到了第十層，就要撲向秦觀雨，當即抽取水脈大陣的法力，身法瞬間暴增百倍，只如一道不可見的流光，落到張若虛和秦觀雨之間，當即一聲大喝：

「國師，你要做什麼？」

張若虛的人影頓了下來，但臉上卻沒有半點驚惶，反而是一臉詭異的笑。談寶兒心中警兆陡現，慌忙朝旁一側身。

但卻已經遲了！身後一道溫暖的柔力已在瞬間擊在了他背心，剎那間，談寶兒只覺得全身的力量好像在一瞬間被抽離出去，身上所有血液的流淌都在一剎那停頓了下來。

雖然這只是短短的一瞬間，下一刻，他丹田升起一團九霄之氣走遍全身，但在這九霄之氣還沒有發動的時候，面前的張若虛的符紙和身後那人的手掌已經先後落在了他的身上。

「轟！」兩道截然不同的力量在瞬間鑽進了談寶兒的身體之內，在九霄之氣的導引下，走遍全身經脈。

下一刻，兩道力量這才有了碰撞的機會，一旦遇到，卻如天雷勾動地火，在一個狹小的空間裏燃燒起來，隨即爆炸開來！

談寶兒的身體在這一剎那被炸成了千萬塊，血肉四濺，撒滿了整個空間。一代英雄，沒有死於戰場，卻就這樣死於暗算。

「大人，大事已成！」張若虛衝著秦觀雨恭敬地一行禮。

那「秦觀雨」早已站起，手裏正握著那支閃閃發光的閉月箭，聞言點點頭，忽地手心冒出一陣青煙，忙不迭將閉月箭給扔在地上，而整個身形一晃，還原真身，一看之下，赫然正是張若虛的兒子張浪。

「大人你沒事吧？」張若虛問道。

「沒事！」張浪冷冷一笑，「這閉月箭果然不愧是和羿神筆、落日弓一起被稱為羿神三寶的東西，神力充沛啊，我一恢復天魔之身，就不能持有它超過一刻鐘。」

張浪竟然是魔族至高無上的大神天魔？

張若虛陪笑道：「天魔大人神威！談容跳梁小丑，不足為患。只不過談容晚一會兒再上來，您就只有先棄箭了。和他硬拼的話，卻要多費些力氣而已。」

張浪，不，應該叫他天魔了，天魔點頭道：

「不錯。但眼下我和刑天魔尊都已經重新臨世，羿神只怕也要現身了。我的主要對手是他，可犯不著和談容這樣的小角色耗費真氣。能用天魔解體大法配合閉月箭這樣輕鬆將他做掉，何樂而不為呢？」

「大人高見！」張若虛屈膝道。

「不用拍我馬屁了！本天魔這次重新臨世，你的功勞也不小啊！這些年來，我的意識和法力都被封印，全靠你照顧，還多次放消息到本族人，才讓人族始終難以跨越武神港。這些我都記下了！總之，擊敗羿神之後，我不會虧待你的，蚩尤魔尊！」天魔道。

「多謝天魔大人！有您的領導，打敗他還不是早晚之事嗎？」之前叫做張若虛，真實身分應該叫做蚩尤的男人嘿嘿笑了起來。

天魔也跟著笑了起來。笑聲震得四周談寶兒的血肉也隨之搖晃不定，好像整個凌煙閣也在顫抖一樣。滿屋子的魔影幢幢。

也不知笑了多久。天魔道：「好了，我們該離開這裏了，慢慢等待羿神的到來吧！」說完將那閉月箭垃圾一樣地朝地上一扔，袍袖一捲，整個人化作一道淡不可見的影子，消失在凌煙閣中。

蚩尤不敢怠慢，忙展開身法追了上去。

人去樓空，整個凌煙閣的頂樓中只剩下了那一塊塊碎裂成粉末一樣大小的血肉。

也不知過了多久，樓閣之中忽然閃過四道光華，隨即現出玄武、朱雀、青龍和白虎這四大神尊來。

玄武小三看看四周的血肉，不由嘆氣道：「看來我們又晚來了一步。」

青龍苦笑道：「歷任羿神使者沒有一個活過四十歲的，哪一個不是英年早逝？我早就說過靠他們來對付天魔是不現實的。這一次，連羿神筆也被天魔給分解了，羿神大人不親自出關也是不行了。」

其餘三人互相看了看，卻都長長地嘆了口氣，無奈點頭。

小三道：「罷了，我們走，這就找羿神去！」

但就在這個時候，充斥整個屋子的談寶兒的血肉卻都動了起來，血在流，骨肉在顫抖。

「這是……」四大神尊都吃了一驚。

這時候，散布在屋子四周的談寶兒血肉好像百川歸海一樣，彙聚到了屋子的半空，凝結成千萬道耀眼的彩光。

過了片刻，彩光散去，屋子裏滴血未見，半空中重新凝聚成了一個人。

那人哈哈大笑道：

「小三啊小三，你這沒有義氣的傢伙，要去找羿神這樣的好事，怎麼不帶我去？」

「談寶兒！」小三又驚又喜，上前一把將他抱住，「你怎麼會這樣的？天魔解體大法也沒有把你這小子搞死？」

「哎喲，你別搖晃老子，再搖晃我骨頭都散了！」談寶兒叫了起來。

這時候，小三忽然發覺不對，談寶兒全身都是軟軟的，好像真的是沒有骨頭一樣。

其餘三人見此都是詫異至極。卻聽小三忽然叫了起來：

「我知道了！原來是你身上穿了無縫天衣！無縫無縫，你穿了這衣服，即便是被分裂成上萬塊，也能重新組合起來，而且身上不會有一點縫隙的。只是可惜啊，你這小子爲什麼不將華炎冠也戴上，這樣的話，就不會像現在這樣，只是血肉重新縫合，但你的骨頭卻碎裂成粉了。」

「啊！」談寶兒直接沒有暈眩過去，他是覺得自己好像站不穩，原來身體裏的骨骼都已經碎裂成這個鳥樣了。那還玩個屁啊，這樣還不如讓自己死了呢！

「媽的，你有點出息好不好，別像個娘們一樣，遇到點小事就鬼哭狼嚎的！」小三搖搖頭，「只要你還沒有死，我們就有辦法讓你復原。」

「真的？哈哈，真是太好了。小三兄弟，你簡直是小弟的再生父母，我對你的敬仰猶如滔滔江水，連綿不絕……嗚嗚，認識您真是太好了！」

談寶兒在那裏大噴口水，四大神尊看著他們，卻誰也沒有甩他，這小子哼哼唧唧了幾句，便識趣地閉了嘴。

小三道：「白虎妹子，你最擅長醫術，你幫我看看他這個情況怎麼能治療好？」

「好！」白虎笑了笑，伸手在談寶兒身上摸了摸，最後道：「他全身骨骼都已經碎了，如今唯一的方法就是去天池洗骨。」

「去天池？這樣也好，反正天魔、刑天和蚩尤這三大魔頭都已重生，要對付他們，只怕還非要羿神出面不可，我們去天池，順便就請羿神出山。正好順路！」小三點頭。

其餘三位神尊知道事情必定要這麼做才行，因此都沒有什麼不同意見。

「那就請三位幫忙，和我一起帶這小子過去吧！」小三朝三人拱拱手，率先伸出一手，抓住了談寶兒的一條胳膊。

「不客氣！」其餘三位神尊也上前各自抓住談寶兒另外一隻手和雙腿。

眼見四人已分別抓住談寶兒的四肢，小三道：「起！」四人一起發動縮地千里之術，向著北方而去。

四人拖著談寶兒，出了凌煙閣，一步跨出就是千里之外，一路翻山越嶺，飛渡江河，不過幾個眨眼的功夫，談寶兒眼前景物就已經從高樓聳立的大風城變成了一片綠油油的草原。

在藍天綠地間再行幾步，眼前忽見一座高聳入雲的大山。

談寶兒從來沒有見過草原上還有這樣的大山，正自讚嘆不已，卻忽然覺得四肢一鬆，全身頓時來了個五體投地，痛得他呲牙咧嘴，失聲慘叫：

「ㄚㄚ個呸的，你們想摔死老子啊？」

但四大神尊卻沒有理他，每個人望著眼前大山，都是一派虔誠眼神。四人隨即互相望了望，都是相視一笑，隨即屈膝跪下，向著這座大山磕起頭來。

談寶兒眼見這些傢伙磕頭的時候只差沒有將頭砸進土裏去，知道眼前這座大山必定就是羿神的閉關所在了，一時很有些失望。

他原本是想羿神那樣了不起的神，要閉關一定會選擇一個無比拉風，酷得無邊無際的地方才算是配得上自己的身分，卻萬萬沒有想到是這樣一個既不隱秘又不具有氣勢的尋常的山丘。

四大神尊叩拜完畢，小三長長出了口氣，道：

「葛爾草原不老神山……當年羿神大人在此歸隱，那時候我們可是目送他上山的，眨眼之間已經是四千多年過去了！時間過得可真是快，只是羿神大人的音容笑貌這些年可一直在我腦中沒有變過，好多時候，我甚至還能聞到他身上那熟悉的味道。」

「你走哪裡都隨身帶著他的臭襪子，能沒有他的味道嗎？」朱雀冷笑道。

「你知道就行了，說出來幹什麼嘛！」小三很是不滿。

「因爲羿神歸隱的時候，明明說將這件東西送給我，被你強搶過去的！還非要和別人說是羿神給你的！」朱雀很火大。

「你……」所有的人都很無語。

一旁的談寶兒更是聽得冷汗直冒，心說：這幫傢伙都是一幫什麼鳥人啊。這個念頭才在他心中一閃，隨即卻想起另外一件事：好像這些傢伙都不是人啊，應該叫鳥龜，鳥虎，鳥龍，還有鳥鳥……一念至此，他不由失聲大笑。

四尊這才注意到旁邊有談寶兒在，各自恢復矜持。

小三乾笑一聲，望望正在中天的太陽，道：「這個，我看天色也不早了，我們還是早點上山吧！」也不待三人說話，直接過來將談寶兒背到身上，率先向山上走去。

其餘三尊面面相覷，隨即對著小三的背影哈哈大笑著跟了上去。

不老神山的名字談寶兒從來沒有聽人說過，一路走上去，只發現這裏不知是否因爲人跡罕至，山路崎嶇，很是難行。

談寶兒見此不解道：「小三，三位神尊，你們都是會法術的人，幹嘛不用法術上山，非要在這裏一步一步的走?你們辛苦，我也看著累啊！」

談寶兒話才一落，立時就被小三在他頭上一頓猛敲：

「你個白癡！這裏是羿神隱居所在，面對法術天下第一大神，你好意思施展法術？這不是魯班門前賣大斧孔廟門口賣文章你？」

不用就不用，有必要這麼緊張嗎你？老子看你是年紀大了，氣力衰退，趕了這段路，沒有法力施展法術了吧。談寶兒頭上劇痛，卻沒有辦法去揉，心裏恨得牙癢癢，只有暗自咒罵。

這不老神山好像應該叫做不盡深山，五人一路向上，談寶兒伏在小三背上，初時還聽四尊說說自己當年和羿神如何如何，但到後來漸漸困倦，竟然呼呼睡去。

只是他睡不多久，不是被小三顛簸醒來，就是被餓醒。就這樣睡而復醒，醒而復睡，如此反覆，談寶兒偶爾清醒，想起遠在京城的若兒等人，是否已被天魔給殺掉，很有些驚心。不過隨即想到羿神不現，天魔絕不會輕易發動攻擊，這大風城現在反而應該是世上最安全的地方吧。

卻也不知道在崇山峻嶺間走了多少時日。

這一日，天色剛明時候，談寶兒正在迷糊，忽然聽見小三一聲歡呼：

「終於到天池了！」

他忙睜開眼睛，只見眼前群山環繞之間，一片藍汪汪的大湖，好似一塊藍色的翡翠，鑲

嵌在大山之巔，被太陽光一照，說不出的璀璨奪目，灼灼生輝。

「天池？也不知道是神後的洗腳池，還是羿神大人的游泳池呢？」談寶兒望著眼前這個號稱是天上才有的水池，不由有些大失所望。

在他的想法裏，羿神大人的居所，應該仙家氣度，哪裡能和凡間的事物沒有什麼區別呢？但要命的是，眼前這個池子除了有點大之外，和山下湖泊並沒有什麼兩樣，大大地破壞了羿神在他心中的偶像地位。

四神尊一路上早已見識過這賤人語不驚人死不休的陋習，聽到這話也就很是鄙夷地白了他一眼，沒有什麼大的反應。

四人虔誠地走到天池邊上。小三一抖肩膀，將談寶兒朝地面一扔，也不管這廝的慘叫，與其餘三尊一起，畢恭畢敬地跪了下去，雙手掌心向上攤到地上，開始磕頭。

磕了九個響頭之後，四尊直起腰，一起恭聲道：

「屬下青龍（白虎、玄武、朱雀）恭迎羿神大人出關！」

一想到即將見到傳說中的羿神，就算是談寶兒這樣天不怕地不怕的人物也不由有些緊張，一顆心提到嗓子眼，大氣也不敢喘地盯著湖水。

時間慢慢流逝……

談寶兒覺得自己頭昏腦脹，慌忙呼出一口氣，搖搖頭，卻發現平靜的湖面始終沒有動靜。四大神尊也有些詫異，因爲按照當初他們和羿神的約定，四人一起出現在這裏的時候，羿神就會立刻現身的，但眼下卻連神毛也不見一根，這算怎麼個說法？

談寶兒哂道：「估計羿神大人現在正睡午覺呢，咱們要不在這搭個帳篷，準備點鍋碗瓢盆，等他個十年八年的，也許就能看到羿神大人了！」

四大神尊面面相覷，心中都想：睡午覺自然是扯淡，但除開這樣的說法，那還有別的什麼原因嗎？

小三想了想道：「大概羿神大人這次閉關需要很長的時間，收功出關也同樣需要大量的時間。我看不如這樣，反正我們閒著也是無聊，先將這小子的骨頭給他弄好，省得我揍都不敢揍他！說不定到時候，羿神大人也就出來了。」

「好！」其餘三尊都是點頭，覺得這不失爲消遣時間的一個好方法。

於是四尊也不管談寶兒同意不同意，小三手一揮，談寶兒立時便從地面飛了起來，然後以一個拋物線，很愉快地墮落水中。

「撲通！」水花四濺。然後談寶兒就覺得身體好似被投入了一個巨大的冰窖，冰冷的湖水穿透全身的毛孔，在一瞬間強行擠進了他的身體，全身又凍又痛。

他剛要大聲呼叫，但進入身體的冰水卻在一瞬間變成了熾熱的火焰，在身體裏亂竄亂跳起來。

再過片刻，談寶兒的身體完全淹沒在湖水之中，極冷和極熱在身體裏輪流變換，之前被震碎的骨骼全數被這冷熱交換的湖水給瞬間全部融化，又瞬間全部的凝結。

這種非人的劇痛，是談寶兒前所未有過的，只是一個輪替間，他整個人已經痛暈過去。但僅僅過了一剎那，卻又已被痛醒過來。

巨大的痛苦之間，談寶兒只有一個念頭：丫丫個呸，你們這是給老子洗骨還是在玩冰火九重天呢？

就這樣，死去活來之間，卻也不知過了多久，談寶兒忽然聽見耳邊有人嘿嘿笑道：

「小子，看你以後還尊不尊重我們！」

話聲落時，四道或冷或熱的力道從四面八方湧進身體來，頓時全身的感覺好似被瞬間和大腦隔斷，身體裏骨骼雖然依舊在融化凝結，但卻再也感受不到冷熱交替的痛苦。

媽的！這些不折不扣的禽獸還真是小氣啊，就爲了幾句話就給老子這麼多苦頭吃。談寶兒只差沒有哭了。什麼世道嘛！

冷熱交替慢慢變快，但那來自四大神尊的四道力量卻強橫地護住了他的心脈，使得洗骨變得完全的沒有痛苦。古往今來，能在天池洗骨而不用忍受劇痛的，卻也只有被四大神尊一起護佑的談寶兒一人而已了。

卻也不知過了多久，談寶兒忽然發現那四道力量開始慢慢撤退，而骨骼在最後一次融化之後開始緩慢地凝結。力量的抽取和骨骼的凝結速度取得了一個奇異的平衡。

等到四道力量完全抽取出去之後，談寶兒全身的骨骼也在同一時間凝結完成。他只覺得全身前所未有地充滿了力量，不由仰天一聲長嘯。

「轟隆！」滿池的水在同一時間被他這一聲長嘯帶得飛了起來，射上百丈高空，大地上留下一個巨大的窪坑。

「啊！」談寶兒傻眼了。

「嘩啦！」天空的水再次落下，瞬間裝滿了整個天池。

傻眼的不僅有談寶兒，四尊也都是瞠目結舌。這小子隨便一吼就這樣了，經過脫胎換骨也不該是厲害成這樣的啊？

四大神尊互相看了看，小三對著其餘三人露出鄙視眼光，說出了四人的心聲：

「哇塞！我還以為就我不遺餘力整他呢，沒有想到你們也這樣沒有人性。這下好了，四相歸一，他身上現在同時有了我們四尊的法力，以後我們誰也不是他對手了。」

談寶兒哈哈大笑：「這個沒有辦法了，誰叫我人品好呢！」

他此刻確實是感覺到四尊輸入體內的四種不同的力量已經和他身體裏原來的真氣融合在一起，在這一瞬間，他清晰地明白了四大神尊力量的來龍去脈，他也清楚地知道該如何運用這四種力量，怎麼能不欣喜若狂？

對此，四大神尊都顯得很無奈。本來呢，剛才給談寶兒洗骨，每個人都只需要使出少許的力量就可以了，但四人卻都想多給談寶兒一點好處，就都全將法力用了出來，鬼使神差之下，竟然讓四種力量都在談寶兒新生成的骨骼裏有了極致的平衡，讓這小子一瞬間領悟了四種力量的真諦。

本來這還不是最要命的，要命的是，四大神尊的力量也不是自己修煉的，而是採取了借法的法門從天地之間借來的，談寶兒一學會了竅門，因為是四種力量都有領悟，所以說所能借到的力量和他們相比，有過之而無不及。只是這一點，眼下談寶兒自己還不知道而已。

四大神尊正悶得不行，忽見天池裏熱氣升騰，定睛一看，卻是談寶兒在那裏手舞足蹈的試驗朱雀的無名火，將一池的水都給煮沸了，正要呼叫，那一池的水卻已在一瞬間被蒸騰了個乾淨，再次露出凹地來。

凹地的正中央，是一塊石碑，石碑之上書寫著一行大字：

羿神修真之所，禁止大聲喧嘩！

談寶兒看得一瞪眼，隨即大笑：「羿神這傢伙也挺有趣的，誰這麼無聊，會跑到這水下面來大叫……」話說到這裏，他識趣地閉上了嘴。

小三看看其餘三尊，指著那石碑道：「這想必就是羿神大人所說的三生石了吧。當年羿神大人說他就在此石之內修煉，這納須彌於芥子的法門我們四人都會，可是要將自己藏身在這樣一塊石中四千年，怕也只有羿神一人吧！」

其餘三尊都是點頭。

小三又道：「如今情況緊急，我看不能等羿神大人從入定中醒來，不如我們入石中去請他出關！你們看怎樣？」

三尊想了想，都是緩緩點頭。青龍道：「事急從權，現在這樣的情勢，只好如此了！我先進去，你們隨後跟上吧！」說完身體化作一道青色光華，朝那石碑射去，隨即消失不見。

白虎和朱雀也不廢話，徑直化作兩縷流光，射入石碑之中。

小三回頭對談寶兒道：「進入石碑，要用到流光之法，這種身法比御風弄影更高一級，是羿神訣的最終形態，但你經過我們洗骨之後，功力已是突破神尊之位，要學這個一點不難！我只教一次，你記好了！」說完將口訣和咒語一一念了出來。

念完之後，也不管談寶兒是否聽明白了，不負責任的烏龜立時自己化作光態，射入石碑，消失得無影無蹤。

「我頂你個肺啊！沒見過你這樣的老師！」談寶兒憤憤不平，但卻毫無辦法，只能仔細回憶一遍，按照小三所說，默默運轉真氣。

也不知過了多久，談寶兒的身體終於化作光態，射入石碑之中。

進入石碑之後，談寶兒立刻就發現自己進入了一個五顏六色的漩渦，眼前好像忽然出現了成千上萬的幻象，但這些幻象僅僅是過了一刹那就全數歸爲真實。

隨即談寶兒發現自己出現在一個狹長的甬道裏，甬道的盡頭，是兩扇做工考究的石門。石門緊閉，門前左右有四尊石像，形狀正是四大神尊的本來面目。

四大神尊本人此時都正站在石門之前，指著自己的石像正嘰嘰喳喳的說個不停。

「我這塑像不錯，只是不夠威武，我本人比他兇猛多了！」

「不得不承認，羿神大人還是瞭解我的，連我那玩意的尺寸都分毫不差！」

「我好像沒有這麼帥吧？」

「這石料不怎樣，用來雕我有些不配啊……」

談寶兒在一旁聽得好笑，上前安慰四人道：

「羿神又不是石匠，你們這些傢伙未免有些太吹毛求屁了吧？」

吹毛求屁？四尊同時一愣，隨即爆發出一頓狂笑。小三更是一手捂著肚子，一手指著談寶兒，笑得眼淚狂飆。

談寶兒被笑得很不爽，發出了一聲鄙夷的感慨：

「唉！畜生就是畜生，即使修煉成神變仙的境界，也依舊聽不懂人類的高級辭彙啊！」

這話一說出來，四尊卻笑得更是大聲，整個通道的石壁都在顫抖。談寶兒見此更加堅定信心，心想：你們想用大笑來掩飾自己的無知，未免有些太過時了吧？

這場大笑，差點兒沒有交代了四大神尊的性命。

笑了一陣，最後還是小三道：「好了，都別笑了。這裏好歹是羿神大人的府邸，太放肆了小心回頭他收拾我們！」

其餘三尊這才收斂笑聲，只是臉上依舊是一副忍俊不禁的神態。

小三強忍笑意，對談寶兒招招手，道：

「那個誰，快點過來，別發愣了。大家都在等你開門呢！」

「開門？」談寶兒慢慢走過去。

「廢話！不然你以為你是多大的大牌，要我們四大神尊在這等你？」小三搖搖頭，「羿神真是神機妙算，他當年說『除非天下大亂，天魔出世』，我們不能找他。天魔出世我們一直是明白的，也都看到了，但這天下大亂一直不解，現在看到這排鑰匙孔，我們才算是明白了！」

談寶兒順著他手指方向過去，果然發現在兩扇石門的中央，有著九個大小均勻的小方孔：「小三，鑰匙孔我是看見了，但這鑰匙我怎麼會有？」

「媽的，你沒有誰有？」小三搖頭，一副朽木不可雕的樣子，「你沒有聽見我說天下大亂嗎？天下是什麼？九州！象徵九州的是什麼？九鼎啊！如今九鼎都已經移位，這天下還不大亂？而你手中那九鼎，可不就是和眼前這九個孔的形狀完全一樣嗎？」

談寶兒定睛看去，發現那九個鑰匙孔的形狀和九鼎的輪廓果然是一一對應，不由詫異道：「難道說這羿神府邸竟是禹神建造的嗎？」

「不知道！」小三搖搖頭，「這裏我們也是第一次來。不過九鼎本是禹神所有，你這樣說也未嘗沒有道理！你別廢話了，快將九鼎取出塞進去吧！」

「好！」談寶兒默默念動咒語，九只神鼎頓時從酒囊飯袋裏飛了出來，懸浮在空氣之中，然後他再念動咒語，伸手一指，九只鼎頓時化小，變成和那鑰匙孔一樣大小的形狀，飛到鑰匙孔前，落入空中，無一不契合。

九只鼎進入鑰匙孔之後，但聽得轟隆隆一聲巨響，兩扇石門頓時打開，七彩的雲霞從門裏射了出來。

沐浴在這樣神聖的光芒之中，就連談寶兒這樣的人，也覺得無比的神聖。

迎著霞光，五人魚貫而入。

石門之內是一個巨大的石室，但裏面空空蕩蕩的什麼也沒有。在石室的盡頭，卻又有一扇緊閉的石門。

但這次的石門之上卻再沒有了鑰匙孔。這下子，連四大神尊都傻眼了。這有鑰匙孔還好說，什麼都沒有，叫人想辦法也是無從想起啊。

「這叫怎麼個說法？」談寶兒也很有些茫然，「現在怎麼辦？」

五個人大眼瞪小眼，卻都無計可施。最後所有人的眼光都落在了談寶兒身上。

談寶兒見此道：「你們看我做什麼，你們是神尊，好歹是在羿神身邊混過的，你們都不知道該怎麼辦，問我，我怎麼會知道？」

小三道：「當年羿神閉關之前什麼也沒有交代，也沒說這府邸裏還有這麼多暗檻啊，你是羿神筆的傳人，說明白點就是羿神的弟子，我們搞不明白的，你也能弄清楚的。不要謙虛了，這次由你想辦法了！」

「我頂你個肺啊，有你們這麼不負責的神尊嗎？」談寶兒一頓鬱悶，不過想想他說的好像也有點道理，就自覺地站到了門前。

這兩扇大門緊閉，石質看起來色澤古舊，也許是因為長期在天池底的緣故，上面還有無數的青苔。談寶兒伸手將青苔一一抹去，卻發現上面依舊什麼線索都沒有。

偉大的大英雄站在石門前思考良久，最後甩了個響指，自通道：「沒有錯！這扇石門沒有鑰匙孔，也就是說是不需要鑰匙開啓或者他有鑰匙孔，但我們是看不到！沒有辦法了，現在咱們只好砸門了！」說完運轉真氣，就要發射一氣化千雷。

「不要！」小三一把將他拉住，臉色鐵青，「你小子瘋了是吧？這是什麼地方？羿神的地盤！羿神大人做事必然是大有深意，這道門必然也是給人的考驗，上面必然有各種各樣神奇的禁制，別說你出盡全力也未必能動石門分毫，而且你一發動就必然會引起禁制發動，到時大家都死得很難看！」

談寶兒聽得一頭冷汗，悻悻住了手。

四大神尊覺得這個羿神傳人實在是太沒有什麼值得期待的，就將這小子扔到一邊，自己上前研究開來。一時間，四人調動所有的記憶，回憶羿神當年關於自己閉關洞府的描述，同時遍歷生平所學，希望找出石門上面的禁制或陣法，忙得不亦樂乎。

談寶兒待到門邊，笑嘻嘻地看著四人忙乎，看了一陣，窮極無聊，倦意上湧，直接睡了過去。這一次，睡覺卻再沒有進入無名玉洞。

醒來之後，眼見四人依舊圍繞著石門轉個不停，談寶兒看得不耐煩，火氣上湧，大喝道：「都給老子閃開了！看我的！」說時落日弓瞬移到手，真氣運轉，一氣化千雷化作七色彩虹，朝著那石門射了過去。

「啊！」四大神尊見此都是大吃一驚，卻無人敢直面這經過他們四人聯手改造後的落日弓的神鋒，慌忙作鳥獸散。

「轟！」七色彩虹重重地擊在石門中間，發出一聲巨響，整個石門瞬間炸得粉碎，露出裏面一間石洞來。

「這樣也行？」四大神尊面面相覷。

「爲什麼不行？」談寶兒顯得很霸氣，「你們這些傢伙，白白跟羿神那麼久，怎麼就不明白，這通天的大道，可不僅僅只有一條？有時候，就是要敢於打破常規嘛！我算是明白爲什麼羿神選我做傳人，而不選你們這些功力比我高千倍萬倍的傢伙了，當然，我是說以前……」

他絮絮叨叨的時候，已經率先走進了石洞。

四大神尊被他教訓得很沒有脾氣，但想想他所說的卻似乎隱含至理，各人細心揣摩，都

是自覺獲益匪淺。被一個小輩教訓，一個個非但不怒，反而心中隱隱有著大歡喜。

「哇塞！怎麼還有？」進了這扇石門之後，談寶兒看清楚洞裏情況後，不由脫口叫道。

因爲在石門後面的這個山洞裏，依舊是什麼都沒有，最要命的是在山洞的盡頭，依舊是一扇石門，上面依舊長滿了青苔……

「沒有辦法了，只好用硬的了！」談寶兒很惱火，看也不看，落日弓弓弦一鳴，一片虹彩已是轟出。

「不會吧？」下一刻，洞中五人齊齊傻眼了。

那無堅不摧的一氣化千雷落到石門上，竟然連灰塵都沒有震落一點，就消失得無影無蹤，好像談寶兒剛剛發出的不是讓四大神尊都不敢硬接的絕世神功，僅僅只是有氣無力地吹了一口氣而已！

「老子還不信了！」呆了一呆之後，談寶兒大喝一聲，再次引動弓弦，七色虹彩好像不要錢的泥巴一樣扔了過去。

但那石門好似一個深不見底的大海，所有的東西投進去，連泡也冒不出一個來。最後談寶兒是累得直喘粗氣，那石門卻是紋絲不動。

五個人這次都是無計可施，一起軟坐在地上。

小三感嘆道：「羿神大人就是羿神大人，他不要我們進去，我們就真的無法進去。現在看來，只有坐在這裏等他出關了！」

談寶兒脫口道：「不行！天魔還在大風城裏呢！誰能保證他久等羿神不到，會不會對別人動手？」一想到大風城裏正指揮軍隊的若兒，落在天魔手裏生死未卜的秦觀雨，他本是篤定的心開始心急如焚。

「可是，現在我們連這石門都過不了，又有什麼辦法？」小三很無奈。

「辦法總是人想出來的！」談寶兒冷笑一聲，大踏步走到了石門之前，仔細觀察石門，希望找出蛛絲馬跡。

小三本來很想說，辦法是人想出來的不錯，可你面對的是神，而且是眾神之王的羿神，但眼見這小子一副堅毅神情，這話就留在了肚子裏。事實上，從一開始的時候，他就發現談寶兒除開資質不錯外，各種方面都遠遠不如歷任的羿神筆傳人，但談寶兒比所有人強的卻是，不管嘴上將自己說得多麼不堪，他認定的事，卻是永遠不會放棄。

也許羿神大人看重的正是這一點吧！

第十章　天下無神

談寶兒站到石門之前，仔細看了看，卻發現兩扇石門接觸處是天衣無縫，自己就算想化作光態，也是無法進入，更別說化作風態了，而石門上果然也是沒有任何提示性的圖案和鑰匙孔。

難道老子堂堂大英雄，也只有在這裏坐以待斃嗎？這個念頭在談寶兒心中一轉，他整個心立時說不出的冰涼。

不！

從接到羿神筆的那一天起，談寶兒發現自己所進入的就是一個自己完全陌生的世界，但不管是在江湖還是在朝廷，在戰場還是在情場，在南疆還是在東海，自己總是能從最初的被動轉化爲主動，眼下到了人生最重要的一次考驗的時候，自己憑什麼要放棄？

「不！」談寶兒發出一聲嘶吼，一拳重重砸在石門之上。

「不……」四大神尊見此大驚。要知道這扇門連落日弓加一氣化千雷都轟不開，上面定然是有著羿神的禁制的，這樣用肉拳砸上去，不啻於找死。但四人只叫出了一個字，下面的話卻再沒有說出來。

談寶兒一拳砸到石門上，發現入手處空空蕩蕩，渾無半點阻力，那兩扇石門竟然應手而開，他整個人失去重心，居然順著力量，跌進石門之內。

這兩扇最精深的法術和最強的法寶結合也打不開的大門，竟然僅僅是用雙手一推就可以輕易開啓！四大神尊面面相覷半晌，最後都是搖頭嘆息：

「羿神大人的想法，當真是如雲在九霄，高深莫測，我等不及！」

四人正搖頭嘆息，卻忽然聽見談寶兒一聲大叫。

「是見到羿神大人了嗎？」四人大喜若狂，慌忙朝門內走去。

石門之內，卻是一個長長的甬道。談寶兒正站在前方，手摸著下巴，似乎在思索著什麼，見到四人過來，將身體讓到一邊，指著地下對四人道：

「天啊！這裏究竟是什麼鬼地方，怎麼還有死人？你們幫我看看這個傢伙，我好像在哪裡見過一樣！」

在談寶兒的腳下，甬道的牆邊躺著一個人，峨冠博帶，一身的書生長袍，眉宇清秀，頷下有三縷長鬚，雖然雙眼微閉，已然過世，但臉上出塵之態卻是宛如生前。

「孔神！」四尊一看到這人，立時驚呼起來。

「啊！是掌管天下詩書的孔神啊！我說怎麼看著如此眼熟！」談寶兒恍然大悟，但隨即卻猛地跳了起來，「哎呀，孔神大人對不起啊，小弟不知道是您，誤將在此睡覺的您當作死人，真是罪過罪過，阿彌陀佛，善哉善哉……」

「不對！他真的死了！」談寶兒正胡言亂語的時候，小三忽然將他打斷。

「別……別……別開玩笑了！神也會死的嗎？」談寶兒瞠目結舌。在神州古老相傳的傳說裏，神都是長生不死的，更何況像孔神這樣的大神。

「除非天魔和羿神出手，不然像孔神這樣級別的神和魔都不會被殺死，只能被封印或轉世！這是羿神大人親口告訴我們的，可是……」小三也是一陣慌亂，下面的話再也說不下去了。

「可是眼前這個確然是孔神的身體！並且我們可以明顯地感受到這是一具正常死亡的身體，並且在死之前，魂魄已經煙消雲散！」接口的是朱雀。

所有的人都沉默不語。這種震撼實在是太大了。要知道像孔神這樣級別的大神，是永遠也不會死的。這樣的觀念，在經過五千多年的傳承之後，已經不是傳說，而是事實。但眼下的事實卻是，孔神竟然已經死了！

誰也不知過了多久，最後還是談寶兒最先回過神來，大踏步朝甬道裏邊行去。

四神尊也反應過來，忙跟了上去。既然這裏是羿神閉關的地方，向裏邊走，找到羿神，那就一切都有答案了。

五人魚貫而入，走了片刻，走在最前面的談寶兒又停了下來。

四神尊忙圍了上去，然後四人再次叫了起來：

「閻神、長生天神！」

躺在甬道正中央的，正好就是羿神座下諸位大神中，掌管生死輪迴的閻神和草原的保護神長生天神。兩神都安詳地躺在甬道的正中央，好像死對他們而言，竟然是一種愉快的經歷。

這一次，五人再沒有耽擱太久，繼續向前。甬道裏，三三兩兩地分布著死屍，一路過去，四尊都是驚呼連連：

「祝神、戰神、龍神……禹神！」

越向裏面走，五人的心情越是沉重，因爲神界有數的大神竟然全都死在了這條甬道裏，臨死之前，這些人的眼神裏卻並沒有痛苦。

自古以來，能將這些大神都殺死的，就只有羿神和天魔。但天魔在四千多年前，神魔大戰的最後，羿神就已將他封印在魔陸的天魔廟裏，世上能殺死他們的，就只有羿神一人！

這些大神，難道竟然都是羿神自己動手殺死的嗎？

這個想法是如此的瘋狂，所有的人才在自己的腦海之中轉了一轉，就再也不敢想下去。但所有的人都展開流光之速，朝著甬道的盡頭射去。

沿途過去，除開有諸位大神的死屍外，還有各種各樣小神的死屍，唯一值得欣慰的是，一路過去，這些死屍裏並沒有看見羿神。

甬道的盡頭，是兩扇打開的石門。石門之外，卻是一片雲霧，繚繞的雲嵐之外，卻是群山聳立，險峰如劍。群群仙鶴在山峰之間飛行，山下河流奔騰，水聲潺潺，說不出的美麗。

五人本要順著山峰過去，但五人的流光才一出石門，立時便好似遇到一股巨大的阻力，將他們反彈回到洞裏來。

「這……石碑之內，怎麼會有這樣的地方？難道是幻覺？」四尊見到洞外景物，都是瞠目結舌。要知道這一路行來，自己等人其實都是在石碑之內行走，所看到的都是石洞石壁，最是正常不過，但忽然出現這樣個地方，卻有些匪夷所思。

這時候，忽聽談寶兒道：「這個地方……我來過的！」

「你來過？」四尊望著談寶兒，先是一臉詫異，隨即卻都笑了起來，「該不會是在夢裏吧？」

「就是在夢裏！」談寶兒淡然答道，伸手從酒囊飯袋裏取出乾坤寶盒，然後拿出羿神筆，「我每天夜裏，都要來這裏的！」

四尊看他神色認真，都是一愕。

談寶兒卻不再說話，默默沉吟一陣，隨即一甩手，那羿神筆慢慢變大，不時變得大如小船。談寶兒跨上筆身，對四尊道：「你們要不要上來？」

「當然，當然！」四尊想不到羿神筆還有這樣的變化，詫異之餘卻都知道談寶兒這樣做必定大有深意，當即飛身跟上。

「起！」談寶兒一聲大喝，羿神筆頓時離地飛起，朝著石門外飛去。

才一出門，眼前景物陡然大變。眼前陽光耀眼，卻偏偏雲霧縹緲，雲霧之下，一條大河波瀾壯闊，兩岸的山峰都是細長高聳，且是越向上便越尖，像極了一把把寶劍。

「藏劍峽！」談寶兒大吃一驚。剛才他在石門裏看石門外，只覺得自己所見到的正是每夜在夢中進入無名玉洞前的景象，但等乘著神筆出門來時，卻竟然到了天河十三峽的藏劍峽！

傳說昔年神魔大戰時，孔神奉羿神之命鑄劍，共鑄成神劍十萬零一把，神魔大戰結束，天魔被幹掉之後，羿神只留下了一把，其餘十萬盡數放到了這藏劍峽中，天長日久，神劍長出水面，化作十萬劍狀的峰。

談寶兒正莫名其妙間，卻忽然發現眼前兩座山峰似曾相識，當即不再細想，駕著羿神筆飛了過去。才一靠近兩山之間，其中一座山峰陡然傳來一股巨大吸力，吸著神筆飛了進去。

那吸力是如此之大，使得神筆速度陡然大增，到得一峰之前，五人都是一頭朝兩峰間的石壁衝下去，不由一起大驚失色，放聲大叫，叫聲未落，頭已重重撞到石壁之上，奇的是，那石壁非但不硬，反而綿軟而有彈性。

「嗤！」輕輕一聲裂帛之聲，五人眼前一黑，撞進石壁，隨即全數進入一個新的天地。

「無名玉洞！」就在四尊還在為眼前的新景物驚異的時候，談寶兒已經準確無誤地認出了眼前所在的地方，正是他每夜裏都要踏圓的無名玉洞。

只是這無名玉洞，為何竟在藏劍峽的山峰裏？自己剛才明明還在葛爾草原不老神山的天池之中，眨眼間就到了天河之上？

談寶兒正想不明白，忽聽四尊一起失聲叫了起來：

「羿神大人！」

談寶兒抬眼望去，只見在無名玉洞的一角，四大神尊圍著一個二十多歲的年輕人，雖然早已是一命嗚呼，但卻依舊顯得氣度不凡。

這傢伙竟然就是羿神？談寶兒目瞪口呆。

在神州，羿神座下諸神的形象那是深入民心，家喻戶曉，畫像遍街都是，但獨獨羿神的真實面目，卻從不在民間流傳。在談寶兒的想像裏，羿神應該是威猛無比的一個壯漢，一瞪眼就能殺死一片人的那種，他怎麼也沒有想到這傢伙竟然是個如此文弱的書生模樣。

「羿神大人！」眼見四大神尊抱著羿神的身體，一個個失聲痛哭，談寶兒這才反應過來。丫丫個呸的，羿神竟然也死了?!

羿神死了！這個念頭像一個響雷，重重在談寶兒心中猛然炸開。祝神死了，孔神死了，禹神死了……現在連眾神之王的羿神也死了，那天魔誰去對付？若兒誰去救？大風城，乃至整個神州的百姓怎麼辦？

談寶兒重重地坐在地上，心亂如麻，千頭萬緒湧上心頭的同時，淚水卻順著臉頰落了下來，滴在地上，在玉石地面上砸出一個個的小坑。

五個人，在這無名玉洞之中都是失聲痛哭。對於談寶兒而言，羿神是所有希望的源頭，而對於四尊而言，羿神是他們的主人，也是他們崇拜的唯一。現在，所有的希望和崇拜都順著羿神的死亡而徹底消亡了。

也不知哭了多久，談寶兒忽然抹去眼淚，指著面前的玉壁道：

「你們看這裏，這裏有好多的字！」

「什麼字？」四尊同時從巨大的悲痛中醒來，望向牆壁時，布滿淚水的臉上卻都是深深的茫然。

「你們難道沒有看見嗎？」談寶兒一愣，「天之道，損有餘而補不足……你們真的看不見嗎？」

「看不見！」小三搖搖頭，「這裏想來應該就是羿神說的回夢玉洞吧！玉洞上的文字，只有羿神筆的傳人才能看到。因爲這都是你心中所要所想的，日有所思，必然夢有所想，所以這裏叫回夢。你現在最想知道的，只怕就是羿神爲什麼會死，這也是我們想知道的。你繼續向下念吧！」

「不錯！這裏應該就是羿神之前多次跟我們提到的回夢玉洞！」其餘三尊聞言也都站了起來，望向談寶兒，一臉的期待。

「是這樣嗎？」談寶兒想起自己這一路行來，想學什麼的時候，這裏都有，而壁上的文字都是自己能夠理解的，想來倒真有些像做夢的感覺。他搖搖頭，繼續朝下看去：

「是故避實就虛，天地不仁，以萬物爲芻狗。呵呵，知道你可能看不懂這兩句，但我還是要拽幾句文的。你也該努力學學文字了，談寶兒！」

「羿神怎麼知道我的名字？」談寶兒愣了一下，繼續向下看，「你很奇怪我爲什麼會知道你的名字嗎？寒山派有計算之能，知天地之秘，我身爲羿神，難道就不能算到半年之後到我玉洞中來的是我的傳人嗎？」

念到這裏，談寶兒不由大驚：「半年！羿神死於半年之前？」

四尊也都是同時一驚。

小三忙道：「快快，向下念！」

「哦！」談寶兒答應一聲，繼續向後看，「四千餘年之前，本神聯合座下諸神封印天魔之後，大家元氣大傷，留下四尊鎮守神州，率領諸神入回夢玉洞閉關修煉，十三年前，第二次人魔戰爭爆發，天魔趁機破除封印出關轉世，我等雖然察覺，奈何法力未復，只能讓羿神筆再次傳承，聊盡人事。」

原來我和老大拿到羿神筆，都算是候補備用的嗎？談寶兒心中大罵。

「半年之前，楚接魚與你戰於藏劍峽，楚接魚刀劈此峰，逆天刀氣竄入無名玉洞，當時我與諸神都正值修煉重要關頭，諸神當時身亡，我也重傷難治，特書下文字於玉壁之上，好教你知曉。」

文字至此戛然而止，談寶兒讀到此處，卻也震驚得再也說不出話來。半年之前，從南疆奔赴東海的時候，自己確實是和楚接魚在這裏一戰。當時楚接魚爲了立威也爲了阻止自己的行程，一刀劈下了藏劍峽上的巨闕峰。他怎麼也沒有想到的是，無名玉洞竟然就在巨闕峰上，而當時羿神和手下諸神竟然就在此地修煉到緊要關頭。

當時楚接魚逆天之氣尚未大成，而眾神之王，和他手下那麼多大神，竟然就這樣冤枉至極地掛在了這樣一個渺小的人類手上。這……未免太可笑太荒唐了吧？

一時之間，整個玉洞裏都是安靜如水。五人面面相覷，誰也沒有說話。

也不知過了多久，才聽見小三艱難道：「這……這個算怎麼回事？羿神大人竟然就這樣……死……」他說到這個死字時候，聲音乾澀到極處，再也說不下去。

「這不是真的！」談寶兒猛地跳了起來，重重一拳朝著那牆壁狠狠砸了過去，轟地一下將那玉壁打出一個大洞來。

「啊！」四尊一起失聲，隨即都是神色黯然，眼神中有什麼東西悄然逝去。羿神已死，連這回夢玉壁也是這般的不堪一擊了！

「不是真的，不是真的！」談寶兒怒聲大吼，同時身上射出萬千的七彩閃電，電光過處，整個山洞裏的玉壁都已經是支離破碎，一眼看去，坑坑窪窪，不堪入目。

好好一個回夢玉洞，就這樣變得亂七八糟。

四大神尊躲避著這瘋狂的閃電，本想上前去勸談寶兒幾句，只是話到嘴邊，卻又不知該怎麼說起，而自己似乎也沒有了說話的力氣。

卻也不知過了多久，談寶兒全身真氣耗竭，終於疲倦地坐在地上，失聲痛哭起來。

四尊受他感染，也是情不自禁地以淚洗面。五個人好像失去父母的孩子，一起大哭，哭聲在這玉洞之中迴響，聽到的人更加傷心，哭得更加大聲。

哭了一陣，談寶兒忽然抹去眼淚，驀地站了起來，指著羿神的金身大聲罵道：

「你個狗屁的羿神！枉你是眾神之王，平日裏，百姓將你好酒好肉的供奉著，等到天魔出世的時候，你竟然在我們最需要你的時候掛掉，你算個什麼東西？」

「談寶兒，不要再罵了！」四尊一起大喝。

「不！」談寶兒斷然拒絕，「你拋棄百姓枉爲神，你臨事縮頭是爲龜！你不是大神，你是大王八，大混蛋！你是個騙子，大騙子！你們所有的神都是大騙子！」

他越罵越氣，到後來，不由一腳踹向羿神金身的臉上。

四大神尊見他對羿神如此無禮，都是勃然大怒，一起發動生平最高法術，衝他擊殺過來。瞬息之間，無名火、青龍吟、白虎印和玄武箭，四大神尊的畢生絕學，同時擊到了談寶兒的身上。

「不好！」同一時間，四大神尊都是後悔不已。四大神尊聯手一擊，威力是何等的驚天

動地，談寶兒必然會死，但他可是羿神的唯一傳人，將他殺掉，那還了得？

但下一刻，四大神尊同時失聲叫了起來：

「什麼！」

「都給老子滾！」流光籠罩裏，談寶兒一聲大喝，立時地，四大神尊發出的四種最終極的法術在同一時間被反射了回去，擊在他們自己的身上。

「蓬！」四大神尊在失聲大叫的同時，整個人被自己的法力擊中，身體不由自主地倒飛而出，撞到玉壁，深深地鑲嵌了進去。

「怎麼會這樣？」擊退四大神尊聯手一擊的談寶兒自己也是一驚，不可置信地望著自己的身體，而本是要踢到羿神臉上的一腳也同時頓住。

五人都正驚異之間，整個回夢玉洞裏陡然光華大亮。談寶兒順著光線看去，只見剛剛被自己破壞得支離破碎的玉壁，此時竟已自動恢復成了原來模樣，四大神尊也被玉壁恢復的力量從裏面擠了出來。

在羿神金身的上方，出現了兩行字：

縱笑今古，天地鬼神盡虛妄故可恃唯我，

橫眉乾坤，聖賢哲達皆糞土而君子自強。

這兩行字寫得倒也不算如何的好，但在這字裏行間所透露出的含義，卻讓五人在同一時間豁然頓悟。

談寶兒望著這兩行字，在一瞬間再次熱淚盈眶。不錯，古今天地，所有的鬼神其實都是假的，都是虛妄，什麼聖賢也全是狗屁，在大難臨頭，天地需要人拯救的時候，唯一可以依靠的，只有自己，是以君子自強，可恃唯我！

兩行大字的最後還有幾個小字。

「李無憂絕筆！」

談寶兒念出這幾個字，一臉的愕然，轉頭問向四大神尊，「這李無憂是誰？」

小三愕然道：「羿神的本名就是叫李無憂啊，這個除開我們四大神尊無人知曉，你是怎麼知道的？」

「玉壁上寫的！」談寶兒知道四尊看不見玉壁上的字，卻也不再多說。「羿神大人，我明白了！」望了望這兩行字，他畢恭畢敬地向著羿神的金身跪了下去，等他再站起來時，整個人便忽然充滿了一種威臨天地的氣勢。

在剛才他以一己之力戰勝四大神尊聯手的瞬間，他就已經有了領悟，而在看到那兩行字的同時，他徹底明白過來。這世上從來沒有什麼救世主，當天魔橫行的時候，唯一能依靠的，

不是你燒香拜佛所求的神，僅僅只有人類自己而已。

「我們走吧！」談寶兒召喚出羿神筆，慢慢將它變大。

「去哪裡？」四大神尊都是一頭霧水。

「大風城！」輕輕吐出這三個字，談寶兒一臉的微笑。

跟著他飛身上了羿神筆的四大神尊總覺得談寶兒有什麼地方不一樣了，但到底是哪裡不一樣，卻又沒有誰能說得出來。他們雖然號稱神尊，但卻從來沒有做過人，是以根本無法理解一些人類最微妙的感情。這或者就是他們永遠也成不了羿神的原因吧。

羿神筆破開玉壁，眼前陡然光華大亮，再看時候卻又已到了天河九曲十三峽的藏劍峽。四尊也不見談寶兒如何做勢，眼前景物瞬間變換，等流光定住，眼前卻已是大風城外！

這幾萬里的距離，竟然只在一眨眼間就已經到達？四尊都是大吃一驚，縮地千里已經是他們所能做到的極限，但像談寶兒這樣帶著四個人還能瞬移萬里的神通，卻不是他們所能明白的，在他們的印象之中，即使是羿神，也從來沒有達到過這樣的高度。談寶兒卻又是怎麼做到的呢？

只是沒有人回答他們。

擺在他們眼前的，依舊是那條碧海，而在碧海之內，六百萬魔人大軍正躍躍欲試，城上的四百萬人族部隊也嚴陣以待。

情勢和四尊帶著談寶兒離開凌煙閣時似乎一模一樣，但有些東西已經不同了。

談寶兒和四尊忽然出現在碧海邊上，立時就引來對面魔人軍隊一陣的騷動。雖然不清楚四尊是什麼人，但所有的魔人軍隊對談寶兒卻是記憶猶新，一見他出現，所有的人都不由一陣膽寒。

談寶兒笑笑，對四尊道：「你們在這裏等我！」說完大踏步朝碧海走去。

「不……」四尊想要阻止的時候，談寶兒的身體已經凌空飄起，好似一陣輕煙一般，飛到了碧海的上空，是以他們後面的一個「要」字，就再也說不出來。

碧海對面和大風城的城上，人魔兩族見此都是大驚。

要知道自幾日前，無法，也就是刑天，用碧潮劍硬生生引出碧海的死亡之水以來，人魔兩族還沒有任何一個人可以穿越這個據說當年天魔也無法通過的死海。但現在，談寶兒卻就這樣背負雙手，悠然自得，好似閒庭信步一般飛了過去。

不時，談寶兒安然無恙的落到碧海對面，繼續朝著大風城走去。六百萬魔族士兵見他過來，忽然生出一種這六百萬人加在一起都不敵他一根手指的感覺。這種感覺是如此的荒謬，如

此的可笑，但卻是那樣的真實。

雖千萬人，吾往矣！

眼見他過來，所有的魔人都不由自主地向左右退開。沒有人敢直視他的眼光，甚至是他身上其他的部位。在所有魔人的眼裏，此刻的談寶兒就是一個模糊的存在，沒有人知道他此刻的樣子，也沒有人知道他要去哪裡，但所有的人都清晰地知道這個人不是自己所能抵抗的。

在這一刻，即便是身爲魔陸三大高手之一的魔皇，看到談寶兒時，也生出一種見到天地間至強偉力的敬仰，更何況普通的魔人？

六百萬魔人，如被分開的潮水一般，向兩側散去，隨即跪倒在地上，一個個淚流滿面。談寶兒獨自一人，微笑著，瀟灑而自得地穿越了魔人的陣營，到了大風城下。

大風城上，四百萬的人族軍隊，不管是在東西南北門，都在同一時刻看到了談寶兒出現在自己的面前，所有的人，包括雲臺三十六將，都不由自主地跪了下去。

一時之間，城上城下，一千萬的殺伐果決的男兒們，都在這一刻對這一人充滿了敬仰。這一刻的談寶兒，人莫敢視，好像是一柄孤傲的神劍，獨自佇立在天地之間。

人海之中，大風城的上空，張浪的天魔、張若虛的蚩尤和無法的刑天在同一時間出現。

人族士兵再沒有想到國師和他的兒子會與刑天一起出現，詫異之餘，卻發現自己完全不能動彈，一時又驚又怕。

「怎麼是你？」天魔在看到讓千萬人拜伏的居然是談寶兒時，不由大大地吃了一驚，「羿神呢？」

「我不已經在你面前了嗎？」談寶兒微微一笑。

「你……是羿神？別逗了老大！」刑天哈哈大笑，「羿神可不是你這樣的！」

「那你說羿神是怎樣的？」談寶兒笑著反問。

「羿神應該是……」刑天，也就是無法，張著嘴忽然再也說不下去了。五千年之前，他是見過羿神的，只是羿神從來都沒有讓他見過真面目。眼前這個自己熟悉而又陌生的談寶兒，明明不是羿神，但卻為何給他一種相似的感覺。

談寶兒大笑道：「既然你也說不出羿神是怎樣的，那為什麼我不能是羿神？其實人人都可以是羿神！」

此言一出，石破天驚。城上城下，驚呼之聲此起彼伏，但更多的卻還是同時失色。

天魔皺眉道：「談寶兒，我可沒有功夫在這聽你說禪一樣的胡說八道，你快去將羿神給我叫來！不然我要大開殺戒了！」

談寶兒？城上城下千萬士兵都是一愣。

談寶兒哈哈大笑道：

「你還真是有眼不識金香玉！你沒有看見真正的羿神已經站在你面前了嗎？」

天魔冷哼一聲，對身邊的張若虛道：

「蚩尤，去將這胡言亂語的小子給我宰了，我要的是真正的羿神！」

「是！」蚩尤答應一聲，瞬間消失在城頭。

天魔在說完話的時候，就已轉身朝大風城裏走去。在他看來，不管談寶兒是多麼的強大，對上上古魔神之一的蚩尤，也是沒有任何懸念的。但他剛剛轉身，才走一步，立時就聽見了一聲慘叫。

天魔立時停住了腳步，因爲他已經聽出這一聲慘叫，正是蚩尤的聲音。他轉過身來，只見談寶兒一手背負，另外一隻手卻放在蚩尤的咽喉上，並借此將他高高舉起。

對於蚩尤這樣的魔神，除非用無上的法力將他解體，否則是不會死的，是以掐住他的咽喉這樣的招數是沒有任何意義的。但眼下談寶兒好像拈花一樣優雅的兩根手指下，蚩尤已經喪失了任何的行動能力！

天魔臉色變了變，隨即嘿嘿笑道：「很好，很好！你雖然不是羿神，但有如此的實力，確有資格和我一戰！看招！天魔刃！」等他喊出最後一聲的時候，他整個人已經消失在城頭。

下一刻，一片漆黑得如同夜色一樣的刀光已經出現在談寶兒的咽喉前。談寶兒咽喉之前的虛空在這一瞬間被劃開，露出同樣漆黑的異度空間來。

時光在這一刻悠然頓住。

所有的人，在這一刻失去了意識，因爲他們除了全身的血脈停止流動之外，他們的思想也在這一刻停住——天魔刃的威力，不僅僅是分裂空間，而且能分割時間。

天魔這一刀割下來的時候，所切斷的空間只有談寶兒咽喉前的極小的一段，但劈斷的時間，卻籠罩了整個大風城內外。

談寶兒也在這一瞬間停止了所有的動作，全身的氣息在這一刻停住。天魔眼見天魔刃的刀鋒已經到了談寶兒咽喉上的時候，卻沒有什麼開心，反而是嘆了口氣。原本以爲等了四千多年，在沒有見到羿神之前，可以用這小子熱身一下的，萬萬沒有想到這人竟然是如此的不堪一擊。

天魔刃瞬間切進了談寶兒的咽喉，隨即順著喉嚨飛了過去，但卻沒有鮮血流出來，所割斷的空間淹沒了一切。

沒有任何懸念的，談寶兒的頭顱和身體在一瞬間分了家，橫亙在兩者之間的是異度虛空。只是因爲時間的停頓，這兩者的聯繫看起來並沒有立時的中斷。

「唉！」天魔嘆了口氣，發力想將天魔刃收回來，只是他手裏的天魔刃在這一瞬間忽然變得重得不像話，以他的實力竟然根本無法動這把刀分毫。

「怎麼會這樣？是誰？羿神？」天魔大驚失色。只是據他所知，四千年前，即便是羿神也沒有可能讓自己無法使用天魔刃的。

沒有人回答他。回答他的是不可思議的景象。

本是天魔刃劈開的漆黑的異度空間，在這一瞬間竟然慢慢消失。虛空在這一刻慢慢合攏，重又恢復到混沌初開以來的模樣。

下一刻，異度空間徹底被淹沒，在天魔眼睜睜的注視當中，談寶兒的身體和頭顱竟然奇蹟般地再次合在了一起。

所有人在這一瞬間忽然恢復了知覺。被停頓的時間的長河，在這一刻繼續流淌。歷史重新開始被記錄，只是關於在這一刻之內所發生的種種，卻終於淹沒在歷史的塵埃之中，再也不爲人知曉。

千萬人矚目裏，天魔好像一尊被凍住的雕像，談寶兒面帶微笑，好像拈花一樣的手指捏住了天魔刃的刀鋒。

「喀嚓！」一聲清冽的斷響，這把能破碎時空的神奇兵刃，就在這一瞬間被這少年輕輕的折斷，成爲無用的廢鐵。

「啊！」好像被凍僵的天魔這時候卻如遭雷擊，清醒過來。他不可置信地看著自己的兵刃，目瞪口呆道：「你……你這是什麼法術？」

談寶兒笑嘻嘻道：「念力！」

「念力？」

「不錯，就是叫念力！」

「念力麼？」天魔愣了一下，「不對！你們諸神的念力，包括羿神的念力，我都見過，但從來沒有一種念力可以做到將虛空還原，沒有一種念力可以讓時間恢復流淌！沒有，沒有的！」

「唉！」談寶兒破天荒地嘆了口氣，「你這叫坐井觀天。世上最偉大的力量不是來自天地，也不是來自神魔，而是人本身，那就是念力。」

「怎麼說？」天魔傻了。

「你說說，這世上最高的是什麼？」

「最高的……天啊！神魔兩界都說自己在天上，但事實是這麼多年來，所有的神魔都從來沒有上過天。」

「錯了！這世上最高的是人的心。心比天高，你沒有聽過嗎？我再問你，世上最快的速度是什麼？」

「最快的速度……光！再沒有什麼比光的速度更快了！」天魔肯定道。

「錯了！答案依舊是人的心。你沒有聽說過嗎？心有多遠，身就有多遠。光再快，到達一個地方都需要時間，而人的心到達那裏卻是不需要時間的。」談寶兒說到這裏頓了頓，「世上最高的力量和最快的力量都是人心，所有這世上最強大的力量就是由人心所生出來的念力。你信念有多強，你的念力就有多強！有了念力，所以，我才能夠恢復虛空，所以我才能解錮時間，所以我才能輕易地粉碎你的天魔刃。」

「你是說，你的念力，不，你的心已經強大到了可以無視時空的威力的程度？」天魔明白過來。

「可以這麼說吧，雖然並不完全正確！」談寶兒點點頭。

「可是……羿神都沒有這樣強大的念力，你……你到底是誰？」

「我？呵呵，我不就是羿神嗎？你怎麼就不明白呢！」談寶兒微微一笑，卻再不廢話，意念之力好似潮水一般淹沒了天魔的身體。

在這一瞬間，天魔感受到成千上萬種完全不同的思緒湧了過來，最後彙聚成了一種：我是豬！然後人魔兩族的人只見一片光影閃過，天魔變成了一頭肥頭大耳的大白豬，擺著尾巴，圍著談寶兒哼哼直叫。

「乖，乖！以後你就跟著我混吧！咱們神魔合一，親如一家，以後神魔兩陸也就合二爲一吧！」談寶兒拍拍肥豬的頭，溫和地說了一句，隨即翻身騎了上去。

一件閃閃發光的東西從豬頭裏落了出來。談寶兒看了一眼，念力一動間，那東西便落到了他手裏，正是當日在凌煙閣上被天魔取走的閉月箭。

「觀雨，出來了吧！」談寶兒輕輕一拍閉月箭的箭身，然後千嬌百媚的秦觀雨就從裏面跌了出來。

談寶兒一揮手，念力過處，秦觀雨的傷立時就好了。這絕代佳人睜開眼睛，立時發現自己在千萬人矚目之下，身體竟然在談寶兒的懷裏，立時一陣慌亂，但她卻沒有掙扎，任由談寶兒將她抱住。

談寶兒呵呵一笑，拍在天魔豬的屁股上：「好了，跟老子進城去吧！」

「嗷嗷！」天魔豬歡快地叫著，撒開四蹄，腳下生雲，載著談寶兒朝著大風城裏飛了進去。

「喂，老大等等我啊！一天是老大，一輩子是兄弟，你可不能扔下我！」在天魔豬飛過城牆的時候，無法忽然反應過來，跟著駕雲飛了過去。

城上城下，人魔兩族近千萬人一起傻眼。其中最彷徨的是魔族，天魔變成了一頭豬，成爲了自稱是羿神的談容的坐騎，蚩尤大神死了，刑天大神跟著羿神去了，這六百萬兄弟該怎麼做？所有的人的眼睛都望向了魔皇。

「罷了，大家投降吧！」魔皇很無奈地揮手。

立刻的，六百萬魔人紛紛扔掉手中的兵刃，丟盔棄甲，雙手舉過頭頂，蹲在地上大叫道：

「我們要投降，我們不要變豬！」

於是困擾著大風城十多天的魔人精銳軍隊就這樣投降了，搞得從四面八方調集來勤王的人族四百萬部隊很有些不爽。只是不爽歸不爽，人家都投降了，這仗自然是不用打了。

轟轟烈烈的大風之戰，就這樣結束了。

大風之戰結束後半年，永仁帝宣布退位，將皇位傳給若兒，讓其成爲神州史上第一位女皇，帝號爲平仁。因爲在她即位前兩個月，布天驕等人率領四百萬人族軍隊渡過北冥，平定了危害神州五千多年的魔人之患，並將魔土收歸神州版圖，帝號平仁的意思是，不管是魔族還是人族都是一律平等，新帝將一視同仁。

平仁皇帝即位之後不久，即宣布將與羿神談容舉行婚禮。同時位列新娘行列的還有寒山派的秦觀雨。

只是等到婚禮舉行的當天，皇宮的正大光明殿裏卻出現了三位不速之客，最要命的還都是清一色的美女。

第一位，卻是楚遠蘭。

多日不見，楚遠蘭容貌如昔，只是更加清瘦。看到談寶兒的時候，兩個人卻什麼也沒有說，只是互相緊緊擁抱在一起。

擁抱過後，談寶兒的新娘名單上就多了一個名字。

對於楚遠蘭來說，和談寶兒在一起的這些日子，不知不覺之間，她已經喜歡上了談寶兒這個假談容。事實上，也許在一開始的時候，她就已經感覺到談寶兒不是談容，但她卻被這個人身上的魅力所吸引，不自覺地將他和真實的談容的形象融合。直到談寶兒自己說出真相，她才將談容分離出去，分離過後，她發現自己依舊愛這個男人。如果不嫁給談寶兒的話，只怕這一輩子她再不會嫁給別人了。

第二位到達的卻是謝輕眉。

既然人魔都已經是一家，謝輕眉堂而皇之的出現在婚禮上，本來也不是什麼大不了的事，只是當她嫣然一笑說出一段話的時候，卻將所有的人都嚇了一大跳：

「相公，咱們早就成親了，卻一直沒有舉行婚禮，今日就當著大夥的面，補辦一個吧！」

談寶兒想起對方說過的誓言，這事雖然荒唐，但總是人家占住了道理，當即道：

「你的誓言是不錯，只是這樣就嫁給我，未免有些牽強了，如果你能再說出一個我不得不娶你的理由，我就娶你！」

「這裏人多，可不方便說！」

於是兩人進了暗室，等再出來的時候，談寶兒就宣布曾經是魔教聖女的謝輕眉將成爲自己的新婚妻子之一。

事後很多人猜測談寶兒這樣做，是爲了拉攏魔族的人心，穩定政局。事實上，在聽到謝輕眉說出理由的時候，談寶兒其實是一臉震撼的：

「因爲我幫了你一個大忙！神州九鼎其實最早是魔族的九鼎，和我魔族中人天生就有感應。最後那六只鼎你能得全，其實是我故意交給你的！」

「你爲什麼要這樣做？」

「因為我喜歡你！」

這樣的理由，實在是讓人無言。談寶兒還有什麼好說的呢？

最後一位的到來，出乎所有人的意料。因為來的竟然是京城四大美女之一，和談寶兒沒有見過面的駱滄海。駱滄海的要求竟然也是要嫁給談寶兒。

對此談寶兒是很不解：「駱小姐，雖然小弟對你的芳名是仰慕已久，也不介意和你共度餘生，但你這樣莫名其妙地就要嫁給我，似乎不是太妥當吧？你給我個理由！」

萬眾矚目裏，駱滄海理直氣壯道：

「你還好意思問，這本書從頭到尾，四大美女中三個人都有戲份，獨獨本姑娘連臉都沒有露過一次，今日賓客齊聚，所有的主角配角都到齊了，給我一個名份補償一下，難道不應該嗎？」

這樣的補償，當然是應該的。於是本來認為自己這一輩子只會娶若兒一個，從一而終的談寶兒的新婚典禮上，竟然冒出了五個美女。

新婚之夜，談寶兒第一個去的是若兒的房間。

談寶兒正想抱摟若兒，卻被新任女皇叫住：

「等一下，老公！」

「什麼事？」

「是這樣的，上次大風之戰的最後，我聽見天魔叫你談寶兒，不知道寶兒是你的乳名，還是你的外號，說你是所有人的寶貝？或者談容才是你的外號，說你海納百川的胸懷？」

談寶兒哈哈大笑：「我是叫談容還是叫談寶兒，這有什麼區別呢？重要的是，我是你的老公，是所有人心中的大英雄，這就夠了，對不？」

——全書完——

強檔預告　敬請期待

《馭獸齋傳說》

雨魔　著

一個充滿想像的人與寵獸的故事

一個令人目不轉睛的愛與奇幻的故事

一千年後的幻想，

橫跨四大星球，縱歷上古、現在、未來三大時空！

千奇百怪的異獸令你目不暇接，

威力無邊的神器讓人嘆為觀止，

各式神奇法寶更使人陷入不可自拔的境地……

【故事簡介】

三十世紀，地球上所有的國家和民族都統一在聯邦政府的大旗下，幾個世紀後，人類成功在地球以外的方舟、夢幻、后羿三個星球定居下來。

在以後的幾個世紀裏，培養寵獸蔚然成風，聯邦政府每年投資大量資金在該研究上，四大星球的各大財團也投入大量的人力物力，就連有興趣的個人也會在家弄個實驗室來研究。自身身體素質的提高將會更好的和寵獸合體，發揮出更強的實力，因此武術、武道、武館再一次的興起。

然而，自身本領的提高，使人類的好勝心再一次顯現，聯邦政府在巨大的衝擊下宣布垮臺，四大星球各自獨立，分為四個星球聯邦政府。

聯邦政府有鑒於高等獸和人類合體後所發揮出來的駭人力量，在垮臺前，將所有關於寵獸的寶貴資料付之一炬，導致人類在這方面的研究倒退到最原始的地步。在大戰中倖存下來為數不多的幾隻七級護體獸，也就成了現今人類所知的最高級寵獸。

而威力強大的神獸，只有在夢中尋找，主人公的傳奇也就在夢中開始……

大話英雄 ⑤誰與爭鋒（原名：爆笑英雄）

作　　者：易 刀
發 行 人：陳曉林
出 版 所：風雲時代出版股份有限公司
地　　址：105台北市民生東路五段178號7樓之3
風雲書網：http://www.eastbooks.com.tw
官方部落格：http://eastbooks.pixnet.net/blog
信　　箱：h7560949@ms15.hinet.net
郵撥帳號：12043291
服務專線：(02)27560949
傳眞專線：(02)27653799
執行主編：朱墨菲
美術編輯：吳宗潔

法律顧問：永然法律事務所　李永然律師
　　　　　北辰著作權事務所　蕭雄淋律師
版權授權：蔡雷平
初版換封：2015年7月

ISBN：978-986-352-178-5

總 經 銷：成信文化事業股份有限公司
地　　址：新北市新店區中正路四維巷二弄2號4樓
電　　話：(02)2219-2080

行政院新聞局局版台業字第3595號
營利事業統一編號22759935

定 價：280元　特價：199元

國家圖書館出版品預行編目資料

英雄傳說 / 易刀著. — 初版. —
臺北市 : 風雲時代, 2015.04-
冊 ;　公分
ISBN 978-986-352-178-5(第5冊 : 平裝). —

857.7　　104004304